昆虫志

老藤 著

天津出版传媒集团
天津科学技术出版社

天津出版传媒集团
百花文艺出版社

图书在版编目（CIP）数据

昆虫志 / 老藤著. -- 天津：天津科学技术出版社：百花文艺出版社, 2025. 8. -- ISBN 978-7-5742-2693-7
Ⅰ. I247.7
中国国家版本馆CIP数据核字第2025ZS1670号

昆虫志

KUNCHONG ZHI

老藤 著

责任编辑：布亚楠 张卓 韦奥 齐红霞
责任印制：兰毅
出　　版：天津科学技术出版社
地　　址：天津市西康路35号
邮　　编：300051
电　　话：（022）23332400
出　　版：百花文艺出版社
地　　址：天津市西康路35号
邮　　编：300051
电　　话：（022）23332651
网　　址：www.tjkjcbs.com.cn
发　　行：新华书店经销
印　　刷：北京捷迅佳彩印刷有限公司

版　　次：2025年8月第1版
印　　次：2025年8月第1次印刷
开　　本：710×1000 1/16
字　　数：250 000
印　　张：14.5
定　　价：68.00元

目录

昆虫志

宋姐说："没听说吗，今生的朋友缘都是前世欠下的债。"我笑着问魏征："我俩前世谁欠谁的呢？"魏征说："我俩都欠小虫子的。"

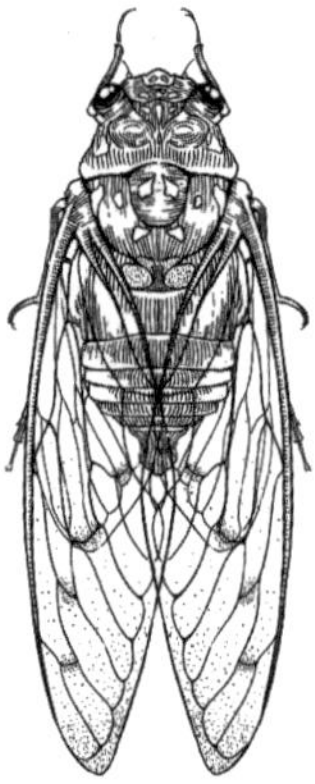

爱好会相互感染，尤其好朋友之间，爱好像根无形的绳子会把人捆绑在一起。回顾我和魏征三十年的交往，在爱好上他对我的感染显而易见。我从小害怕小虫子，连讨人喜爱的花大姐飞落身上都会打个冷战，但魏征是个昆虫迷，对各种小虫子都喜爱不已，受他影响，我也逐渐不再排斥昆虫，甚至从小虫子身上悟出了许多大道理。

两头犟驴难成兄弟，好朋友在性格上、追求上互补一些关系会更好处，就像堂吉诃德和桑丘那样，虽然出发点不同，格局不一样，但因为两者有互补性，他们仍然可以结伴远行。我和魏征的关系总体上符合这个道理，我俩一文一武、一张一弛，用同事宋姐的话说："你俩前世一定有事儿。"魏征听了不出声，我性子急，问为什么。宋姐说："没听说吗，今生的朋友缘都是前世欠下的债。"我笑着问魏征："我俩前世谁欠谁的呢？"魏征说："我俩都欠小虫子的。"

其实我和魏征性格上是两个极端，比如：我喜欢开玩笑，魏征却木讷谨言；我对领导的吩咐言听计从，魏征却喜欢一探究竟。我俩成为好友的基础是我对魏征的敬佩，我一直觉得在我们这茬儿耍笔杆子的人里面魏征最有水平，隔三差五就在省报上露脸冒泡，他的文章读起来解渴、深刻，我熬多少个通宵也写不出来。令人唏嘘的是，本该前程一片光明的魏征却仕途不顺，对于他来说好运气就像老鼠，总是从脚前脚后溜过去。我们同期进政研室的四个年轻人，其他三人在职务晋升上像高粱拔节一样往上蹿，唯有魏征还在原地踏步，只混上了一个助理调研员。我这个人咸吃萝卜淡操心，有时自觉不自觉地替魏征发愁，干部任职有年龄杠杠，已近知天命年纪的魏征在仕途上蜡烛头不高了。

当年我们同批考入市委政研室的有四人，小范、小马、魏征和我，我和魏征被分配到综合处负责文稿起草工作，小范去了秘书处，小马进了法规处。我们在7月21日同一天报到。小范是女性，一张满月似的脸总是笑盈盈的，她在秘书处主要负责领导日程安排。小范有演讲天赋，进入政研室当年，就在市直机关工委举办的国庆演讲大赛中荣获了银奖。小马是个极机灵的小伙子，喜欢夸赞别人，哪怕是保洁的大姐，也经常被他夸赞得面红耳赤。法规处是负责政策法规咨询的，小马态度好，无论谁去咨询他都笑脸相迎，很快就混了个好人缘。我身无长处，样样通、样样松，好在运气不错，以第四名的身份也考了进来。四人当中数魏征最有水平，申论满分，笔试、面试双料第一，担任面试主考官的是党校一位颇有学究气质的副校长，面试结束后他感慨说："小魏这样的人才应该到党校来，在政研室有点儿屈才了。"报到那天，我们四人在会议室等待政研室胡主任训话，胡主任因为临时有公务要处理，先让我们在会议室候着。我这个人不甘寂寞，悄悄问坐在身旁的魏征："你咋起这样一个名字？这名字会让人想到李世民。"他小声回复我道："名字是妈妈起的，我也不知道为啥起这个名字。"我说："我叫李民，可惜中间少了个世字。"他说："这不影响我们成为朋友。"这次简短交流拉近了我俩距离，后来我们真就成了好友。魏征在起草材料方面给了我许多帮助，我不喜欢长篇大论的文字材料，有时被领导下达的题目愁得抓耳挠腮，魏征就悄悄为我代笔。他写材料既快又好，成稿后领导一个字不改，在大会上从头念到尾。魏征头发稀疏，眼睛大而亮，鼻头上有米粒大小一颗褐色的痣，他习惯性动作是捏自己的右耳垂。魏征喝水的玻璃杯很小，比宋姐的水杯还矮一截儿，我问他为什么不换个大一点儿的杯子，他说杯子小就会常起身倒水，避免坐得过久，写材料的人怕久坐，久坐会坐出血栓来。我觉得有道理，受他感染也换了小号的保温杯。我俩的关系能够加深与他妈妈有关。参加工作不久，我大学的导师七十寿诞，弟子们都想送个礼物，导师看重的是精神礼物，事先对弟子们有交代：贫者不以货财为礼，你们都不是大款，谁要是提着贵重礼物来给我祝寿，别说我不给你们开门。我一时没了主意，找魏征商量买个什么礼物好。魏征说请妈妈画张画吧。我听说魏妈妈退休前是市群众艺术馆美术辅导员，以擅长画蔬菜闻名，她笔下的白菜萝卜葱姜蒜，仿佛水洗过一样鲜嫩，脆生生让人喜欢不已。魏妈妈每张蔬菜画都会画上一只昆虫，有大肚蝈蝈、长臂螳螂，还有色彩鲜艳的瓢虫和长着两根长长触角的蚂蚱，等等。魏妈妈给我画了一幅四尺水粉画，画面上两只鲜汁欲滴的寿桃，一只活灵活现的斑透翅蝉。我将画裱好送给导师，满头白发的导师甚是喜欢，将画挂在书房最显眼的书桌正前方。导师说北方天寒，冬天看到这幅画就好像听到了蝉鸣，蝉鸣是夏天的呼唤。事后我要给魏妈妈润笔费，魏征坚决不肯，说不能让庸俗腐蚀友谊，魏征是真心拿我当朋友。

受妈妈影响，魏征从小就对昆虫感兴趣，喜欢琢磨各种昆虫，许多名不见经传的小虫子他都能说出个一二。有次单位组织去神农架考察，在昆虫标本馆，魏征觉得解说员讲解有误，便自告奋勇拿过话筒当起了解说。他的讲解专业而通俗，不乏风趣幽默，让大家惊讶不已，其他游客也被吸引了过来，将他围成一团。馆里有个操一口粤语的厚嘴唇中年人几次向他竖拇指，参观结束时厚嘴唇过来问了他的职业，要了联系方式，厚嘴唇自称迟哥，因为讲粤语，魏征和我都听不懂他说了些什么，他的厚嘴唇总让我联想到香肠。告别时厚嘴唇有句话我俩都听清了：“真系个人才嘞！”

魏征是政研室拿大活儿的人，主笔了许多重要文稿，在市直机关小有名气。政研室把大材料叫“大活儿”，比如说市主要领导讲话、主要会议的工作报告、主要媒体的领导署名文章，这都属于大活儿。一般来说，拿大活儿的人在领导心目中分量不一样，能吃点儿小灶很正常，但魏征没有因为拿大活儿受益，他笔下一行行文字是永远爬不完的台阶，成了我们四人中的落伍者。好在魏征对职务这件事能看得开，不发牢骚，也不做猜测，包括我俩在一起时的话题也与工作无关，我们聊得最多的是昆虫。我提拔到政府部门工作后，有时魏征会给我打电话，让我到他那里坐坐。我知道在市直机关他没人可以谈小虫子，关于小虫子的心得无人分享，在一个分享的时代，无人分享是一种难熬的寂寞和孤独。

回忆我和魏征的交往，几个重要节点都与小虫子有关，从二十四岁入职到而立之年，到四十不惑，一直到现在，如果说这段经历是一部人生乐章的话，那么有八种小虫子便是这乐章的休止符。

萤火虫

那是夏天的某个早晨，我早早来到单位，我知道昨夜魏征在单位值班，就想叫他一起去食堂。政研室虽然福利少，但为了写材料互不干扰，综合处的每个办公室都用夹壁一分为二隔成了小房间，一人一间，虽然只有九平方米，但对于办公空间紧张的市直机关来说，这已经够奢侈了。市委是座百年红砖老楼，呈凹字形，政研室处于二楼拐角。老楼有个共同特点就是窗子细高，打起仗来易守难攻。办公室窗子本来就不大，中间一隔，房间就显得阴郁晦暗，大白天也要开着白炽灯。每个房间都配置一个布艺三人沙发，加班太晚回不去时可以将就一宿。我和魏征的办公室隔着宋姐的207室，魏征在208，我在206。宋姐是机关老人，原来是打字员，转干后留在综合处负责内勤。宋姐房间没要沙发，窗子也大一些，窗台上养了大大小小七八盆花。她很敬业，每天总是第一个来上班，把房间打扫得纤尘不染。我去敲魏征门的时候，宋姐探出头来小声说："小魏昨晚可能加班太晚，办公室一点儿动静也没有，估计还在休息。"我看看手表，都七点了还休息个啥？

敲门后里面应了一声，推门进去，发现屋内关着灯，窗帘拉得密不透风，一个黑魆魆的身影伏在办公室桌前，桌上有一个黄莹莹的小亮点。我吓了一跳，问他："你在干吗？"

魏征招手叫我过去，指着桌上那个小亮点说："知道这是什么吗？"

我俯身看了看，差点儿笑出声来，原来是一只小小的萤火虫。看样子萤火虫已经死了，仰在一张A4打印纸上一动不动。我说："不就是一只萤火虫吗，干吗搞得神秘兮兮的？"

魏征说："你仔细看看，能看出点儿门道儿来不？"

我弯腰观察了一番，说实话，我没看出什么出奇的地方，便摇头道："没看出啥门道儿，就是一只普通的萤火虫而已。"

魏征说："这的确是一只萤火虫，它死了，却还在发光。"

"这有什么奇怪的呢？萤火虫当然要发光了。"我觉得魏征有些大惊小怪，不发光还能叫萤火虫吗？

"问题是它死了，发光是它生命的标志，生命结束了光依然在，你不觉得很有意思吗？"

我愣了一下，这个问题我没想过，萤火虫的光确实应该由活体发出，死后还能发光有点儿不合常理。不得不说魏征对昆虫的观察视角非同一般，总能深入我知识的盲区。“是死后余光吧，或者叫回光返照。”我这样说有点儿心虚，自己都感到有胡扯的意味。

魏征坐下来，然后侧耳靠近萤火虫，好一会儿，才抬起头来说道：“我好像听到了它的呼吸，它还活着，没有死，光就是它的叫声，有声音说明它还活着。”

“光属于视觉，叫声属于听觉，两者是两码事吧。”我怀疑他刚才的话。

“也许萤火虫的世界与我们不在一个维度，它们的视觉和听觉是通感的。”魏征说，“萤火虫不会叫，彼此之间通过发光交流。”

我伸出食指轻轻触碰了一下萤火虫，它一动不动，除了第六、七腹节发光外，再无任何生命迹象。“它确实死了，”我说，“不知是雄虫还是雌虫。”

“这是一只雄虫，我是在它飞翔时捉到的，雌虫一般是静卧某处，而且只有一个腹节发光。”

“劳碌者雄性居多，看来和人类相似。”我开了一句玩笑。

“不能这么说，雄虫和雌虫使命不同，大部分雌性萤火虫是不能飞的，它的使命就是繁衍后代，在产卵后一两天内就会死去。”

魏征把那张 A4 打印纸折叠起来，这张洁白的纸便成了萤火虫的裹尸布，有微弱的黄光从纸里透出来，弱弱的几乎不易察觉。魏征起身拉开窗帘，阳光从窄缝般的窗子照进来，纸包上微光不见了，日照覆盖了它。

“知道我的想法吗？”魏征问。

“你在怜悯这只萤火虫。”我几乎未加思索就说，“作为一个昆虫迷，你不仅对这只萤火虫，对所有小虫子你都心存怜悯。”我这是一句真话，因为我太了解魏征了，他对昆虫有明显的泛情倾向。我读过一本介绍弘一法师的书，觉得魏征身上颇有点弘一法师的气质，悲天悯虫，与众不同。

“我要感谢这只萤火虫给我的启示，它让我知道了现阶段应该做什么、怎么做。”魏征眸子外凸，仿佛要从视网膜中挣脱出来一样。他接着说，“昨晚在院里散步，看到桑树林里有许多萤火虫，过去我没有注意它们，我值班的时候很少出去散步，昨天总觉得心里有只磕头虫在作揖，就索性放下笔下楼散步，结果注意到了这些萤火虫。很多有价值的东西就在身边，问题是我们缺少发现。我站在树林边看着萤火虫，忽然就想到了车胤，对了，车胤你知道吧？就是用萤火虫照明读书的那个东晋名士。”

我点了点头。这个故事我并不陌生，有个成语叫“囊萤夜读”，是说晋人车胤买不起灯油，用白绢做成袋子，装上些萤火虫照明读书。

“我想，萤火虫对于车胤来说仅仅是照明读书吗？它一定还有励志作用。”

“励志？”我随口问了一句。

“想想看，车胤读书间隙看着一只只发光的萤火虫，很可能会产生联想，人是不是也要像萤火虫这样自带光芒。”

车胤是否这样想今人不会知晓，车胤的人生结局并不好，因为他为官刚正不阿，得罪了权贵，后来被逼自裁。从史书上看，车胤确实算得上是自带光芒的人。

“点滴萤火，却照出人生境界。”魏征双手按着桌面，身体微微前倾，双颊泛红，语速缓慢却中气十足地说，“你我辞却青春之时，能留点儿微光就值了。”

我愣了一下，没想到他竟然在思考一个团委书记应该思考的问题，他提出了一个青春之问：当韶华不再、青春渐远，一个人到底能留下点儿什么？

我说：“我们这些凡夫俗子有什么光可发呢？”

"你我难道还不如一只昆虫？"

我摇摇头："我们面对的世界要比萤火虫复杂。"

"现象复杂，道理不复杂。"魏征回答很干脆，没有丝毫拖泥带水。

"不管怎么说，写材料很难留下什么，这个你不是不明白。"我有点儿悲观，在政研室写材料完全是工作需要，不像作家创作可以署名。政研室工作就不同了，成稿是讨论后的集体智慧，谁职务高就署谁的名字，没有职务高的就署单位名字。

"光，分为可见光和不可见光，写材料留下的是不可见光，它通过扫描将你的心灵显像，说白了吧，幕后英雄也是英雄。"

魏征的境界明显高我一筹，我为自己刚才的想法感到羞耻，人家甘愿做幕后英雄，而我却在计较署名这等小事，与胸襟开阔的魏征相比，我发现了自己的矮小。

"做只萤火虫吧，给这座晦暗的百年老楼增添一丝光亮。"魏征挺了挺胸脯，把两只手背在身后，脸转向窗外，阳光为他脸颊涂上了红色。

"没想到一只萤火虫点燃了你的青春激情，"我附和道，"你说的有道理，青春不能稀里糊涂走过场。"

魏征把包着萤火虫的纸包小心翼翼装进上衣口袋。抬手捏了捏耳垂说："我不该把这只萤火虫捉来，捉来后我把它倒扣在玻璃杯里想早晨再放生，谁知它竟然死了，都怪我，我忘记倒扣的玻璃杯会缺氧。唉，如果我不捉它，它可能会找到属于自己的爱情，留下自己的后代，但这个权利被我剥夺了，我做了一件错事。"

"不过是一只萤火虫而已，别多愁善感了，走吧，下楼吃饭去，我想吃红枣发糕。"我催他。

我俩来到食堂门前，魏征停下脚步说："你先进去吧，我把萤火虫送到小树林去，它属于那个绿色的世界。"

我没有进食堂，就在门口等他。食堂距离小树林不到五十米，魏征竟然去了足足有十几分钟，不知道他在小树林里搞了些啥名堂。

等他回来我俩进到食堂，发现我最爱吃的红枣发糕已经空盘了。

蓝蜻蜓

魏征接了一个大活儿，但处里没有人羡慕，因为这个大活儿是块难啃的骨头。

按理说能接个大活儿是件很展耀的事，但魏征接的大活儿跳出了正常渠道，多少有些空降的意味，领导和同事便觉得不正常，宋姐甚至悄悄嘀咕："栲栳街是个马蜂窝，小魏接这活儿容易被蜇了脑门儿。"宋姐消息灵通，机关里大事小情没有她不知道的。

魏征接的大活儿是起草栲栳街改造可行性报告，是常务副市长老宋点的将。

宋市长狮鼻鹰眼，以深谙谋略而闻名。他分管城建、规划和发展改革委，在项目运作上得心应手，全市上下都知道，宋市长想做的工程没有做不成的。因为抓老城区改造力度空前，他被市民起了个"宋大扒"的绰号，的确，他就像一辆无坚不摧的铲车，将城中两条百年老街摧枯拉朽推了个干净，然后在一片净地上建起了幢幢新楼。这一年，宋市长盯上了栲栳街，但他知道栲栳街的改造非同小可，因为这条街已经列入需要保护的老街区名录，想扒掉，理由必须充分。这个当口儿，他看到了一份参阅件，是政研室报来的一份如何经营城市的调研报告，报告中提到了老街区改造的必要性。宋市长如获至宝，马上让秘书去问这个报告是谁搞的。秘书了解到这个报告出自政研室的魏征之手，问明魏征是个刚入职不久的年轻人，向宋市长做了汇报，宋市长听后捏着下巴，一个成语重复了两遍："后生可畏，后生可畏！"

宋市长打定了改造梼梼街的主意，便让秘书把魏征叫到办公室面谈，两人闭门谈了一个多钟头，核心问题是谈经营城市的着力点在哪里。两人观点大同小异，都觉得经营城市的重点在于城市功能和品位的升级。说到这里自然就会提到梼梼街，宋市长说："一座浪漫时尚之城，最有名的商业街竟然还是四十年前的样貌，连光溜溜的马路牙子和面包型石砖都没换过，街景恍若老照片一样，说明我们经营城市的人没眼光、不作为，没有与时俱进。"魏征也认为梼梼街几十年没变化，已经落伍于时代发展。两人谈得投机，宋市长便把起草梼梼街改造可行性报告这个大活儿亲自交代给了魏征。宋市长说："江山留胜迹，我辈复登临，做官总要留下点儿什么，把梼梼街改造好了，我们会无愧于这座城市。"魏征说："城市的出路在于创新，抱残守缺肯定没有出路。"宋市长站起身拍着魏征的肩膀说："年轻人，虽说梼梼街的改造功成不必在你，但可以肯定地说功成必定有你。"魏征腼腆中带有几分激动，说自己一定用心写这个报告，不辜负领导信任。宋市长说有什么要求尽管说，只要能拿出一个好报告，想去哪里考察都行，国内国外随便走。魏征说其他都不需要，只要给时间就行。宋市长惊讶地说："你这个年轻人不错，工作不讲价钱。"谈话后宋市长专门给胡主任打了个电话，说魏征在替政府起草梼梼街改造可行性报告，让胡主任多给点儿时间。宋市长还夸胡主任队伍带得好，能打硬仗，不计得失。胡主任是个听到领导表扬就兴奋的人，他把魏征叫到办公室，说梼梼街改造的事儿好好弄，一个月、两个月都行，弄好了年底给魏征评优。胡主任来自长海县一个打鱼世家，写材料纯属自学成才，比写材料更让人佩服的有两大本事：一大本事是海钓，一根拴上鱼钩的手把线，一兜小海虾做鱼饵，一条带八马力挂机的小舢板，大海便成了他随心所欲的钓场，不管什么潮汐，只要他出海定然收获满满；第二大本事是吃鱼，他吃鱼颇有流水线效果，一条多刺的黑鱼或黄鱼，从左嘴角进去，大刺小刺就会从右嘴角吐出来，鱼肉则无障碍下肚。政研室的年轻人对他这两大本事崇拜至极，觉得胡主任的嘴简直比甘蔗压榨机还厉害。胡主任改材料的功夫也蛮厉害，再杂乱无章的材料经他手一过就肉是肉、刺是刺，变得条分缕析，板板正正。当然，胡主任是优点缺点都突出的人，缺点是遇到难缠的事他会钓手一样从不挂钩，用他的话说，往哪里下钩、吃什么样的鱼要心中有数，明知道挺棒鱼要人命你还敢钓，不是脑子有病吗？“挺棒鱼”是海岛渔民对河豚鱼的俗称，海边常有人因误食而丧命。

栲栳街是这座城市开埠规划的第一条商业街，是这座滨海城市不可替代的城市文化符号，当地乡下人进城叫“上街”，上哪条街？就是栲栳街。栲栳街宽四丈，双向两排车道，长约五百步，路面铺着与哈尔滨中央大街相同的花岗岩面包石，两侧的马路牙子因岁月磨损已经没了棱角，包浆顺滑，行道树是两人才能合抱的老槐树，枝干嶙峋，古意浓重。街两侧多是晚清民国风格的青砖建筑，间或有些俄式、日式风格的小洋楼，印证着这座城市曾经被殖民的历史。栲栳街尽头是一个笆斗状的小广场，广场周边有座旧式二层戏楼，青瓦飞檐，常有京城的名角来演出，是有名的网红打卡地。戏楼中式装修，内设尽是暗红色的仿明清桌椅，每张桌子上方都垂悬一盏八角宫灯，红盈盈的灯光泻下来，让桌椅和人都有一种鸿运当头的喜感。来听戏的大都是固定的戏迷票友，有的座位甚至常年被包下。坐在鼓乐不断的戏楼里，品茶闲聊，欣赏熟悉的折子戏，时光仿佛放慢了脚步，是一种别样的消遣。一位有身份的市级退休老领导说：先有戏楼，后有栲栳街，然后才有我们生活的这座城。对这种说法宋市长不认可，他觉得戏楼不会早于城市，没城就没人，没人看戏谁去建戏楼？

都说祸起萧墙，谁也没想到在栲栳街改造上却是祸起戏楼。

魏征在可行性报告中对榜栳街的改造列出了三大理由：第一条最有高度，说榜栳街没有现代化商业综合体，跟不上时代步伐；第二条是从实用角度说的，榜栳街没有地下设施，停车难、人流拥挤问题无法解决；第三条是从安全角度讲的，说榜栳街建筑老旧，单体格局小，大都前店后厂、税收寥寥，且营业、人居相混杂，存在安全隐患，一旦发生火情必成灭顶之灾。三条理由深得宋市长赞许，认为找得准、找得硬。在研究榜栳街改造的会议上，文旅局局长说出了自己的顾虑，说为了稳妥起见是不是征求一下退休老干部意见，戏楼是很多老领导的奶酪，动了这块奶酪怕是吃不了兜着走。文旅局局长的担心是有道理的，因为每次京城名角来演出，老领导们的电话几乎会打爆他的手机，无非是要票，要前排桌椅的票。宋市长说："老领导的意见一定要听，把改造可行性报告印发给老领导，文旅局负责汇总，不过话说回来，榜栳街是我们这座城市的盲肠，切了也就切了，没必要闪烁其词、躲躲闪闪。"

榜栳街的改造开始实施。果不其然，最先"炸庙"的是老干部们。

老干部们联名给政府写信，说榜栳街是这座城市凝固的历史和记忆，应该保留，扒掉榜栳街等于挖了这座城市的根脉。紧接着，榜栳街的原住户集体上访，他们在榜栳街已经居住三代以上，动迁条件再优惠也不愿意离开。

老干部们的意见不能当耳旁风，宋市长专门召开了一个老干部恳谈会来说明情况。这个会议宋市长点名让魏征参加，并在会议上由魏征就榜栳街改造做说明。这次会议把魏征架在了火上，老干部们就差指着鼻子骂他了。其中一个退休十二年的副市长站起身，哆哆嗦嗦指着魏征说："什么三条狗屁理由？我还以为是新玩意儿，我当副市长时就有人说过这三条，你这不过是炒冷饭罢了。"魏征并不生气，他知道发言者是指桑骂槐，自己姑且听着就行了，他已经看明白，开会征求意见只是个过场，怎么说是一回事，听不听是另一回事。但这次会议让魏征的名声受到影响，机关很多人都知道政研室有个姓魏的年轻人让老干部们骂了个狗血喷头，这个说法越传越离谱，后来干脆传成那次恳谈会成了对小魏的批斗会。有不知情的领导开始责怪政研室，说政研室闲得蛋疼，没卵子非要找个茄子提溜着。胡主任则一推六二五，说这件事是宋市长和小魏单线联系，属于政研室分外工作。他私下对宋姐抱怨，说榜桄街是个烂礁头，谁会在那儿行船下钩？话传到魏征耳朵里，他确认了胡主任的说法，说此事确实与胡主任无关，是宋市长亲自找他布置的任务。

居民上访也不可等闲视之，城建局组织了一个居民代表座谈会。宋市长让魏征在会上主讲改造的理由。魏征做足了功课，他举了北京王府井、天津估衣街改造的例子，两个都是直辖市，两条街比榜桄街历史更久远，人家为啥都改造了？主要是安全问题。榜桄街沿街建筑皆为砖木结构，耐火等级低，一旦失火就是大事故。他举了西部某老街区一次火灾的例子，那次大火夺去了三百多人的生命。魏征这么一讲，居民代表反对改造的声音弱下来，焦点变成了补偿标准问题。会议结束后，宋市长夸赞魏征，说古代有桑弘羊舌战群儒，今天是小魏征舌战群雄，要知道居民代表中可是藏龙卧虎呀！居民只要不反对改造就好，动迁标准可以商量，用钱能解决的问题都不是问题。

宋市长是个魄力非凡的领导，他看准的事再难也不会放弃。榜桄街改造在复杂的舆论潮中艰难推进，这块硬骨头最终还是啃下来了。一条极具时代感的现代化商业街如期建成，榜桄街除了名字，其他皆成过往，连地面上的面包石也换成了大块的花岗岩地砖。市政府召开了榜桄街改造竣工表彰会，会上，对设计方、动迁办、施工方等相关单位进行了表彰，魏征作为唯一的个人被授予特别贡献奖。魏征对我说，这是他参加工作以来第一次受奖，当他从宋市长手里接过证书的时候，觉得这个证书有点儿轻飘飘的，心里不免有些遗憾，证书应该是沉甸甸的才对头。表彰会结束后电视台记者采访他，他借樗栳街改造讲了一个观点：改革要做好破和立两篇文章，不破不立，旧的不拆除，新的就建不起来。这个观点让那些力主保留戏楼的老干部们意见不小。有老干部给他打来电话，质问他：旧戏楼拆除了，新戏楼在哪里？你小小年纪怎么学会了放空炮？把他质问得无言以对。

让人意想不到的是，改造后的樗栳街没了昔日的喧闹与火爆，过去，商家卖雪糕都能赚得钵满盆满，现在，靓丽的时装店却冷冷清清，街面变得空旷起来。魏征悄悄去调研了一番，原因是大型商业综合体追逐品牌，租金昂贵，普通市民消费不起，而原有的商铺迁走后两年来已经找到新的定位，不愿意回迁。樗栳街的改造成就了另一条街道——西京路，因为原樗栳街的商铺都迁到了这里。魏征到西京路问一个搬迁来的老商铺主人，樗栳街的商户为什么不愿意回去。这是一个专门修理钟表的老者，说话海蛎子味极重，他白了魏征一眼道："种田讲节气，经商讲地气，地气动了谁还回去？"现实打了樗栳街改造的脸，政府背上了沉重的债务不说，昔日宝贝一样的百年老街如今成了市民的弃儿，抱怨指责之声一浪高过一浪，有好事者翻出旧账，改造失败的锅背在了魏征身上。

坦白地说，魏征当年提出的三条理由征求过我的意见，我觉得这三条理由没有瑕疵，完全经得起推敲，至于樗栳街改造后的不景气原因是多方面的，这个结果确实无法预料，政府投入十几个亿，最后却改造了个寂寞。

有天中午去食堂吃饭，魏征对面的位置一直空着，我端着餐盘过来坐下，看他脸色不佳，就问他是不是上火了，他说不上火怎么能成熟。说饭后让我到他办公室去一趟，要给我看一样东西。

我来到魏征办公室，他正在欣赏一本摄影集，他看得认真，右手持放大镜，左手按着翻开的画册。见状后我问："怎么，不喜欢昆虫，开始研究摄影了？"

魏征放下放大镜，抬起头说："怎么会不喜欢昆虫呢，我在看蓝蜻蜓。"

我凑过去，看到翻开的画页上果然是只漂亮的蓝蜻蜓。

"怎么开始研究蓝蜻蜓了？"我随口问。

魏征指着画面说："你看，蓝蜻蜓多美。"

我仔细看了看，没发现什么奇怪之处，在我看来这就是一只普通的蜻蜓。

"注意它的眼睛，"魏征提示我。

蓝蜻蜓的大眼睛外凸明显，呈蓝色，带有金属光泽。"它的眼睛有点特别。"

"蓝蜻蜓有三只单眼，两只复眼，而每只复眼又有许多小眼睛，蜻蜓是眼睛最多的昆虫。"魏征解释道。

"三只单眼？"这个说法我头一次听说。

"是啊，我以前也没注意，这次椤栳街改造让我多了些思考，如果我早点儿研究一番蓝蜻蜓，会有新的启示，蓝蜻蜓真是太神奇了，我想不通的事儿，看到它立马有种醍醐灌顶的顿悟。"

我这才明白魏征叫我来的目的，他是从昆虫的角度来重新审视椤栳街改造。"顿悟？你后悔当初提出的椤栳街改造建议了？"

"为什么要后悔呢？人不能轻言后悔，椤栳街改造是必然，街道和人一样都有个衰老的过程，椤栳街那种古旧的砖木结构建筑已经到了年龄，不改造早晚会出事儿，真若出了事，上面一定会问责，改造是防患于未然。"

魏征能这样想，说明心理负担不是很大，是的，椤栳街改造没有错，魏征不该为此背上包袱，做任何事情都会有人说三道四，保持定力不被舆论所左右才是正确选择。我说："不管怎么说，你的可行性论证没有大问题，三条理由都站得住。"

"不过，我觉得自己要是像蓝蜻蜓一样多只眼睛就好了，不奢求有两只复眼，哪怕有第三只单眼也好。"魏征沉浸在与蓝蜻蜓的比较中。

"第三只眼？"我心里好笑，你小子还想当马王爷？

"三只眼，一只属官，一只属民，还有一只属于文化，可是我在论证项目时只用了一只官眼，缺少民眼和文化眼，导致提出的建议失之偏颇。"

"官眼好理解，民眼和文化眼怎么回事？"

"属于谁的眼睛就服务谁，我用的是官眼，只能站在宋市长的立场看改造，一切都服务于拿下这个项目。如果有一只民眼，情况就会有所不同，就会全面看待改造的得失，民眼的立场有时候与官眼是对立的，最好的办法是找到最大公约数。至于文化眼，看到的是历史价值，是未来的软实力。这座城市先富起来的人群比例并不大，多数市民希望在充满烟火气的栲栳街消费，三块钱一碗的拉面，两块钱一张的油饼，那才是他们的日常，而现在的栲栳街还有两三块钱的消费吗？如果当初三眼皆开，论证结果也许会更完善。"

"即使论证再完善，宋市长也不一定会采纳。"我直言快语，魏征不过就是个报告的起草者，而不是如何改造的决策者，这个定位不能忘。

"我把自己要讲的道理说完，接下来就不关我的事了。"

"这样的大活儿以后少接，费力不讨好。"我觉得魏征这件大活儿干得挺不值，小人物背了一个大锅，说得不好就是一个替罪羊。

"为什么少接呢？每一个大活儿都是一次成长，我有迎接挫折的勇气。"魏征毫无气馁之态，指着画面说，"有蓝蜻蜓做启示，下一个大活儿我会做得更出色！"

“你这么看重蓝蜻蜓？它除了多几只眼睛还有什么长处？”

“蓝蜻蜓的长处多了，它前后左右都能飞，不用调头，可以在空中悬停，可以在飞行中交配，雌性遇到不喜欢的雄性绝不妥协，甚至坠落装死来躲避追求，这说明它们有不可妥协的审美取向。”

“难怪你喜欢蓝蜻蜓，原来如此。”我长舒一口气，经魏征这么一说，我觉得蓝蜻蜓确实很不一般。

“我希望自己是一只事业上的蓝蜻蜓，飞出年轻人应有的样子。”魏征孩子一样将目光投向窗子，尽管窗子窄小，但窗外那棵雪松还是能看得真切。魏征对未来充满信心的期待，让我也受到了鼓舞，都是血气方刚的年轻人，谁不渴望飞翔呢？

兰花螳螂

而立之年的魏征被派到市委党校脱产培训。两个月时间实行封闭管理，我有点儿想他，因为近期我饱受蟋蟀鸣叫的困扰，一到夜里，苏苏苏、苏苏苏的叫声此起彼伏，让我无法入睡。蟋蟀会与我捉迷藏，我找遍了客厅、厨房、卫生间，也没能捉到它，后来我干脆不找了，权当封闭培训的魏征化身蟋蟀来看我，这样一想，这鸣叫便不再那么烦人。

魏征学习结束第二天，我就去208室看他。两个月的学习让他养足了精神，给人一种神清气爽的感觉。魏征正在写学习总结，见到我就用一种略带炫耀的口吻说：“学习生活真好，学了什么且不说，难得的是我在校园林地发现了一只大刀螳螂，那可是只勇敢的螳螂，竟然在我面前捕食了一只大肚蝈蝈。”

我没见过真实的大刀螳螂，既然能赢得魏征夸赞，说明大刀螳螂肯定不一般。“螳螂能捕食蝈蝈？好像蝈蝈也很难对付吧。”我知道蝈蝈是大型昆虫，属于昆虫中善于搏斗的顽主，身材纤细的螳螂想要打败蝈蝈并非易事。

“我原本也认为螳螂与蝈蝈搏斗起来难分伯仲，但真实情况是蝈蝈完全被大刀螳螂钳制，螳螂懂得战术，它用前足钳住了蝈蝈的头部，让蝈蝈锯齿一样锋利的牙齿失去了作用。我注意到了，如果螳螂不能一招制胜，让蝈蝈翻身咬住它的脖颈或细腰，螳螂必死无疑。”

“这只大刀螳螂又给了你什么启示呢？”我知道魏征肯定有心得要说。

魏征摇摇头：“我要说的不是大刀螳螂，而是一种体型较小的兰花螳螂。”

我从没听说过兰花螳螂，看着魏征等他讲下去。

魏征为我泡了杯绿茶，把椅子拖到沙发对面坐下来，不紧不慢地说：“与司空见惯的大刀螳螂相比，兰花螳螂算得上是稀有品种，在党校我专门研究了兰花螳螂。”魏征停顿了片刻接着说：“真是一种神奇的小生灵，从认识兰花螳螂那天起，我就爱上了它，不仅仅是爱，说痴迷也不为过。”魏征的口吻不容置疑。

“它有什么称奇的地方？”我问。

“兰花螳螂是世界上进化得最完美的生物之一，它的美无可挑剔。”

我知道一点儿关于螳螂的知识，上中学时还跟一个习武者练过几天螳螂拳，知道无论什么螳螂都是掠食者，有时候夫妻间都要杀个你死我活，依我对魏征的了解，他应该喜欢性情温顺的昆虫。我问：“是它花一般的外形吸引了你？”

“不全是，”魏征马上否定了这一说法，“外貌，仅仅是个形式，兰花螳螂的品质在于内容，内容是什么？是不变的立场。”

我觉得魏征有点儿故弄玄虚，一只螳螂有什么立场？螳螂进化的不过是外形、颜色和掠食的方式方法而已，没听说它们还像人一样有什么立场。再说了，即使螳螂有立场又如何去体现和表达？

“知道吗？兰花螳螂让我想到了一个人，就是你也认识的吴颖。”

我当然知道吴颖，原来是中心区接待办主任，一个知名度极高的女强人。吴颖性格开朗，落落大方，是个让人猜不出年龄的女干部。我、魏征、小范和小马都认识吴颖，因为有一次我们四人去中心区调研，晚上吴颖安排吃饭，她自带了一坛没有商标的老酒，那天除了小范外，我们三个小伙子都被放倒了，老酒厉害是一个方面，吴颖劝酒有方才是主要原因。吴颖劝酒话不多，却句句吊你胃口，你不喝就觉得对不起全天下人。我们这些搞文字的哪里见过这个架势，结果都喝高了。这个把柄落到了小范手里，只要我们四人聚会，小范就会把糗事翻出来晾晒一下。

“吴颖和兰花螳螂有什么关系？”我有些不解。

“中心区三任区长先后落马，两个进去，一个断崖，坊间传说三者都与吴颖有关，但调查结论都没有波及吴颖，这就是兰花螳螂般的智慧。”

我知道中心区三任区长先后被调查时，坊间确实疯传吴颖涉案，但调查结果还了吴颖清白。我说：“美人绯闻多，吴颖长得太出众了。”

“吴颖与三任区长案件有没有关系且不说，我想她能守住底线，没有在塌方式腐败中沦陷才是大智慧。”

魏征这话说在了点子上，的确，人人都觉得吴颖会陷进去，因为她服务的主要对象就是区长，但她始终没有迈出危险的一步，就像那天喝老酒，我们三个人仰马翻，人家却笑容可掬，买单后款款而去，留下小范在那里看我们笑话。

魏征接着说：“我觉得自己不如兰花螳螂，兰花螳螂比我有立场。”

“这是从何谈起，你自比萤火虫、蓝蜻蜓可以理解，说不如一只兰花螳螂就奇怪了，难道这就是你闭关培训六十天的收获？”

“我对昆虫的感悟从来没有大的偏差，你最懂我，我和这些小生命息息相通。”魏征起身拿起水壶给我茶杯里续上水，然后站在我对面，“都说人是万物之灵，动物植物且不论，与昆虫相比，我们究竟灵在哪里？很多方面我们不如这些小虫子，比如兰花螳螂吧，它们那种可爱的狡猾，让你不自觉地会宽恕它的残忍。”

我不知道他联想到了什么，但觉得用昆虫来贬低人类这个逻辑说不通：“人和昆虫终归是两码事。”

“庄子说天地与我并生，而万物与我为一，在这位哲人眼里，人和昆虫是一码事。”

魏征一向联想丰富，思维出奇，这是他的优点，他给市领导撰写的讲话稿常常用独创的概念夺人眼球，明明很普通的事情，他换了一种写法立马就变得高大上起来。他在锤炼新观点上舍得下功夫，记得他给老胡起草的全市政研工作总结讲话，概括了政研工作十二字方针：捋天线，接地气，会怀胎，起好名。这十二字方针深得胡主任认同，也常常被大家提起。我曾问过他，“捋天线”“接地气”容易懂，“会怀胎”“起好名”怎么理解。他说写文章要凤头豹尾猪肚，为啥是猪肚？就是肚子大嘛，文章内容一定要充实饱满，像怀胎一样不能空洞。起好名是做概念，明明很漂亮一个姑娘，起个“妞儿”“凤儿”这样的名字一下就俗了，起个“昭君”“徽因”这样的名字，感觉立马就上了档次，名正才能言顺，言顺方能事成。这一解释我一直记在心上，弄得我在起草材料时总是琢磨怎么才能“把猪肚子搞大”。

“你以庄子为例是想说明人和虫子是一码事？”

“我想说一以贯之地坚守某个立场并不容易。”

这个观点我没有异议。是啊，世界在变，时代在变，人的立场有所改变也可以理解，要想一以贯之地坚持立场不变谈何容易。

“你知道我曾经大力赞美过三八里改革经验，夸奖它像一道霞光照亮了广袤的乡村，我在国家、省级媒体上写了许多文章推介三八里，每年三篇，两年写了六篇，本来还想写第七篇，但我发现自己突然没有灵感了，指尖开始发僵，键盘像锈住一样敲不出字来。”

“这不能怪你，三八里关于农村改革的经验后来出了问题，村民上访几乎要挤破信访办的大门，你还怎么推介？”我知道三八里，这是一个村级集体经济发展看好的富裕村，在专家指导下搞了一番改革后仅轰轰烈烈了两年，第三年出现“爆雷”，集体收入下降，村办企业破产，村民怨气冲天，这个典型就不再被提及。

“我想，问题是我没有继续跟踪，我的立场发生了变化，既然我关注了三八里经验，它的辉煌、它的没落我都应该接受，辉煌的理由与没落的原因同样重要，我应该深入解剖才是，但是我却选择了放弃，我像一只松鼠从一棵树跳到了另一棵树上，没有关注曾提供给我丰富松子的第一棵树。”

我理解魏征，当年他想把三八里当作改革案例来跟踪剖析，作为搞政策研究的干部，应该具备解剖典型的敏感，成功的经验固然重要，而失败的教训同样不可忽视，教训往往更能给人以启示。魏征这么想有一定道理，我们综合处曾全力推介过四个典型，结果都没有经得起时间检验，回头再看当年写的文章，我们自己都觉得脸在烧。我说：“可是，你说的这件事与兰花螳螂有什么关系呢？”

“当然有关系。兰花螳螂一生只与兰花相伴，生于兰花丛，长于兰花丛，最后死于兰花丛，风流而不逾矩，这说明什么？说明它一生恪守属于自己的阵地，要知道，与兰花相邻的还有许多种类花朵，那里蝴蝶纷飞、蜜蜂往复，但兰花螳螂却不为所动，绝不见异思迁，另有投靠，总是静静地驻守在兰花上，我觉得这种坚守难能可贵。”

魏征这段话打动了我，没有想到兰花螳螂还有这种品质。我似乎理解了魏征的感慨，他是想校正人生的坐标，之所以举三八里这个例子，是在检讨自己定力不够，不能像兰花螳螂那样专一。我觉得进入而立之年的魏征思考问题明显有了深度，他感慨的不仅仅是立场，而是上升到了某种说不清的高度。

“生活中像兰花螳螂这样的人很难寻找，人毕竟不是螳螂，严格来说吴颖还算不上兰花螳螂，她只是会隐身而已。”

“是啊，这样的人去哪里找呢？”我也觉得有些人只存在于幻想中，现实中的人不可能在一棵树上吊死。

“历史上有两个人做到了这一点，就是方孝孺和铁铉，此二人有兰花螳螂之气概，宁为玉碎，不为瓦全。”

我没想到魏征思维跳跃性如此之大，忽然间就穿越到了明朝的永乐年间，铁铉和方孝孺因为忠于建文皇帝而遭到灭族，读明史，两位大臣的遭遇颇令人唏嘘，人家叔侄争皇位，你俩搭上全族人的性命这是何苦？但我不能对魏征说这些，如果我说这些，魏征肯定会和我急。我说：“你呀，若是生在古代，说不定就是一个真魏征。”

“怎么，我这个魏征是假的？”他捏着耳垂反问。

我被他逗笑了，也开玩笑说：“我打个比方吧，咱们政研室就是一朵兰花，每个处室都是一朵花瓣，你在这里安心做兰花螳螂好了。”

“你以为我不能吗？”魏征问。

我假装板着脸道：“你能我也不赞成，政研室的工作就是一个过渡。”

临告辞时魏征用遗憾的口吻对我说：“兰花螳螂生长在南方，北方见不到。因为北方没有它寄居的野生兰花。”

与魏征那次聊天后，我查阅了有关兰花螳螂的资料，知道这种长不过两寸的小东西确实不简单，形态像极了一朵粉红色的兰花。兰花螳螂看似雅致，实则是顶级杀手，它们在兰花上守株待兔，只要是被兰花吸引来的小动物都会被捕食，蜘蛛、蜜蜂、蝴蝶、飞蛾、爬虫甚至小型蜂鸟，都会成为它的猎物。

战神大兜

三十而立这句话在我身上得到了验证，我这个提起笔来就头疼的人，被提拔到改革处任副处长。魏征替我高兴，靠近我耳朵说："知道我为啥高兴吗？"我说："好朋友有了进步你当然会高兴了。"他摇摇头道："我高兴是因为从此不用替你代笔了。"一句话说得我脸发烫，我想了想，六个年头了，魏征悄悄为我代笔的材料几乎数不过来，很多同事都夸我材料写得好，其实那些材料大都出自魏征之手，只不过魏征对此守口如瓶，代笔一事外人无从知晓。

让我感动的是，为了祝贺我进步，魏征让妈妈画了幅画送我。在我即将离开的206室，魏征展开裱好的水墨画，画面上是两根带着绿色萝卜缨的胡萝卜，外加一只形象奇特的黑色甲虫。我属兔，胡萝卜显然是照顾了我的属相，但这奇怪的甲虫叫什么名字我却一无所知，问魏征，他竖起拇指道："这是战神大兜！"

"战神大兜？"我第一次听说这个名字。

"是的，我家里养了一只，妈妈也是刚看到它，便画在了画上。"

原来魏征三十岁生日前夕，上小学的女儿瑶瑶用积攒的压岁钱网购了一只战神大兜送他做生日礼物。战神大兜属于犀金龟科，有孩子手掌大小，通体漆黑光亮，外观有种咄咄逼人的架势，尤其是公虫发达的头角铁锥般前挺，给人一种势不可当的凌厉，因为这个缘故，有些地方叫它"独角仙"。魏妈妈说战神大兜是甲虫中的男子汉，她听魏征说我晋升为副处长，便画了这幅画送我。魏妈妈对我印象很好，说魏征应该有我这样一个能说知心话的朋友。

魏征黑色夹克敞开着，露出耀眼的白衬衣，印象中他喜欢穿褐色夹克，这件黑夹克应该是新买的。谈起战神大兜魏征颇有些骄傲，说女儿懂事了,天底下有什么样的礼物能比得上这个礼物呢？不仅珍贵，而且寓意不凡。瑶瑶说爸爸不能只玩小虫子，要玩就玩战神大兜。瑶瑶学习好，每次考试都是年级第一，心智不是一般的高。魏征说家里收到快递才知道是瑶瑶网购的宠物，战神大兜价格不菲，几乎花光了瑶瑶的压岁钱。

魏征抻了抻夹克衣袖说："瞧，为了与战神大兜相搭，我特意买了一件黑色夹克穿，我已经向瑶瑶承诺，要做一只事业上的战神大兜。"

"不能让孩子失望，好父亲应该为孩子做出榜样。"

魏征挺起胸脯，把夹克的拉链拉上，并不英俊的他顿时变得干练起来。

我说："战神大兜名字好奇怪，为什么会叫这样一个名字呢？"

魏征解释说战神大兜的名字应该出自海外，名字与希腊神话有关联，其实这个名字有点儿牵强附会，他更喜欢"独角仙"这个叫法，中国能称仙的都不是空穴来风，所有的仙皆有生活原型，"独角仙"这个名字更接地气，如果说战神大兜给人感觉它生活在火星上，那么独角仙就显示它属于地球。

魏征说瑶瑶的话让他很受触动，瑶瑶是这样说的："爸爸和奶奶都喜欢昆虫，但家里除了昆虫标本再就是奶奶的画了，没有一只活虫子，这有点儿叶公好龙的味道，叶公喜欢龙，却不敢见真龙，是虚假的喜欢，家里养了战神大兜就不一样了，说明奶奶和爸爸对昆虫的爱是真爱，不是假爱。你听听，这话是不是有点儿深刻？"

我说："现在有互联网，孩子的爱好出乎我们预料，看来战神大兜在孩子心目中的地位无可替代。瑶瑶是希望自己的爸爸更强、更优秀，成为人人羡慕的大英雄。"

魏征说："是的，瑶瑶希望我像战神大兜一样所向披靡。"

我心里"咯噔"了一下。事实上魏征的职级已经被小范、小马和我落下了半格，我们三个都成了副处实职，只有他还是主任科员。不过魏征对此依然信心满满，他曾和我说过，人生很多时候是殊途同归，紧跑慢赶，最后都是撞向同一根线。因为有这样一种心态，魏征的日常除了写材料就是琢磨昆虫，状态相当不错。

我说："为了瑶瑶，你也应该有点儿紧迫感了。"

我之所以这样提醒，是因为我看到别的干部有事没事都去胡主任那里坐坐，胡主任办公室经常人来人往，只有魏征从不找胡主任汇报工作。胡主任曾经开玩笑说，小魏这个人没官职却有官架，一般人入不了他的法眼。言外之意是魏征从不找他。宋姐对我说，小魏的屁股好像粘在椅子上了，坐下就不愿意起身。我把胡主任和宋姐的话学给魏征，魏征说自己就是个写材料的，材料写好就行了，材料之外的事他懒得动脑筋。我说你这明显是言不由衷，昆虫不是材料之外的事嘛，你却舍得下功夫。魏征笑了笑说："那是，那是，昆虫和人两码事。"我觉得好笑，这个时候他却忘了庄子的话。

"战神大兜象征着一往无前，个人的事也该往前冲，该求人也要求人。"我的话已经说得很明白，希望他去找找胡主任，争取将级别和大家拉平。在机关工作图的就是个职级，进来时肩膀一般高，六年过去却彼此有了高低，换作我是魏征也会心生芥蒂。

"战神大兜会低三下四去求人吗？"

没想到魏征竟然这样怼我，我一时语塞，不知如何接话。魏征说得没错，既然是百战不厌的战神，哪里会卑微地弯腰求人。印象当中魏征只对小虫子卑微过，对领导总是不卑不亢，当然，他也从不顶撞领导，即或有些许不满也不会表现得很明显，大不了一个劲儿地捏耳垂。

“我不急，来日方长，时间会治愈一切。”魏征语气平缓，看不出任何情绪波动。

“有些事你不想，别人不会替你想。”我觉得作为好朋友一定要把心里话说出来，因为我知道胡主任需要一个台阶，这个台阶只能魏征自己去搭。几年来的机关工作经验让我明白，适时给领导递凳子、搭台阶很重要，毕竟上和下都需要台阶。一年前我特别想到信息处工作，但干部调整时改革处一位女干部去了，事后我和胡主任说起此事，胡主任说：“你有这个想法怎么不早说？领导不是孙悟空，就是孙悟空也没工夫钻到你肚子里去数你几根肠子，你自己想钓的鱼自己去拴钩甩线。”我觉得胡主任的话有道理，你自己不说，领导哪里有时间琢磨你的心思。

“我懂你的意思，不过人格总不能低于虫格吧。”魏征走到那扇窄窗前望着窗外，窗子里有秋风吹进来，拂动着他的头发，看上去像被静电炸起来一样，“战神大兜只要有点儿朽木就活得很好，而我比它条件好多了，我要做的就是在文字上不断深耕，写出自己满意的好文章。”

“你好固执，”我有点儿恨铁不成钢，“难道和领导谈谈心就是低三下四？”

“去见胡主任我说什么呢？让我央求他提拔我？”魏征依旧望着窗外说。

“你要给领导一个台阶下，栲栳街改造的事，你们之间存在一点儿误会。”

“我不能趴下来用脊梁骨给他当台阶，我还年轻，再写个十年八年没关系，板凳要坐十年冷，文章不著一字空，我只管踏踏实实干活，其他事我不去劳神。”

“这是战神大兜给你的启示？”

“应该是吧，你知道我第一次看到战神大兜头上那只独角我想到了什么？我想到了笔，尽管我们现在都用电脑打字，但笔的情怀还在，战神大兜的头角能战胜任何挑战者，包括比自己还要大的长戟大兜虫，这似乎在告诉我，纤笔一支，神力无穷，能抵得过三千毛瑟精兵，我从不怀疑这一点。”

“举个例子看？”我觉得魏征有点儿天真，当下靠笔封神的还没听说过。

“胡主任就是个例子呀，胡主任原来在海岛县写信息，因为信息写得好，被选调到市委办公厅，小信息搞出了大名堂，‘胡信息’的外号市县机关无人不晓，后来被提拔到政研室，胡主任这个例子就最有说服力。”

我没想到魏征不但没有记恨胡主任，竟然还以胡主任为榜样。魏征没有说错，二十多年前胡主任确实靠写工作信息出的名，虽然机关信息都是三五百字的豆腐块，搞综合的人视其为小儿科，比不上拼文字功夫的大综合。但胡主任在信息处年年当先进，量变终于发生了质变，被提拔到政研室当了主任。在政研室胡主任写材料从来不拿第一稿，都是在别人起草好的稿子上勾勾画画、顺顺稿子，胡主任顺稿子的水平不能低估，杂乱无章的稿子经他一顺，顿时就变得眉清目秀。不过在我看来，胡主任的文字功夫与他垂钓、吃鱼的本事相差甚远。胡主任的好人缘与他的谦逊有关，他有句两个字的口头禅——“当然”。不论谁找他说什么事，他总是“当然，当然，当然”，令说者心里很熨帖。政研室是参谋机构，不负责决策拍板，他说的“当然”就是一种安慰，这一点谁都明白，在机关里说了不算的人喜欢表态，真正能决策的人则口风很紧，从不多吐一字。我知道机关内外没有人说胡主任不好，当然也没有人说他好，他就是领导身边一个若隐若现的影子，总是出现在新闻节目里，没想到这个影子居然让魏征看到了阴凉。

“你这样尊重胡主任，何不当面说说你对他的好感呢？”

魏征转过身看了我一眼：“那不成，咱俩说说可以，与胡主任去说就成了谄媚，我会瞧不起自己。”

“我觉得有些时候要放下架子，总是端着架子会很累的，不是有句话叫‘大丈夫能跳龙门，也能钻狗洞’吗。”

魏征又一次把脸朝向窗外，看着他一副固执的神态，我忽然生出一种预感，如果这扇窗子再大一点儿，当事业的重担压得他不能承受之时，他会不会从窗子里跳下去，固执之人容易做决绝之事。但这一闪念很快就被我自己否定了，办公室在二楼，楼下是松软的草坪，就是真跳下去也无大碍。

“战神大兜只要有一截朽木就能生存，它有鞘翅，却很少飞，为什么？”他问我。

“大概是习性吧。”我真回答不了这类专业问题，便胡乱说了一句。

“我觉得和兰花螳螂相似，也是一种坚守，由此我就想，埋头写材料也算一种坚守吧，人不负文字，文字定不负人。”

我张了张嘴，却不知说什么好，再看魏征，他那件黑色夹克正发出甲壳一样的光泽。

沙　牛

有人说不惑之年是一道坎儿：迈得好，这坎儿是台阶；迈不好，这坎儿就成了绊脚石。四十岁的魏征面临一个尴尬的局面：当初一同进入政研室的四人，小范被提拔去市妇联当副主席，小马被提拔为市接待办副主任，我被提拔到市文旅局担任副局长，唯有他还在综合处爬格子，而且依然是虚职，连个实职都没当上。胡主任退休后，继任者是一个姓沙的女干部，沙主任衣着不俗，齐耳短发，走路下颚上翘，经过你身边时会有一阵香风牵走你的目光。沙主任是抱着出成绩的念头来政研室的，风传主要领导找她谈话时有所交代，政研室就是一个过渡，这说明组织上对她的未来是有所设计的。有想法的沙主任来主政，按常理应该格外倚重能拿大活儿的魏征，因为能干事的领导信任庸才，但绝不会重用庸才，庸才误事，想出成绩离不开能干活的人。不幸的是魏征没有处理好这个关系，本该在新领导面前激扬文字的他，却伤了沙主任的心，以至于沙主任多次在公开场合说魏征这个人就是书呆子一枚。

滨海市近海有个黑岛，岛不大，地形却奇特，岛上有喷发年代不算久远的原生态火山口，当地县政府搞了旅游开发，项目运作不错，十几艘快艇穿梭一般往返接送游客，一年四季游客不断，黑岛游项目还带热了当地的码头、民宿、海钓、渔家乐等配套产业，围绕黑岛游的从业人员不下万人。

主政一方的领导普遍有大而强的情结，无不希望把小的做大，把大的做强，把强的做到国际上。黑岛游一火，领导不能坐守其成，于是便有了黑岛改造升级、打造“黄海夏威夷”这一想法。夏威夷是太平洋上的群岛，因神奇的火山地貌和其他因素成为世界旅游胜地，市里开发黑岛旅游对标夏威夷，足见起点之高。市里规划了三步走战略：第一步是申遗；第二步是高标准建设蓝岛，规划中觉得“黑岛”不好，改成了更好听的“蓝岛”；第三步是国际化，所谓国际化是打造类似博鳌那样的国际会议中心。三步走战略鼓舞人心，公布出来后很多人摩拳擦掌，想在这个项目上大干一场。沙主任上任后正赶上黑岛战略第一步——申遗。市领导说黑岛若是申遗成功就实现了弯道超车，为此必须集中力量搞攻关。市里成立了专班，由市领导牵头挂帅，沙主任担任项目组常务副组长兼综合组组长，魏征被抽调进来负责申遗报告起草。沙主任特别交代魏征：黑岛申遗事关大局，只能成不许败，她已经和市领导立下了军令状，争取申报材料送审一次过。魏征说他在栲栳街改造上积累了一些经验，会认真调研，全面分析，三只眼全开来审视黑岛申遗工作。沙主任愣了一下，问什么是三只眼。魏征说就是蜻蜓眼，蜻蜓看到的世界与人看到的不完全一样，因为蜻蜓是复眼加单眼。沙主任说我不管你用什么眼，只要申报材料万无一失就行。

魏征对黑岛申遗做了全面调研后陷入了苦恼，觉得申遗就是一个鸡肋，花这么大人力物力去捧这块牌子有点儿得不偿失。他想找沙主任谈谈，又一想，一旦谈了会有什么后果？他有些犹豫，独自到小区广场上散步。广场西北角有个沙坑，是供孩子玩耍的。沙坑里有蚂蚁在乱爬，好像在寻找丢失的东西。他在沙坑边蹲下来，用手掬起一捧细沙，细沙从指缝间水一样流下去。调研中他看到，黑岛之所以吸引人，是因为岛上沙滩极佳，又细又白的沙滩在北方海岸线极为罕见，沙滩才是游客的天堂。忽然，他在沙坑里发现了一只沙牛，沙牛懵懵懂懂，竟然爬到了他的手掌上。他索性将沙牛带回家，找了一个圆形鱼缸，铺上半缸细沙，然后将沙牛放进去饲养。他把鱼缸带到办公室，心绪不宁的时候就看着缸里的沙牛发呆。两天后他做出一个艰难的决定，去找沙主任说说自己的想法。

他很少到主任办公室，主任不叫他不会来，主任在211室，套间，与他只隔着两个房间，两个房间却像雪山草地一样难以逾越。沙主任上任后他这是第一次来。进到沙主任办公室，发现墙壁上挂着一幅蝴蝶标本，他看了一眼就惊讶地问：“沙主任，您从哪里弄到的这蝴蝶标本？”

沙主任说：“怎么？这标本有问题吗？”

“这是金斑喙凤蝶标本，属于国家一级保护动物！”

沙主任哈哈大笑起来，道：“我根本就没当个玩意儿，在你眼里却成了宝贝，好吧，只要申遗报告写得满意，专家能一次性通过，这标本我奖给你。”

“别别别，我可不敢要，捕获、制作、销售这种蝴蝶标本是违法的，这奖励会把我送进大牢。”魏征急忙摆手，语气有些变调儿。

沙主任脸上的笑靥顿时凝固了，她一定觉得魏征有点儿不识好歹，送个蝴蝶标本与进监狱有什么关系，明显是小题大做，便摆摆手道：“好了，来找我有什么事？”

“我想说黑岛申遗这件事需要慎重，利弊得失要权衡好，申遗对我们这座城市、对黑岛知名度提升是有一定好处，但申遗也是双刃剑，一旦申遗成功，黑岛就要严格保护，不允许商业开发，换言之，黑岛游就要叫停，游船不能登岛，沙滩不能玩耍，蓝岛、国际化也就成了空中楼阁，黑岛只剩下了科考价值，变得只花钱、不赚钱。更何况靠黑岛谋生的上万从业者就会失业……”魏征只顾自己说，没发现沙主任的脸色已经由白变青，两道文眉几乎要倒竖起来。

“行了！”沙主任喝住了他，“你思考的问题已经超出了你的职位。”

“我说的是实情。”魏征解释道。

“申遗大政方针已定，你我都是执行者，你的职责是从正面写足申遗的必要性、可行性，不要纠缠负面的枝枝蔓蔓。”沙主任显然是生气了，魏征的话要是让上面知道，她这个主任也会挨批评，“记住，申遗是大局，大局你懂不懂？大局是不能讲价钱的。”

“不管大局小局，总该实事求是吧，为了一个虚名砸掉上万人的饭碗有点儿说不过去，生存比申遗重要。”

“够了！”沙主任拍案而起，“你怎么一根筋呢？”

“在栲栳街改造上我有过教训，我不能两次犯同样的错误。”魏征坚持自己的看法。

“你不要再说了，回去好好想一想，想通了就来找我，想不通我就换人。”沙主任是个干脆利落的领导，说话办事绝不含糊，这一点与和事佬胡主任截然不同。

魏征面临艰难选择，身为文旅局副局长的我也听到了一些风声，我专门去找他，希望他能识时务，别再一根筋了。我觉得沙主任说的没错，申遗是大局，市领导的站位肯定更高，做下属的跟着走就是，不能傻乎乎地自以为是，因为你不是决定方向和路径的人。

来到魏征的斗室，他正坐在办公室前看着那个饲养沙牛的圆鱼缸出神。鱼缸有半个西瓜大小，盛了一半细沙，没有注水。我问他盯着个干鱼缸做什么，难道不爱昆虫想养鱼了。

“对昆虫的爱我一生不会变。”魏征请我坐下，起身为我泡了杯绿茶，放低了声音道，“沙主任让我觉得她这个‘沙’字写错了。”

“写错了？”我有些不解。

“应该是‘杀伐’的‘杀’。”

我刚喝下的一口茶“扑哧”一声笑喷了，道：“你啥时候学会损人啦？”

魏征严肃地说：“不是损人，是真实感受，沙主任发火的时候挺瘆人，那天我从她办公室出来后颈上全是冷汗，我真的害怕了，她的目光像冰锥，直扎人心。”

我虽然对沙主任不是很了解，但各种会议上碰面机会也不算少，对她的干练印象还算不错，哪里来的目光像冰锥呢？我说：“你要领会沙主任意图，因为你是工作人员，不是人大代表、政协委员，定位不能错。”我知道依魏征的聪明用不着别人出主意，但我对他真的放心不下，魏征本来是我们四人中最优秀的，却混成了现在这个样子，怪谁呢？黑岛申遗干吗要用三只眼来审视，要我看两只眼最好还是睁一只闭一只为好，沙主任说得没错，做事情要顾全大局，在决策者眼里，申遗成功，这座城市就有了世界级知名度，这个知名度是花多少钱也买不来的。

“我定位没错，既然由我起草申遗报告，我就要从正反两方面来分析，不能只讲一面之词。我去黑岛调研了，那里的从业者听说要申遗个个忧心忡忡，他们知道申遗成功后旅游生计就没了着落。”

我觉得魏征确实多虑了，社会就像巨大的海绵，吸附能力极强，当年国企改制，成千上万的国企工人都能再就业，一个黑岛旅游区区万人还算个问题吗？我说：“兄弟啊，你用第三只眼看问题没错儿，但要和前两只眼综合成像，蓝蜻蜓看东西三只眼并不打架，最后会统一成像，你这三只眼要是也能协调起来，发现的结果就不一样了。”我用从魏征这里学到的知识来劝他，这正应了那句“以其人之道，还治其人之身”的老话。

魏征愣了一下，没有急着回答，而是端着茶杯走到小鱼缸前，低头观察了一会儿道：“看来我要学习沙牛了。”

“又要学一种虫子？”

“每一种昆虫都了不起，”魏征指着鱼缸说，“你看，沙牛在沙里设置了一个陷阱，用来隐藏自己，也用来捕食。”

我起身过去看了看，鱼缸中没有什么沙牛，倒是有个漏斗状的小沙坑，这就是魏征说的陷阱了。我问：“沙牛在哪里？”

“在小沙坑下潜伏着，如果有蚂蚁掉进去，就会成为沙牛的食物，沙牛是捕食蚂蚁的专家，一年会捕食上千只蚂蚁，但它从不主动出击，就是在沙坑下守株待兔。”

“沙牛是很有意思的昆虫，不过你向它学什么呢？捕食蚂蚁？”魏征见到什么昆虫都想学，多少有些神化昆虫了，人的智商再不济也比昆虫聪明，没必要见一个学一个。

“学沙牛倒着行走。”魏征的回答很干脆。

“倒着走？”我有点儿糊涂，我知道蜣螂搬运粪球是倒着行走，沙牛不搬运粪球，干吗要倒着走？

“沙牛从来都是以退为进，所以又叫‘倒退虫’。”说完，魏征伸出手将沙牛从沙子里抄出来，放在掌心展示给我看。这是一种棕黄色的小昆虫，长约两厘米，整体呈纺锤状，头部有一对钳形的角，这应该是它捕食的利器了。

“以退为进？”我的目光从沙牛转到魏征的脸上，“四十岁正是建功立业的好年龄，他怎么会学习沙牛以退为进呢？”

“我是指黑岛申遗项目，并不是泛指。”魏征解释了一句，“黑岛申遗，我认为没有什么实质性意义，即使申遗成功又能怎样？除了一个虚名再无其他用处。我觉得把黑岛打造成‘黄海夏威夷’的想法有些不切实际，因为黑岛不是群岛。”

“申遗这个问题已经敲定，不能再讨论，你还是放弃自己的想法，抓紧做正向工作。”我还是想说服魏征，如果他真的选择退出，等待他的不会有好果子，沙主任的强势我很清楚，一定会视魏征为另类。

魏征将沙牛放回鱼缸，小东西三委两委就藏进了沙子里，沙子表面不一会儿就形成了一个漏斗状的陷阱。魏征转身面朝窄窗，呆呆望了一会儿，用手背揉了揉眼睛，喃喃地说：“我也不想这样，可是我不想做违心之事，我一打开电脑写申遗报告，脑子就会浮现出栲栳街原本的模样，改造失败的栲栳街成了我一块心病，栲栳街空空荡荡的样子有时会出现在我的梦里，我没想到会是这样一个结果，我甚至梦到过自己在栲栳街摆地摊，结果我的摊位无人问津，因为街上一个行人也没有，想想看，我真的不能两次犯同样的错误。”说完，他转头看向我，我发现他的眼里有泪水渗出。他几乎哽咽着说：“在这座城市，你是最懂我的人，若是连你也不理解，我真的就绝望了。”

我的鼻子有些酸，这一刻，我理解了魏征内心的矛盾。我用力点了点头：“我不劝你了，我理解你的选择。”

魏征退出了申遗专班综合组，确切地说是沙主任主动换了人。

最后，黑岛申遗功亏一篑，材料审核没能过关。为此，立了军令状的沙主任向市领导做了检讨，而且生病住了半个月医院。我劝魏征去医院探视，魏征说自己若是去了，等于火上浇油。

斑透翅蝉

前面我说过，魏妈妈给我导师画过一幅祝寿图，画面上是两只水蜜桃和一只斑透翅蝉。导师八十寿诞我去看望他，他指着墙上的画告诉我，说此画好就好在这只蝉上，寓意很多，画家显然用了一番心思。导师没有具体说有哪些寓意，画是我送的，若请教导师，好像我这生日礼物送得不明不白，我只能来请教魏征，听听他说这只斑透翅蝉都有哪些寓意。

打电话给魏征，他说你来吧，他昨晚刚写完一个材料，咱俩正好泡壶太平猴魁聊聊天。魏征喜欢喝绿茶，他认为只有绿茶才能喝出应有的味道，茶叶一旦发酵，就失去了先天秉性。对这个观点我未置可否，因为我喜欢喝发酵的茶，但在魏征这里我是从不挑剔的，他泡什么我喝什么。

魏征九平方米的办公室，虽逼仄却不失亲切，因为我也曾有一间这鸽子笼般的办公室。魏征有些疲惫，背靠着沙发正在看报纸。魏征喜欢读报，单位给综合处订了许多报纸，别人懒得看，宋姐就将报纸都送给他，他每天都会抽出时间将这些报纸浏览一遍。

“坐吧。”魏征起身伸了个懒腰，用玻璃杯熟练地泡了两杯猴魁，猴魁的叶片在热水中很快舒展开来，像河中水草一样摇动着。他从茶几上拿起一个瓶盖，将红蓝黄白四种颜色的药片一股脑扣进嘴里，然后端起茶水送下。因为新泡的茶，水很烫，他吃药的表情有些痛苦，一副大义凛然的模样。

“茶水不能服药。”尽管这话是马后炮，但我还是说了出来，我也服降压药，但我从不用茶水送。

“没事的，药量大，茶水降低的药性微乎其微。”魏征满不在乎，一个谨慎的人在服药上却不谨慎，这有点儿奇怪。

“你睡眠不足。”看着憔悴的魏征我有些心疼，写材料真不是一个轻松工作，不能怪年轻人对此望而却步，我所在的文旅局有个年轻小伙子，本来一身朝气，调岗写了两年材料竟然开始染头发了。

“全市半年工作总结，省里要得急，昨晚熬了个通宵，主要是上半年数据不好看，分析起来有些难度。”魏征解释说。

我知道工作总结是例行公事的材料，虽然不需要创新，但要方方面面都点到，是个费时费力费脑筋的活儿。我在政研室工作时也写过这类材料，很清楚数据是总结的压舱石：数据好，怎么分析都有道理；数据难看，就得想方设法把原因说通，应该是这个问题让魏征伤了一夜脑筋。

我不想和他谈论什么总结，问他：“你和沙主任的关系怎么样了？”

“她还在恨我，但我不怪她。”

“人家恨你也在理，你当时太任性。”我和魏征说话从不藏着掖着。

“所以我才不怪她。”

“沙主任是女人，女人普遍都是软心肠，你们之间有扣子解开就是，敞开胸怀才能消除前嫌，不能总是僵着。”我深知魏征的处境，因为工作上受冷遇，除了工作总结这类例行公事的材料给他，他已经没有大活儿可干。

魏征没有接话，而是打开一个手机短视频给我看，视频里是一只蝉蜕变的过程。一棵嶙峋的槐树树干上，有只蝉正在脱壳。视频高清，蝉脱壳的过程可谓丝毫毕现。只见暗黄色的若虫在脖颈部开裂，灰白色的蝉从裂缝处艰难地探出头来，身体一点点往外挤，挤出半个身子时开始倒仰，像体操运动员一样把身体尽力后弓，直至全部身躯脱壳成功，然后开始抖动翅膀，原本蜷缩成菊花瓣一样的翅膀慢慢张开，变成了透明状的两张蝉翼。整个过程堪称完美，可以想象脱壳的经过是多么痛苦，这是一次自我接生，没有任何外力可以借助。

看过视频我把手机还给魏征，问他：“你好像知道我是来问蝉的？”

“我不知道你来问什么，是你刚才的建议让我想到了蝉。”魏征实话实说。

“我的建议让你想到了蝉？”

“是的。”魏征再次打开手机视频，看着视频说，“你知道蝉最大的优点是什么？是蛰伏，所有的蝉都要经历蛰伏，短的一两年，有的三年五年，最长的要十七年，蛰伏让蝉成了世界上寿命最长的昆虫。”

原来蝉的寿命是昆虫之最，这一点我还真不知道，魏征关于昆虫的知识总在不断更新，每次与他聊天都会有新收获。

“不过，蝉一旦由若虫脱壳成为成虫，寿命也就进入倒计时，完成交配和产卵后，生命和使命会一同完结。”

“看来蝉的一生颇有些悲剧色彩。”魏征的介绍引发了我的感慨。

“悲剧谈不上，蝉是胜利和成功的标志，要不怎么会有蝉联这个词？但胜利和成功是蛰伏的结果，可以这样说，没有长时间的卧薪尝胆，就不会有身居高处的一鸣惊人。”

我明白了魏征谈蝉的用意，直截了当问他：“所以你想学蝉那样蛰伏？”

魏征没有正面回答我，他朝办公桌上厚厚两摞材料瞄了一眼说：“蝉蛰伏于土地，我蛰伏于文字，土地能孕育生命，文字会产生力量，两者异曲同工。”

“可你是个男子汉，你的女儿希望你是战神大兜。”

“我是个小人物，就像一只正在脱壳的蝉，我隐隐有种预感，脱壳越早，使命结束越快。”

“所以你想躺平？”我听出魏征的话语与以前大不相同，似乎缺了中气。

魏征捏着耳垂，像背诵课文一样道：“天不得时，日月无光；地不得时，草木不生；水不得时，风浪不平；人不得时，利运不通。”

魏征这段话出自吕蒙正的《寒窑赋》，很多人都熟悉，吕蒙正所说的时可以理解为机遇，我想，你魏征不是没有机遇呀，能接手两个大活儿，不是一般人能有的机遇，如果把握得好，你的发展应该在我们三人之上。

“你有点儿消沉。”我望着魏征，才过去十年，魏征与三十岁时的状态有了很大变化。

“过了不惑之年，人生就进入了秋季，我就在文字里精耕细作吧。”

魏征松开捏耳垂的手，开始捏下颌，他下颌没有胡须，嘴角却被深深的法令纹紧缠着。

我脑海里忽然蹦出“早衰”这个词。感觉这个词化成蝉蜕被我吞到了嘴里，那种咸涩的味道难以描述。我是写过材料的，在我眼里每一个词汇都像盐粒一样，伏案苦熬有种被汗水腌渍的感觉。我干嚼了几下，口腔慢慢恢复常态。我想起了来意，问他：“老妈妈当年给我导师画的那只斑透翅蝉，我只悟出了声音和禅意，肯定还有别的寓意吧？”

“你怎么想起问这个？”魏征是聪明人，他猜出这不是我想出的问题。

我只好说出原委：“导师说这只蝉寓意很多，可作为送画人却搞不清楚，这是很丢人的事。”

魏征笑了笑，道：“不求甚解确实不好，就凭你能来问我这一点，我对你的表现打高分。”

“那就快说说吧，都有哪些寓意？”

“斑透翅蝉是常见的蝉，它的叫声很特别，呜嘤呜嘤呜嘤——哇——，像不像一个婴儿在哭？婴儿之心是自然本心，也就是我们常说的赤子之心，道家修炼的最高境界就是‘复归于婴儿’，当然，同样一幅画不同的人会有不同的感悟，我相信妈妈的寓意肯定和我们不一样，一位古稀老人对人生的参悟必然有自己深刻的体会，再说了，蝉的文化含义是多方面的。”

“那么，都有哪些文化含义呢？”

“我的理解也不是很全面，就举三个例子来说明吧。第一个例子，你知道商周时期用来盛食物的青铜器为什么雕蝉纹吗？因为蝉只饮不食，代表清洁，妈妈也许想提示你的导师注意养生，不要膏粱厚味。”

这个说法讲得通，我知道蝉靠吸吮树木的汁液生存，是最讲究饮食卫生的昆虫。

“第二个例子是一首古诗，你也熟悉，其中有一句：居高声自远，非是藉秋风。是说蝉不流世俗，总是居于高处，大意是指品德高尚吧。”

对这个例子我也能接受，我知道北方的蝉有斑翅透蝉、寒蝉、金蝉、绿草蝉等多种，虽叫声各异，但蝉鸣大都在高处，不会于墙角旮旯像蛐蛐那样发声。

魏征接着说：“第三个例子就有点儿玄学味道了，道家升天为什么叫‘羽化’？这个‘羽化’就是蝉在蜕变，在道家眼里，蝉的生命是周而复始、死而复生，古人死后嘴中要含有玉蝉，寓意就是生命不死。”

三个例子讲完，魏征问：“不知我说没说清楚，当然这是我的理解，妈妈从来不解释自己的画作。”

我点点头，魏征讲得再清楚不过，我觉得这个问题他完全可以写篇论文发表，对世人也是一种告诫，因为我知道有些地方人们夜里打着手电筒抓知了猴，知了猴就是蝉没有羽化前的若虫，人们当作一道美食来捕捉，导致一些地方蝉鸣越来越稀少。蝉的寓意如此美好，人们不该伤害它。

“这三个例子我记住了，”我说，“我发现你很像一只蝉，一只雌蝉。”

“为什么是一只雌的呢？我可是男人。”魏征半张着嘴问。

“因为你从不鸣叫。”

此话一出口我就后悔了，但说出的话就像放出的箭，没法收回来，我也就不顾魏征的感受了，谁叫我们是朋友呢。

蜜　蚁

参加工作二十五周年纪念日，我召集小范、小马、魏征一同小聚。

组织这次小聚是为了魏征，除了魏征，我们三人都先后提拔为市直部门正职，只有魏征这个政研室的钉子户还在208室纹丝不动。这期间魏征也不是没有机会，一位市领导想提拔他到报社任副总编，征求沙主任意见，沙主任说报社用一根筋的干部，将来难免会捅大娄子。沙主任这么说，那位市领导只能作罢。还有一次，我和已经到县区任正职的小马说："咱不能看着魏征老是这个样子，你把他要到你们区里做个宣传部部长多好。"小马也赞成，说关键是沙主任能不能放，如果沙主任打横儿，这事就没戏。我们都知道沙主任作为领导智囊，在市里有一定话语权，属于做酒不成做醋酸的人物。小马去找沙主任商量此事果然碰了钉子，沙主任说她要为事业负责，不能把不合格的干部推荐到领导岗位上。后来，沙主任在与宋姐聊天时说出了心里话，她说："我窝在政研室这么多年，都是拜魏征所赐，魏征放我一次鸽子，我就拾掇他一辈子。"

魏征如此不走运，我们几个老同事也无能为力。

年初，在政研室主政满两届的沙主任交流走了，这对魏征是一件好事，因为他和沙主任的矛盾是属于冰面下的矛盾，没有化解的可能。沙主任调令下达后，犹豫再三的魏征还是去211看望了她。沙主任面无表情，但礼貌性地寒暄还是要有一点儿。

她说："你可以恨我，是我不想提拔你。"

魏征说："我知道原因。"

沙主任说："你让我平生第一次走了麦城，你知道一个女干部的自尊有时候比生命还重要吗？”

魏征点了点头，他不否认自己的撤出导致申报材料没有过关，黑岛申遗从此搁浅，平心而论，如果他来执笔申遗报告，也许不是这样一个结果。

沙主任接着说：“这件事，伤害了我，也影响了你，彼此没有赢家。”沙主任这样说是有原因的，她立军令状时领导有话，如果当年申遗成功，将会论功行赏，该提的提，该奖的奖。机关已经传出风来，说沙主任要提任宣传部部长。黑岛申遗失利，这事自然没了下文。魏征很清楚，沙主任在政研室这十年，等于被雪藏了十年，十年后的今天，她已经没有年龄优势，朱颜不再，英雄气短，只能交流到边缘单位等待退休。

魏征说：“角度不同，结论就会不同，我不恨你，希望您也别恨我，昆虫的记忆不过一天，所以对它们来说每一天都是新的一天，你把我当作一只可有可无的昆虫好了。”魏征希望沙主任能忘记过去，放下十年前申遗那次不愉快，他来见沙主任是下了很大决心的，一双冷眼相望十年，这是一个无法解开的死扣。

沙主任长叹一口气，只说了一句话：“真是不可救药。”

魏征打电话把他去211的事告诉我，我气得真想摔电话，我说：“你早干啥去了？若是早去几年，这个死结就成了活扣！”

我们四人约好相聚的日子是7月21日，已经在县区主政一方的小马想承办，被魏征制止了，魏征要求大家AA制，他不想因为聚餐给我们三人带来麻烦，因为我们三个都是接受监督的领导干部。我们商量后觉得AA制也好，对魏征是个尊重。聚餐在一个叫“三十七相”的小酒馆进行，这里环境私密，氛围优雅，老友相聚，感慨颇多。大家谈起往事，都说政研室搞文字那几年没有白搞，苦是苦了点儿，但那种全局性的思维锻炼和文字综合能力的提升十分重要。小范说无论当副职还是正职，从来没让秘书写过讲话稿，有时办公室给起草了稿子她也看不上，还不如自己列个提纲讲得顺畅。小马已是区委书记，说在政研室工作最大的收获是明白了工作套路，干什么都会先锤炼思路，然后调研和试点，不会盲目蛮干。我说在政研室最大的收获是认识了魏征，魏征让我知道了许多昆虫，发现原来昆虫的世界也很精彩。魏征说："离开，有了审美距离，你们才有这么多体会，而我作为政研室钉子户，属于不识庐山真面目，只缘身在此山中，体会就谈不上了。"

小范道："体会没有，感悟肯定不会少。"

大家让魏征讲讲有什么新感悟。魏征并不推辞，他喝了口水润润嗓子，目光扫过在座每个人的脸。我已经猜到魏征会讲什么，他的感悟肯定与昆虫有关，昆虫，是魏征永恒不变的话题。

"你们知道地球上有多少种蚂蚁吗？"魏征冷不丁问大家。

大家面面相觑，谁都见过蚂蚁，但地球上有多少种蚂蚁还真回答不上来。

"世界上已知的蚂蚁有一万四千多种，人类才多少种呀，不够蚂蚁零头。"魏征说，"如此众多的蚂蚁，我只对一种情有独钟，那就是蜜蚁。"

我知道蜜蜂，却没听说过蜜蚁，大家都静静地等待下文。

"蜜蚁是工蚁的一种，蚂蚁家族中有蚁王、兵蚁和工蚁，蚁王负责繁育后代，兵蚁负责守卫巢穴，而工蚁则负责采集食物、建设家园。其中有一部分工蚁将肚子变成了储蜜的'粮仓'，这就是蜜蚁。蜜蚁肚子像个圆球，里面储满了蜜，看起来像粒饱满的葡萄。蜜蚁储满蜜后，会把自己吊在蚁穴顶部，它们颜色各异，是对蚁穴最好的装饰。蜜蚁肚子颜色取决于所采之蜜的颜色，有的花蜜颜色鲜艳，蜜蚁的肚子就像彩色珍珠一样好看。蜜蚁牢牢地抓住蚁穴顶部，断粮时靠反刍供养蚁王和家族成员。没有蜜蚁，蚂蚁家族很难生存，蜜蚁奉献了自己，成就了团队，达到了一种忘我境界。”

“真是一种神奇的蚂蚁，”小范说，“可是它们是怎么分工的呢，按你刚才的说法，不是每只工蚁都会成为蜜蚁。”

“这是教育的结果。”魏征说，“小蚂蚁一出生，成年蚂蚁就会给它们归堆儿，把那些活跃的小蚂蚁培养成蜜蚁，被选中做蜜蚁的，一生工作就是采蜜，它们相互之间会比谁的肚子又大又圆，采蜜少的会受到鄙视，蚂蚁家族是真正的以劳动为荣。”

“蜜蚁本身可以选择吗？”小马问。

“当然可以，如果在蜜蚁堆里它不去疯狂地采蜜，就自动变成了另一种工蚁，但小蚂蚁们一定都争着抢着要做蜜蚁，做蜜蚁更有成就感。”

“只要不是强迫就好。”小马说，“人权最重要的是选择权，对于蚂蚁也是。”

“是啊，既然是自己的选择，又何必后悔呢？我当年考公是自己选择的政研室，没有谁逼我，既然如此，我就以字酿蜜，做一只任劳任怨的蜜蚁吧。”

我们才明白魏征讲蜜蚁的目的是堵住大家的嘴，不让大家再谈他的工作，或许他是不想在这样一个欢聚的场合谈不愉快的事情吧，蜜蚁这个故事很好，至少对我颇有些启发。

我问他为啥对蜜蚁产生了兴趣，滨海市好像没有这种蚂蚁。魏征说自己五十岁生日那天，已经进入耄耋之年的母亲专门为他画了一幅画，画面上是一株卷丹百合，红色的花瓣上点缀着一些好看的斑点，在长长的花萼上，有一只蜜蚁，蜜蚁圆滚滚的肚子像琥珀一样油亮。母亲告诉他这是蜜蚁，母亲没有解读，但他却悟出了母亲的用意。母亲一辈子在群众艺术馆当美术辅导员，对工作从没有过多奢求，每天都乐在画中。

“我们都没忘记你，说实话，论写文章我们都不如你。”小范忍不住说了句实话。

魏征说理解大家的良苦用心，希望大家不要再为他转岗、提职一事费心，他已经习惯了码字匠的角色，就像习惯了研究昆虫一样。还说现在政研室的重要材料他不再介入，空闲时间多了，经常给时政类报刊和内刊写稿，这些稿件不仅可以署名，而且还有不菲的稿酬，这让他的劳动有了可见的价值。

“你就准备在政研室干一辈子吗？”小范问，“我知道你有你的自尊，有啥想法告诉我们，大家一起想办法。”

“机会还是有的，你们主要领导已经有了调整，你至暗的十年已经翻篇，进入了复兴时代。”小马为魏征提职去找过沙主任，知晓沙主任对魏征的态度，沙主任不离开，魏征永无出头之日。

遗憾的是，政研室新任的牛主任是从高校调过来的，因为长期在高校工作，与大家没有什么交集。

魏征宽慰自己说：“时也命也，啥人啥命。”

“会有出头之日的，不是有一种蝉能蛰伏十七年吗？”我不忘给他打气。

魏征说：“你们知道知了猴吧，在地下蛰伏那么久，刚一露头就被人捉了拿去下酒，这是它的命数，不露头也不是坏事，好歹不会下油锅。”说完他兀自笑了。

我们都没有笑，我看到止住笑的魏征又开始捏耳垂。

接下来没有谁再提魏征工作的事，聚会成了魏征给大家普及昆虫知识的聚会。

黑蝴蝶

五十五岁的魏征工作上连续出现两次失误，失误严重影响了领导对他的印象。

第一次是全市建设学习型机关座谈会，会议本来没有安排他发言，一般来说有大领导参加的会议，发言人和发言稿都要送审的，这次座谈会因为有市委张副书记参加，没有发言任务的人只要带着耳朵听会即可。谁知主持会议的牛主任颇有民主风范，在规定的发言人发言结束后，他撂下主持词抬起头问："哪位还有要说的？"问话没人应答，牛主任看到魏征不停地在本子上记着什么，以为他做了发言准备，就点名说："魏征同志是政研室的老同志了，你说两句吧。"坐在一旁的宋姐小声对魏征嘀咕："开会有风险，发言需谨慎。"魏征以为这是玩笑，没有往心里去，他觉得牛主任点将，无论如何不能驳了牛主任的面子，就回答说："那我就说点学习体会吧。"他讲了三点体会，语速和措辞都恰到好处，按理说没什么大问题。第一点讲学无止境，人应该活到老、学到老。第二点讲学以致用，说学习不是装门面，一定要用，不用即或学富斗车也没有意义。惹出麻烦的是第三点，他讲人除了向书本学习外，还要向大自然学，尤其应该向昆虫学习，小虫子大学问，昆虫世界奥妙无穷，值得探究。在第三点，他还举了蟑螂的例子，说将来发生核战，能幸存的生物只有蟑螂，蟑螂抗辐射能力是人类的两千倍。对这个发言干部们褒贬不一，反响比较大的是个别女干部。组织部一位姓孙的女处长说听完魏征的发言连续两个晚上没睡好觉，总觉得床单上有蟑螂在爬。孙处长有严重的洁癖，而且最讨厌小虫子，家里如果有蛐蛐儿叫，挖地三尺也要找出来消灭掉。如果是机关干部们议论议论也无所谓，问题是参加会议的有市委张副书记。张副书记从外地刚交流过来，因为一张国字脸总是板着，干部们私下给他起了个“横平竖直”的绰号。这个绰号没有贬义，主要是夸他模样周正。“横平竖直”对魏征的发言评价不高，在总结讲话时脱稿做了评价。“横平竖直”讲话从不脱稿，这次能脱稿评价说明心里有话不吐不快。他说人要有志气，当志存高远，与凤凰同飞必为俊鸟，与虎狼同行必为猛兽，与小虫子为伍能成啥气候？只能算有点雕虫小技罢了。“横平竖直”这分明是说魏征胸无大志、目光短浅，这个结论对于等待进一步使用的魏征来说成了一块搬不开的泰山石。宋姐特意打电话给我，说魏征在横平竖直那里印象坏了，咱们劝劝他抓紧远离小虫子吧。我说魏征不会接受的，他对昆虫的兴趣来自家传，哪里会轻易改变？好心的宋姐还是去 208 劝了魏征。魏征帮过宋姐，宋姐儿子读博士，因为没有在核心期刊发表论文一直无法毕业，宋姐愁得不行便去找魏征，魏征亲自操刀帮孩子修改了论文，使论文得以顺利发表，宋姐对此十分感激。宋姐对魏征分析了“横平竖直”的话，劝他这段时间就别碰小虫子了。魏征听后捏了捏耳垂说：“领导讨厌小虫子那是领导的事，我喜欢小虫子是我的爱好，人各有志，何必强求。”

有次开会我遇到了牛主任，特意和他说了魏征的情况，说魏征喜欢昆虫只是爱好，从没影响过工作，他是个特别看重工作的人，在政研室是扛大活儿的骨干。牛主任并没怪罪魏征那次发言，说他自己在大学是生物学教授，觉得魏征的发言没有大问题，向昆虫学习没什么不妥，人不仅要向昆虫学习，还应该向大自然中任何值得学习的生命学习，人类是通过仿生进步的。我和小范、小马说了牛主任的看法，大家都为魏征感到高兴，觉得这个不幸的家伙终于要柳暗花明了。没想到在这个时候，魏征工作上出了事故。

事故原本只有少数人知道，谁知“横平竖直”在一个规模不小的会议上举了这个例子，结果在机关一下子就传开了。

所谓事故其实就是个笔误，如果主持会议的“横平竖直”能随机应变，也就不会出问题，但“横平竖直”主持会议一向照本宣科，绝无半句更改，这个笔误就念了出去，引起会场一阵唧唧喳喳的议论。那是一次市委理论中心组例行学习，邀请某退休的部级领导来做时事报告。被邀请的部领导姓张，因为退休好几年，不宜再称部长，负责主持词起草的魏征就写他为“张老”。“张老”这个称呼没问题，开头介绍也都正常，但在总结时，主持词里的“张老”错打成了“老张”，“横平竖直”没加思考就如实照念，结果就成了事故。中心组成员都是有一定级别的领导干部，素质相对较高，大家知道是笔误，笑一笑也就过去了，没想到“横平竖直”在一次百人规模的会议上说了这件事，批评有些搞文字工作的同志不认真，缺乏责任心，一字之差，谬以千里，这种事也就发生在今天，要是出在上世纪六七十年代，那可是捅破天的大事，起草者、主持人都会吃不了兜着走。“横平竖直”这样一讲，等于魏征三十年的努力顿时付之东流，五十五岁的年龄，临门一脚的提拔机会没有了。

刚办完退休手续的宋姐给我打来电话，说你来安慰安慰魏征吧，他总是憋在房间里煲电话粥，不知向谁倾诉苦闷。宋姐说：“我和他共事三十年，知道他就你这样一个能说心里话的朋友，他这电话粥能和谁煲呢？吓人的是有时还会煲出笑声来，出这么大的事能笑吗？会不会是自言自语有点儿魔怔了。”“魔怔”是当地对人言行异常的描述，一个人魔怔，就等于精神方面出了问题。

我想，魏征上火是肯定的，便特意到药店买了两瓶金银花去看望他。金银花祛火，可以和太平猴魁一起泡水喝。

在二楼走廊，我见到了正在收拾办公室的宋姐，她轻声告诉我好好开导开导魏征，别想不开做傻事。我说魏征不会做傻事，他在屋子里不出来，肯定在研究某种小虫子。

站在208门前，望着有点儿斑驳的金属门牌，我心头忽然生出一种莫名的伤感：三十年了，魏征竟然没有换过办公室，208由实木门换成了贴面的胶合板门，再换成了现在的防盗门。如果我没记错的话，三十年换了三次门，可惜魏征出头的那扇门始终没有出现。

我敲了敲门，里面传出一个略带沙哑的声音：“是李民吧，请进。”

推门进来，对面那扇窄窗敞开着，魏征没有回头，正站在窗前凝视窗外。因是二楼，窗外浓密的雪松遮住了原本不大的窗子，从浓绿色的枝冠旁看出去，是另一栋三层小白楼，那里是市领导办公场所，“横平竖直”就在那幢小白楼的三楼。

“发什么呆呢？”我走到他身后问。

“你看，雪松上有只黑蝴蝶。”魏征指着不远处的松枝说。我定睛一看，果然有一只黑蝴蝶在那里不停地翻飞，似乎在寻找什么。

“蝴蝶在松枝上干吗？应该去花丛才是。”我随口说了一句。

“这是黑蝴蝶，不是一般的蝴蝶。”魏征注视着黑蝴蝶，问我，“你了解黑蝴蝶吗？”

我摇摇头，对黑蝴蝶我真没有研究。蝴蝶种类虽然繁多，但它们有个共同的特点，就是吸食花粉。我说：“雪松上没有花粉，黑蝴蝶这不是做无用功嘛。”

“谁说雪松没有花粉呢？现在是十月，正是雪松的花期。”

我意识到了自己的无知，在食堂不是经常吃松花蛋吗？没有松花哪里来的松花蛋一说。

魏征接着说：“当然，松花在蝴蝶眼里并不以花的形态存在，蝴蝶看到的是松花的近紫外、远紫外，它看到的物体也许更接近世界的本质，而人类却迷信自己的认知，排斥那些看不到的东西。”

“人类怎么迷信自己的认知了？”我有些不解。

“人类的认知存在局限这不是秘密，人类对物质世界的认识不过这个世界的百分之四，但人类却习惯用这百分之四的认知去评价另外百分九十六的存在，这是以偏概全。人类探寻的东西不一定比昆虫要抵达的目标更有价值，昆虫的能量有时会超乎我们的想象，比如说唐山大地震发生前，天上的蜻蜓成群地嗡嗡乱飞，落满船舷、汽车，忽然间又不知所终；比如蜣螂不仅能推动比自己重百倍的粪球，而且会依靠星辰导航从不迷路；还比如蜘蛛，所有触网的飞虫都会被它用黏丝捆缚，唯独对蜜蜂网开一面，蜜蜂即使触网它们也会按兵不动；等等。这些举动都需要探寻答案。”

“我们不谈昆虫了，我今天来是和你谈点儿正事。”说实话我不想浪费时间，我此次造访的目的是想和他商量如何化解“横平竖直”的不满。

“我知道你来想谈什么，已经不重要了。”魏征转过身来，并不高大的身子挡住了窄窗透进来的日光，他没有开灯，任由房间里光线暗淡。

“别站在那里挡着光，我们坐下来喝杯茶。”我反客为主，主动为他泡了一杯茶，杯中加了些我带来的金银花。

魏征拿起金银花罐看了看，道：“金银花最怕什么昆虫你知道吗？是咖啡虎天牛，一种看上去很漂亮的昆虫。”

真没办法，只要和魏征聊天，三句话肯定不离小虫子。我说：“我从没听过什么咖啡虎天牛，今天咱们不谈昆虫。”

魏征笑了笑，刚刚端起茶杯，窗外那只黑蝴蝶好像闻到什么竟然飞了进来，在屋内翩翩起舞了一番后，稳稳地落在魏征肩头，两扇翅膀合拢起来一动不动。确切地说，黑蝴蝶不是那种一塌糊涂的墨黑，而是黑中带有一点瓦蓝，让黑有了某种灵性。

"它看到了什么？难道你身上也有紫外线？"我问。

"应该是我身上释放出的某种气息吸引了它。"

魏征这话并非没有根据，有些动物确实能感受到人类释放出的某种气息，我见过一个狗贩子，此人杀狗卖狗肉，成百上千的狗死在他的屠刀之下，狗市上，再厉害的狗见了他都会夹起尾巴瑟瑟发抖，狗一定是嗅到了他身上可怕的杀气。

"连蝴蝶都能感受到人的气息，人就更不用说了，我觉得你当务之急是向'横平竖直'做个检讨，让他感受到你的善意，进而改变对你的成见。"我不想绕弯子，索性直话直说。"横平竖直"决定着魏征的升迁，那次座谈发言本来就让领导心生不爽，这次事故更是雪上加霜。

"你让我去找领导做检讨？"

"是的，既然'横平竖直'在大会上点了名，你不回应就是迟钝了。"

"可是检讨什么呢？事故的确是我的差错，这个责任我领。"停顿了一下，魏征微微摇了摇头接着说，"说来奇怪，萤火虫肚皮上的褶皱我都数得清，那么大一个笔误愣是没发现，我可是校对了两遍啊。"魏征承认是自己的问题。"没校对出来可能还有一个原因，那就是在我心里退休部长就是'老张'，不应该叫'张老'，他才六十几岁，保养得像五十出头一样，感觉称呼'张老'至少要在七十岁以上才可以。"

"这就是你的天真了，一个耍笔杆子的人难道还不懂称呼的重要性？"我说，"得了，还是找个机会向'横平竖直'认个错，领导都胸襟开阔，不会难为你，这对你下一步安排有好处。"

魏征抬手轻轻去触摸肩膀上的黑蝴蝶，黑蝴蝶竟然张开翅膀，蹒跚着爬到了他的手上，他把蝴蝶托到面前，目不转睛地观察了一番，然后手往上一扬，道："飞吧，去紫外线多的地方。"黑蝴蝶像听懂了他的话，又开始翩翩起舞，在室内绕场一周后，从敞开的窄窗飞走了。

“黑蝴蝶好像能听懂你的话。”我下意识说了这样一句话。

“我也这么认为。”魏征说。

“据我所知，牛主任对你没有偏见，你只要把‘横平竖直’这个误会消除掉，接下来的事情就好办了。”

“无所谓。”魏征平静地说，“开始我还有点儿惶惑，这几天我放下了，刚才那只黑蝴蝶连续三天飞到我的窗口来，它为何而来？就像你今天来我这里一样，无非是来安慰我。自从出了那个笔误后，我这间窄小的办公室就没来过别人，领导也没有给我新的写作任务，倒让我感到一种从来没有过的轻松。”

“是重压之下的轻松吧。”我心里不是滋味，这哪里是轻松，分明是无奈之下的调侃。“你是拿大活儿的大笔杆子，重要材料起草缺不了你，不要轻言放弃。”

“有材料就写，没材料写就看书，最近我在读一本美国学者写的《昆虫志》，这本书丰富了我的昆虫世界。”他从桌上拿起这本书朝我展示了一下，见我没有心思细看，他放下书接着说，“昆虫的世界是个更复杂的江湖，有的为了掠食变成伪装大师，有的为了爱情不惜舍身成为对方的晚餐，有的为了团队生存慷慨赴死，有的失去头颅还在顽强地活着，它们所有的努力只有一个目的，那就是繁衍。而人类则不同，人类的繁衍只是诸多目的中的一种，人类有更多的选择。”

我听出了魏征的弦外之音——逃避。逃避是没有用的，再说想逃也逃避不开，因为政研室就在“横平竖直”的眼皮底下，你能逃到何处？总不能像沙牛那样藏起来吧。我劝他说：“其实笔误算不上大事故，领导看重的是态度，有个好态度，这事在‘横平竖直’那里十有八九会翻篇。”

“在机关工作三十年，我太了解领导了，印象这个东西就像邮戳，盖在脑子里是没法擦掉的。”

我觉得魏征是清醒的，对“横平竖直”也算了解，机关传言他是个亲疏很能拎得清的领导：对信任的干部，干部做什么都受表扬；对不信任的干部，干部怎么做都不对。当然这是传言，我倒是觉得“横平竖直”爱恨分明，原则和理性远远大于情感。

魏征又起身来到窗前，注视着窗外郁郁葱葱的雪松好一会儿，突然没头没脑地问：“你知道黑蝴蝶的象征意义吗？”

我知道他想岔开“横平竖直”这个话题，这个话题也许让他心情过于沉重，以我对他的了解，每当谈工作谈到山穷水尽的时候，他总会谈小虫子，只有进到昆虫的世界里他才最开心。我回答说：“我不知道黑蝴蝶有什么象征意义，一般来说黑色不会象征幸福和吉祥。”

“黑蝴蝶象征灵魂与转世，刚才这只黑蝴蝶造访，我想也许我的灵魂需要一次转世，或者叫浴火重生。”魏征抬手捏了捏耳垂，显得很神秘地说，“人的光谱受情绪影响，估计是这些日子我的光谱有了改变，引起这只黑蝴蝶的注意。”

尽管我不完全相信他刚才这番话，但我找不到反驳的根据，黑蝴蝶能不能感受到人的光谱这是生物学家才能说清楚的事，我今天来主要目的是动员他找“横平竖直”做检讨，一般来说领导都不反感下属做检讨，很多时候检讨会让双方都受益。不过魏征“灵魂转世”和“浴火重生”这些词语着实把我吓住了。

“一个小小的笔误就让你浴火重生？你可千万别做傻事。”我隐隐地有点儿担心魏征，“转世”“重生”这些让人绷紧神经的词汇总是与“短见”相关联，宋姐的担心不是没有道理。

“重生，不靠外力，所有的昆虫都靠自己由若虫变为成虫，就是没有这次事故，我想我也该发生一次蜕变，这是昆虫给我的启示。”

“那你接下来怎么办？要知道，如果不化解和‘横平竖直’的关系，你在208爬格子会一直爬到退休。”我的话有点儿狠，是想让他意识到问题的严重性，不能总是沉浸在昆虫的世界里，昆虫世界再好，它只属于小虫子。

“黑蝴蝶已经给我做出了示范，就是翻飞，你知道蝴蝶飞与鸟儿飞是不一样的，鸟飞你可判断出方向，而蝴蝶飞是无法判断方向的。我需要实现一次翻飞。”魏征很严肃，看来这不是戏言。他似乎已经打定了主意，我脑海里浮现出这样一幅画面：魏征一身运动装，正在池塘边的草地上大步行走，身旁有翻飞的蓝蜻蜓和黑蝴蝶，池塘里倒映着他的身影，远处一头白地黑花的奶牛正抬头望着他。

“你看，那只黑蝴蝶还在松树上。”魏征望着窗外说。

我站起身走到窗前，看到松枝上那只黑蝴蝶翅膀一张一合，却不飞，好像在期待什么。

“你到底怎么想的？”我想知道答案。

魏征说：“我三十年工龄已满，已经向组织部正式递交了退休申请。”我大吃一惊，问他提前退休想干什么去。他说：“你还记得神农架那个说粤语的迟哥吗？”我说：“记得，不是那个厚嘴唇吗，这么多年了，你们一直有联系？”他说：“不常联系，只是偶尔发个信息，这段时间电话沟通多一些，他在神农架投资新建了一个大型昆虫标本馆，想聘我去当馆长，我犹豫了好几天，最后还是婉拒了。”我松了口气，道：“这就对了，快把退休申请抽回来吧。”

“退一定要退。”魏征语气不容置疑，“我已经说服迟总，请他来榜栳街办一个分馆，我退休后可以帮他打理这个分馆。”

“这个主意好！建一个昆虫标本馆，能为榜栳街聚些人气。”

魏征点了点头道：“是啊，一看到萧条的榜栳街，我就心有不安。”

这时，窗外那只黑蝴蝶忽闪忽闪又飞了进来，翻飞着几次想贴近我，但还是选择了魏征一边。我有点儿喜欢上了这只略带瓦蓝的黑蝴蝶。

红蝈蝈

老国像得了宝贝一样兴奋，一路碎步小跑赶回办公室。办公室里有空置的蝈蝈笼，是用新鲜麦秸编织的宝塔形蝈蝈笼，自带淡淡的麦香，昨天编好笼子他还想，哪只蝈蝈有福气居住在宝塔里呢？真是巧了，原来这宝塔属于名贵的红蝈蝈。

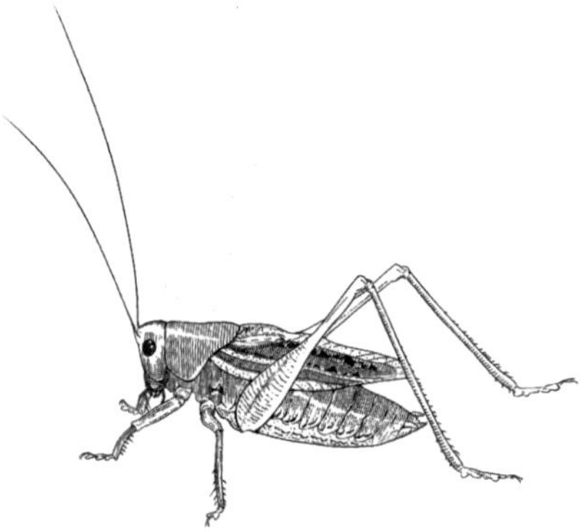

一

养什么也不如养蝈蝈，对于老国来说，蝈蝈是他生活中不能缺少的伙伴。

老国对富洲县境内每一种蝈蝈都能如数家珍，什么翡翠蝈蝈、铁皮蝈蝈、草白蝈蝈、杂色蝈蝈，等等，只要有人开个头儿，接下来的文章他肯定能做下去，而且会做成一篇情节动人、逻辑顺畅的长文。有好友劝他："你大小是个中层干部，养什么蝈蝈呢？好好做官才是正道。"老国听后淡淡地一笑。心想，养蝈蝈是单纯地养蝈蝈吗？促织国之道，也是人之道。老国单位后面有块麦田，因为盛产蝈蝈，老国称之为促织国，促织国是老国心中的圣地。

这个夏天，老国可谓春风得意，因为他拥有了一只红蝈蝈。红蝈蝈十分罕见，堪称蝈蝈界的大熊猫。红蝈蝈头大腹圆，短翅如鳞，振翅响亮，通体除了翅膀外皆为红色，形状恰如一枚红玛瑙雕成的工艺品。

得到这只红蝈蝈纯属意外，说意外，是老国自己也没想到有这般好运气。老国说红蝈蝈是促织国对他的恩赐，心心念念，必有回响，他心系促织国，从春到秋，每天中午都雷打不动到促织国巡视一番，这份坚守感天动地，有所回报也是常理。

老国喜爱蝈蝈没有理由，就是喜欢，爱是不需要附加条件的。老国看见可心的蝈蝈就像单身汉见到美女一样，目光会沙沙沙放电。给老国这一爱好加以诠释的是他的女下属袁芳。袁芳对国学颇有研究，据她考证，国姓与蝈蝈有关。国姓由姬变国，是因为战国时期的子产，子产的父亲字子国，日夜以赏玩蝈蝈为乐，子产耳濡目染也喜爱上了蝈蝈，并从养蝈蝈中悟出了治国之道，遂成名闻天下的政治家。子产的后人便以子国的“国”字为姓，其中有尊崇祖先之用心，也有喜爱蝈蝈之美意。对这个考证老国将信将疑，作为方志专家，老国对子产也有所了解，人的开悟的确需要某种介质，子产统治郑国三十年，蝈蝈就是他深悟治国之道的介质，天道远，人道迩，虫道一，能御蝈蝈者必通治国之道。老国爱好专一，他从不正眼看那些斗鸡走狗之辈，觉得那些玩意儿没有多少文化含量，而养蝈蝈则能上升到某种空灵的境界。当然，这只是老国心里的小想法，他从来没有对别人说过，包括对张口闭口就是之乎者也的袁芳也没说过。

老国在富洲县地志办当主任，实打实的正科级，虽然这个职位与县政府其他委办局的头头儿相比，属于小鱼穿在大串上，没什么实权，但毕竟级别相同，开会都坐在一个方阵里。老国四十有五，在县管中层班子里年龄已经偏大，有人说干部的上进心与年龄成反比，老国深以为然。地志办归县委办代管，他和县领导没有机会接触，一年到头，没有哪个县领导会到地志办调研，领导调研是风向标，风总是往热门上刮，这一点老国并不盲目攀比，比地志工作重要的单位太多了，老国自己掂量掂量也觉得领导来地志办没啥可调研的，县报记者的新闻稿都没法下笔。但老国大小也是个头头儿，需要稳定军心，便经常以古人为例来鼓励下属。老国激励下属从来不讲空话，喜欢以大家耳熟能详的古人为例子说明地志办的重要性，他说：“地志办就好比古代的编修，文章太守欧阳修做过，书法大家董其昌做过，北大校长蔡元培做过，名人都能做，咱们还有啥不平衡的？”名人的例子一举，大家便增强了荣誉感，觉得这工作干得值。地志办主要任务是修志和编撰年鉴，年鉴一年一本，县志二十年修一次，慢节奏的工作就像电量不足的石英钟，好半天才会跳一个格。老国觉得总是这样会让人懈怠，人嘛，不能太闲，他就鼓励下属有点业余爱好，他对下属们说：“不为无益之事，何以遣有涯之生，种点自留地吧，只要不影响修志和出年鉴就行。”

老国办公室有自费购买的恒温柜，专门用来繁育蝈蝈，蝈蝈虽皮实，但对温度要求极高，恒温柜温度保持在三十摄氏度左右，老国每天至少要查看三遍温度计，生怕有什么闪失。有一次单位夜里停电，老国硬是打车赶到单位，把恒温柜搬到了家里，导致腰椎间盘膨出，难受了好些时日。老国办公桌正对面原本有张世界地图，被老国换成了许多蝈蝈标本，这些标本皆来自屋后的麦田。省农学院一个生物专家闻名而来，在参观了老国繁育蝈蝈的设备，了解了他的方法后，说老国繁育蝈蝈的水平在国内已经居领先地位，可以写篇论文发表在核心期刊上，定会名利双收。老国没有写，说自己养蝈蝈就是讨个乐子，是对祖上的一种交代，与名利无关。老国不仅繁育蝈蝈，还喜欢用麦秸、席篾、柳条编制蝈蝈笼，他编的蝈蝈笼有葫芦形的、宝塔形的、螺旋形的、宫殿形的，可以当成艺术品收藏。老国安贫乐道，行事低调，除了养蝈蝈，对其他事情兴趣不大。年末，县委组织部的彭部长找老国例行谈话，说：“老国你在地志办已经干了十五年，有没有交流的想法？”老国说没有，自己就是一只草生的蝈蝈，在促织国里蹦跶蹦跶就行啦，要是交流到大树上，是福是祸还真不好说。彭部长是个刚过不惑之年的女性，圆润的脸上总是带有程式化的微笑，说话字正腔圆，她问：“地志办怎么成了促织国？”老国说地志办不是促织国，促织国是屋后那片麦田，麦田附近有山有河，盛产大肚蝈蝈，他便给麦田起了个促织国的名字。彭部长微笑着说：“听说过小人国，还真没听说过促织国。为什么将蝈蝈叫促织呢？”老国说古人的意思是听见蝈蝈叫，便知秋天很快就要到，女子该织布添衣开始忙碌了。彭部长点点头：“这个寓意蛮积极的嘛。”彭部长对老国不挑不拣的工作态度很认同，在几次会议讲话上都举了老国的例子，说：“你们挤破头争着去好单位，境界都哪去了？能不能像国成安同志那样淡泊名利，在促织国边上一坐就是十五年！”干部们交头接耳不明白促织国啥意思，彭部长便进一步解释说，促织国就是地志办屋后那片麦田，是城郊，县里除了地志办，哪个单位在城郊？哪个单位没上楼？就地志办那栋平房还和麦田长在一块。彭部长如此宣传老国并没引起什么共鸣，因为在大家眼里，老国是个可有可无的人物，没啥社交圈子，很多中层干部甚至不认识他，而县里的好单位依然热门，争抢者大有人在。

老国有三位下属，一个是比自己大五岁的老纪，曾在乡镇当副职，因为制止村民焚烧秸秆不力遭到上级问责，被调整到地志办成了虚职。老纪对地志办工作打不起精神，他喜爱钓鱼，交了一批钓友，因为不做防晒保护，老纪看上去不像坐机关的干部，活脱脱一个从高原下来的康巴汉子。另一个就是对他姓氏做了考证的袁芳。袁芳比他小五岁，对国学颇有研究，古典诗词张口就来，她的微信公众号叫“袁芳怎么看”，这让人联想到电视剧《神探狄仁杰》里的那个元芳。袁芳属于墙内开花墙外香，外地经常有机构请她去讲座，她身着唐装、手持檀香扇讲传统文化的视频在网上点击量数以万计。袁芳在国学上常爆雷人观点，比如孔子好色、庄子有癔症、屈子有信仰洁癖，等等，令听者错愕，令专家顿足。年轻干事小白则细高如青笋，爱好文学。小白说自己上学时被毛毛虫蜇过，一度很排斥各种昆虫，到地志办后这种排斥有所改变，因为受老国影响他也喜欢上了蝈蝈，他的梦想是当个专写昆虫的小说家。老国深谙“宽以得人”之道，对下属管理相对宽松，三位下属也投桃报李，从不忽视老国，比如老纪去沙湖钓鱼，会事先给老国打个招呼，他不说去钓鱼，而是说到沙湖散散心。老国明白，老纪心里有疙瘩解不开，需要隔三差五去沙湖散心。当然，他知道老纪去沙湖是去钓鱼，老纪鱼钓多了，有时会带到食堂给大家改善伙食，这种乡镇干部的大方赢得了大家好感。袁芳也懂规矩，她周末到外地，如果周一赶不回来，会发微信给老国解释一下，解释的理由不会提航班、车次等原因，而是实话实说，想多走走多看看。袁芳不打诳语，包括对自己的爱情，她一直单身，问她原因，她说几个追求者都下半身发达，上半身空虚，进到寺庙连儒释道都不分清就下跪叩首，这样的男人不是她的菜。小白是选调生，在偷偷写情感小说，他主动提出在养蝈蝈上给老国当助手。老国自然不会答应，说你不能给我当助手，养蝈蝈毕竟是业余爱好，你年轻上进，要专注主业，我不能把你带偏了。老国思考过自己与三位下属的关系，融洽的原因是没有利益冲突，利益是试金石，考验着人与人的关系。老国获得这一认识当然是受蝈蝈启发，蝈蝈生性争强好斗，但只要把物理空间分割好，它们就会相安无事，蝈蝈之间争斗的焦点也在利益上。

发现红蝈蝈纯粹是个意外。

地志办是排老旧平房，分成四个板块，最东边一间是主任室，南北通透，透过北窗可以瞭望麦田。中间一间是带隔断的大办公室，还有一间小会议室，最西边是小食堂。被老国称为促织国的麦田隔两年会轮种，但只是小麦和大豆轮种，并不种其他作物。麦田东侧南侧有水沟，西侧和北侧是连绵的丘陵，这种环境特别适合蝈蝈生存。在发现红蝈蝈之前，老国已经在这里发现了四种蝈蝈，最多的当然是养眼的绿蝈蝈，其次是肚子像水饺的草白蝈蝈，还有长着一张马脸的杂色蝈蝈和个头较小的铁蝈蝈。各种蝈蝈多会于此，给麦田起个促织国的名字并不为过。

老国午饭后喜欢带着网兜到促织国遛弯，他遛弯可不是为了锻炼身体，目的是逮蝈蝈。一天中午，老国带着引叫器在水沟边闲逛，忽然听到了蝈蝈的叫声，声音很独特，是一种全新的振翅节奏，“蛰蛰，蛰蛰，蛰蛰……”两声一组，短促响亮，清脆入耳。老国蹲下来仔细观察，结果发现一只趴在牛筋草上的红蝈蝈。老国心跳加快，血压陡升，哎呀，红蝈蝈！这可是宝贝！算上红蝈蝈，这里的蝈蝈品种已经达到五种，如此小的区域，荟萃了这么多的蝈蝈，可见这里称促织国真的名副其实。

红蝈蝈十分罕见，除了翅膀呈铁黑色外，通体皆为红色，活脱脱一件红玛瑙雕成的艺术品。老国用网兜小心网住红蝈蝈，说来奇怪，这只红蝈蝈如同遇见了主人一样，没做任何挣扎，带刺的前足、中足、后足都紧紧抓住丝网，只是两根长长的触角摇来摇去。老国像得了宝贝一样兴奋，一路碎步小跑赶回办公室。办公室里有空置的蝈蝈笼，是用新鲜麦秸编织的宝塔形蝈蝈笼，自带淡淡的麦香，昨天编好笼子他还想，哪只蝈蝈有福气居住在宝塔里呢？真是巧了，原来这宝塔属于名贵的红蝈蝈。

红蝈蝈不仅壮实，而且短促的鸣叫极具穿透力，它振翅鸣叫时，连走廊里都有回音，让本来就安静的办公室显得愈加静谧。老国想，古人“蝉噪林愈静，鸟鸣山更幽”的诗句是因为作者没听到蝈蝈叫，其实蝈蝈比蝉和鸟更能诠释幽静。

老纪、袁芳和小白都闻声而至。老纪在仔细观察了一番后说，他在乡镇工作十几年，见到红蝈蝈还是第一次，红蝈蝈对于玩家来说，售价应该不低于四位数。老纪在乡镇抓过招商引资，经济观念根深蒂固，他说若是能大批繁育红蝈蝈，地志办推倒平房盖个小洋楼不成问题。

袁芳说红蝈蝈肯定是稀有品种，价值无法估量，袁隆平当年发现了一株珍贵的野败，靠这株野败培育出杂交水稻，被誉为一粒种子改变了世界，这只红蝈蝈说不定对昆虫界也会产生重要影响，当务之急是保护好它的基因，别让它染指其他杂色蝈蝈。袁芳在公众号发了几张红蝈蝈照片，仅仅半天，点击量就超过了十万。

小白看到红蝈蝈顿时两眼放光，大声说：“有了，有了！”小白有个关系若明若暗的女友，他想送件礼物给她，女友知道他此举用意，对他提了一个要求，希望所送礼物是活的。这几天，小白正在犯愁，因为他知道女友对猫狗之类的宠物不感兴趣。看到红蝈蝈，听到红蝈蝈独特的叫声他恍然大悟，女友手机的铃声就是红蝈蝈这种叫声，由此他猜测女友一定是喜欢蝈蝈。他希望老国尽快繁育出几只红蝈蝈来，他要作为礼物送给女友。

老国说繁育红蝈蝈的前提是给红蝈蝈找到可心的另一半，这样才能保证蝈蝈下一代也是红的。

袁芳问：“什么样的蝈蝈才是它可心的另一半呢？”

“至少颜色要一致，还有就是红蝈蝈要喜欢对方。”老国深谙蝈蝈习性，蝈蝈在选择伴侣上颇有些挑剔。

“您把它捕来了，它怎么找可心的另一半？”袁芳问。

没等老国回答，小白抢着说：“国主任有引叫器，可以诱捕。”

袁芳嘴一撇道：“用引叫器哪里是找媳妇，明明是骗婚嘛。”

袁芳说的“骗婚”并不为过，老国自制的引叫器就是模仿雄蝈蝈振翅的声音用来吸引雌蝈蝈的。引叫器用竹片制成，竹片与竹片之间有隔珠。使用时要隐蔽在草丛里，用手摇动引叫器，响声似快板表演开场小板的双点打法，又像磨剪子师傅摇动的惊闺，哗啦啦，哗啦啦，节奏均匀而响亮。这时候，春心萌动的雌蝈蝈自然会闻声而来。

老国说：“引叫器不是我的发明，猎人用的鹿哨要更早，用鹿哨吸引鹿是为了猎杀，用引叫器吸引蝈蝈是为了繁育，算是善意的谎言吧。”

袁芳微微摇了摇头道：“也罢，要怪只能怪那些被爱情迷惑的雌蝈蝈，自投罗网。”

食堂欧师傅是个脖子与脑袋一般粗的厨子，他属于小时工，每天中午来给四人做一顿午饭。欧师傅喜欢吃炸蝈蝈，不敢对老国讲，就偷偷怂恿老纪，说油炸带籽蝈蝈最有营养，比炸蚂蚱和蚕蛹味道强百倍，能不能让国主任捕些蝈蝈回来中午加道菜。老纪摆摆手道：“要说你去说，国主任拿蝈蝈当孩子待，你却想油炸了解馋，亏你想得出。”欧师傅也不敢说，他知道自己要是一说，小时工这份差事就没了。

老国觉得红蝈蝈金贵，至少该给配备两个笼子，便用精心挑选的席席糜又编了一个方形蝈蝈笼，席席糜抗挤，可以放到双肩包里，这样下班后可以把红蝈蝈带回家。地志办是平房，窗子没安防盗网，红蝈蝈万一被人偷了去，无论如何是追不回来的，因为蝈蝈被盗即使报警也没用，任务繁重的警察不会为一只昆虫立案。

除了地志办三位同事，在养蝈蝈上老国也有几个同道，但他们都没有老国上心，也没有心得可交流，为此老国时常会有点知音难觅的孤独感，让他感到高兴的是姜副县长也开始喜欢蝈蝈，因为平日总是板着脸的姜副县长让司机来要过蝈蝈。姜副县长的司机五大三粗，话不多，只说了一句：“姜县长想要只蝈蝈在家里养。”老国没有多问，从饲养的蝈蝈里挑了一只强壮的绿蝈蝈，连同一个编织精美的蝈蝈笼给了司机，告诉他在饲养上有什么问题可以来电话。

姜副县长要去蝈蝈不久，便升任代理县长，老国听到消息，特意制作了一个绿蝈蝈标本送给司机，请他转交给姜县长，但送去之后便没了下文。他也没有问，一只镶了木框的蝈蝈标本，也许姜县长没放在眼里吧。

二

老国被姜县长召见是因为蝈蝈，或者说是沾了蝈蝈的光。

富洲是个并不出奇的农业县，大众化的县城，没有能拿出手的地方品牌，连像样的特色小吃都没有。前任县长对此心有不甘，在退休回省城之前，对代理县长的常务副县长老姜交代："富洲没个像样的地方品牌是我一块心病，我在任上没有做好，你一定要抓抓这件事。"老县长是个实诚人，不喜欢虚里冒套，他握着接班人的手，话语相当恳切："富洲有三个临县，一个腐乳全国有名，一个驴肉火烧卖到大江南北，还有一个靠二人转扬名天下，就咱富洲，想吹个牛都找不到对象，惭愧呀！"老姜能代理县长，他功不可没，他的话自然不能当耳旁风，但姜县长心里清楚，富洲毕竟是农业县，工业基础差，没有什么像样的地理标志产品也正常。但老县长交代了，这事必须抓，不抓对老领导没法交代。他握着老县长的手道："我争取抓出个眉目来。"

这些时日，姜县长算是双喜临门：工作上有喜是职务由副转正，虽然是代理，但大家都明白，去掉那个"代"字只是个程序问题；家里有喜是儿媳有了身孕，这是姜县长自称得陇望蜀的大事。职务由副转正很不容易，因为县里主官按规定要异地任职，姜县长是土生土长的富洲人，能代理县长算是特例。国家放开二孩政策后，姜县长一门心思想让儿媳生二胎，他戏称这是合理合规的得陇望蜀，无奈儿媳的肚子迟迟没有反应，现在儿媳有了身孕，姜县长忍不住就把这一消息分享给诸位同事。好事成双，双喜临门，姜县长以为祝贺的声音肯定不少，奇怪的是他只收到了稀稀拉拉几条微信，还都是实在亲戚发来的。姜县长很不解，人有喜事，祝贺一声又不需要成本，何必装聋作哑呢。尽管姜县长能想得开，但这种无人喝彩的状况多少让人有点尴尬。他思考了好几天，得出的结论是人家不搭理你，说到底是对你不信任。

姜县长上任刚满一周，县文化和旅游局局长老范退居二线，来找他例行告别。老范和他是中师同学，在中层干部中算是能说上几句贴己话的人。三言两语谈完工作后姜县长问："老同学你说句实话，我平时是不是太过严肃？干部们对我代理县长怎么没啥反应呢，连微信都不发。"老范身子向后仰了仰，道："既然你让我说实话，那我就实话实说，你呀，平时太能装，富洲就腚大一个地方，谁不了解谁呀？用不着装。"姜县长瞪大了眼睛问："我装啥了？"老范身子往前探了探，小声道："你看人家老县长退了，请他吃饭的人都排队，现在不允许公款吃喝，请客那可是自己掏腰包，为啥要请？报恩嘛，老县长培养了多少干部，你心里比我清楚，包括你也是人家栽培的嘛。"姜县长没有接话，嘴却张得老大。老范此话不假，老县长在用人上确实知人善任，可圈可点。老范接着说："至于没人发微信这个你别在意，发微信就是给别人留把柄，何况因为发微信出事的很多，有前车之鉴。"姜县长长叹一口气说："看来我要向老县长多学习啊。"

送走老范，夫人打来电话，告诉他儿媳怀孕这件事要好好谢谢那个国主任。姜县长说自己这就叫国主任来，他要当面道谢。

儿媳总是怀不上，姜县长急啊，他的夫人病急乱投医，就瞒着姜县长去找当地一个有点名气的所谓民间高人，高人装模作样掐算一番，说："家里养只蝈蝈吧，蝈蝈预示着多子多孙，吉利！"夫人回来告诉姜县长，姜县长当时就生气了，埋怨夫人净做些无厘头的事，怀不怀孕应该去看医生，找那些装神弄鬼的什么高人岂不丢人现眼！夫人说："不就是一只蝈蝈嘛，弄一只给大孙女当宠物也行呀。"姜县长心想，也是，反正不是进庙烧香搞迷信活动，弄只蝈蝈养在家里也不碍事。他问司机哪里能弄到蝈蝈，司机说地志办的老国养蝈蝈，找他去要。姜县长让司机去找老国。司机见到老国并不说为什么要蝈蝈，他有责任为领导保密，只是说姜县长要只蝈蝈养。老国不仅送蝈蝈，还送了一个精美的蝈蝈笼子，蝈蝈是翡翠雄性蝈蝈，笼子是竹皮两层吊笼。老国当然不会知道，巧就巧在蝈蝈进了姜家不久，姜县长儿媳果真就有了身孕，这才有了县长夫人让丈夫感谢老国一事。

姜县长对秘书小郭道："打电话叫国成安同志来一趟。"

小郭是个入职时间不长的女秘书，头一次听到国成安的名字，傻傻地问："国成安是谁呀，县长。"

姜县长脸色一沉："国成安就是地志办的国主任嘛，你们这些在办公室工作的同志，对全县中层干部名字应该了然于胸才对。"这句带有批评口吻的话一出口姜县长就有些后悔，自己刚代理县长就批评工作人员，要是换了和蔼可亲的老县长肯定不会这样做。其实，他也是刚从电话簿里找到国成安大名的，在此之前，他只知道地志办主任叫老国，姓氏有点怪。

老国接到通知很快赶来了。富洲县城不大，满大街跑一种前三轮代步车，地志办没有公车，老国出门都是打这种代步车，从地志办到县政府车费五块钱，很便宜。这种车进不了县政府大门，保安会拦住，老国只能下车亮出证件然后步行进院。有次老国来县政府开会，一个态度和蔼的老保安看过证件后说："您大小也是个主任，没有公车至少有私家车吧，给私家车办个证再进院就不麻烦了。"老国说自己没驾照，买了车也不会开。老保安摇摇头自言自语："这样的官儿没见过。"老国拎一个鼓鼓囊囊的黑色双肩包，被小郭领进门时呼吸急促，看上去有些紧张。姜县长示意他在沙发上坐下，让小郭倒上茶，等小郭离开办公室，才慢悠悠地说："你拿个大包干啥，不了解情况的人还以为来给我送礼呢。"老国说自己习惯带双肩包，比公文包装东西多。老国没有说包里有红蝈蝈，时间接近下午五点，他想谈完话从县政府出来可以直接回家。

"叫你来是为了当面谢你，"姜县长说，"你给我孙女的蝈蝈给我家带来了好运，我儿媳妇有了身孕，我得陇望蜀的梦想很快就会变成现实了。"

"是这样呀，你甭谢我，要谢就谢蝈蝈。"老国并不贪功。他觉得姜县长用"得陇望蜀"这个成语不太合适，要二胎现在是光明正大，怎么能用这个词呢？

"蝈蝈是你给的，我当然要谢你啦。"

"谁给的不重要，重要是蝈蝈本身寓意在那里，在中国传统文化里，蝙蝠代表多福，蝴蝶代表长寿，而蝈蝈代表多子。"

姜县长头一次听到这个说法，愣了一下，问："你学啥专业的？"

老国把双肩包抱在怀里，低着头道："我是学文物修复与保护的，说来惭愧，工作二十多年了，一件文物都没修复过。"

姜县长"哦"了一声，脑海里忽然冒出老范的影子，他盯着老国问："在地志办工作多久了？"老国说："副职正职加起来一共十五年，再之前，在文化馆搞过群众文艺工作。"

姜县长深吸一口气，略有所思道："十五年，不短呀，应该交流才是。"

"我从来没想过交流的事，地志办也挺好。"

"有些事是组织应该考虑的，但不能因为个人没有诉求组织上就不考虑，你说是不是？"

老国还是摇摇头，说自己真的没有想法，地志办工作压力小，可以有闲暇兼顾一点业余爱好。老国从来不隐瞒自己养蝈蝈，他养蝈蝈并没影响工作主业，他编写的年鉴，年年被省里评为优秀年鉴。

姜县长起身从办公桌后走过来，亲自给老国续上茶，一副很轻松的样子靠近老国坐下，看着老国道："难得有空和你聊聊家常，你知道，儿媳怀孕，我又代理县长，这都算喜事吧？咱富洲的干部却少有祝贺的，是我人缘很差吗？"

老国笑着道："一个喜欢蝈蝈的人，人缘不会差的。别人祝没祝贺我不知道，我可是向您表达了心意，送您那个小礼物就是祝贺的意思。"

"礼物？什么礼物？我没收到呀。"姜县长愣住了，他代理县长以来，把不收礼作为一条红线，老国这么说他颇感意外。

"是一个绿蝈蝈标本，镶了木框，送给了您的司机，他没给您？"老国也感到意外，司机对县长很忠诚，不会发生匿而不送的事情。

姜县长当即就给司机打电话问情况，司机说想起来了，国主任是送过一个小纸盒，他知道是只死蝈蝈没当回事，还在后备厢放着呢。姜县长批评说什么死蝈蝈，那是标本。姜县长让司机把蝈蝈标本送上来，嘱咐说要小心，别挤坏了。

很快，五大三粗的司机就把小纸盒送了上来。姜县长打开小纸盒，里面果然是个绿蝈蝈标本，标本固定在硬纸板上，压膜、镶框，看上去很精致。

姜县长问："这绿蝈蝈标本有什么寓意？"

"寓意很古老，古代文人多穿绿，新科进士就着绿袍，代表文；蝈蝈头上有两根长触角，像武将的雉鸡翎，代表武。绿蝈蝈标本隐含文武双全之意。当然，这只是个吉祥的说法而已，我知道您喜欢蝈蝈，又碰巧您双喜临门，就送了个绿蝈蝈标本，关键这是我自己制作的，小玩意儿，不触碰纪律，算是礼轻情意重吧。"

老国说完这段话，双肩包里忽然传出红蝈蝈的鸣叫声，"蛰蛰，蛰蛰，蛰蛰……”声音脆响，悦耳动听。蝈蝈叫声让办公室突然变得安静起来，姜县长和老国一动不动坐在那里，只听蝈蝈在独唱。

“你包里有蝈蝈？”姜县长好奇地问。

“是的，”老国有点难为情，“是一只珍贵的红蝈蝈，放在单位担心被盗，我就天天带回家，真是对不起，对不起。”老国抬手捏了捏耳朵说。老国在尴尬的时候喜欢捏耳朵，这个动作是下意识的，有时自己都感到这个动作不可思议。

“我能欣赏一下这只珍贵的红蝈蝈吗？”

“当然。”老国拉开拉链，小心翼翼将蝈蝈笼拿出来，放到茶几上。阳光从窗子投进来，恰好照在茶几上，见到光亮的红蝈蝈好像遇见了心仪的雌蝈蝈一般兴奋，鸣叫愈加响亮。

姜县长弯腰低头端详了好一会儿，甚至提起蝈蝈笼凑到鼻尖处微距离观察。“真是一只漂亮的蝈蝈，红得像玛瑙。”姜县长夸赞说。

“不瞒您说，我也是头一次见识红蝈蝈，这只红蝈蝈丰富了促织国的蝈蝈品种，提高了促织国的地位。”

“促织国？”姜县长从没听说过什么促织国。

“哦，就是地志办屋后那片麦田，那里蝈蝈特别多，我们地志办几个同事就给麦田起了个‘促织国’的绰号，算上这只红色的，促织国一共发现了五种蝈蝈，其他四种是绿蝈蝈、草白蝈蝈、杂色蝈蝈和铁蝈蝈。”

姜县长点了点头，忽然问:“这里不是麦田，红蝈蝈为何而鸣呢？”姜县长的提问看似随便，但背后却有一点小心思，他多么希望红蝈蝈的鸣叫能与他有关，蝈蝈是难得的吉祥昆虫，而且带来的好运在他身上已经应验。

“蝈蝈鸣叫实际是振翅，它不会无缘无故振翅，就像人不会无缘无故鼓掌一样，蝈蝈振翅有两种目的，一是为了主权，二是为了雌性。”

“主权和雌性？”姜县长听得有些入迷。

“蝈蝈通过鸣叫宣示主权，它的领地不许其他雄蝈蝈涉足，它的鸣叫相当于巡视领地的伴奏；再一个就和其他昆虫、鸟类相同，通过鸣叫来呼唤吸引雌性，选择可心的伴侣。”

“就这些？”姜县长意犹未尽。

“还有就是引申意义了，养蝈蝈的人都知道，梦到蝈蝈或听到蝈蝈叫得欢实都是好兆头，蝈蝈在您这里叫个不停也许是向您表示祝贺吧，蝈蝈不是干部，贺喜没有巴结企图，是自然心声的外溢。”说完这番话老国脸上有点热，他知道自己也不能免俗，好话该说的时候一定要说，何况蝈蝈突然振翅鸣叫让他也颇感意外。

姜县长再次给老国续上茶水，老国的话让他心里熨过一样舒坦，他已经有了想法，但他不能说，这个想法还要走程序。

姜县长在将老国送出办公室的时候,走廊里站着三四个穿白衬衣、黑裤子的年轻干部，大家好奇地看着老国。很明显，他们刚才都听到了红蝈蝈清脆的鸣叫，在静谧的领导办公区冷不丁出现蝈蝈叫，这是不可思议的怪事。

老国将蝈蝈笼放回双肩包后，红蝈蝈暂时归于沉默，但他从几位年轻人惊异的目光里发现，红蝈蝈刚才的叫声已经拷贝在了他们的眼神里。

三

繁育红蝈蝈可不是件简单事，雌性红蝈蝈太难找了。

引诱雌蝈蝈是需要代价的，老国带着引叫器在麦田潜伏，阳光如麦芒般扫着汗涔涔的脖颈，不知名的小虫子在身上乱爬，麦子尚未成熟，在中午会散发出苜蓿花一样的味道，这味道总令人想打喷嚏。喷嚏一打，胆小的蝈蝈便会逃之夭夭，老国只能强忍。老国一遍遍摇动引叫器，这惊闺一样的响声与雄蝈蝈振翅的响声极为神似，对雌蝈蝈是一种难以遏制的诱惑。老国想，难怪很多地方男女找恋人都要唱山歌，原来是向昆虫学来的伎俩。的确，言为心声，要想赢得异性的心，沉默无语肯定不行，有些地方一首山歌就能定终身。老国摇动的引叫器引来的不是绿蝈蝈就是草白蝈蝈，连杂色蝈蝈都很少。被引来的蝈蝈中还有气势如虹的雄蝈蝈，雄蝈蝈领地意识极强，它们能来，当然是为了驱除入侵者。一般来说，一只雄蝈蝈跑到别的雄蝈蝈领地来鸣叫，无异于一个小伙子跑到别的新人窗前唱情歌，对新郎来说是一种羞辱和挑衅，决斗自然无法避免。老国不能伤害前来为荣誉而战的雄蝈蝈，用折下的麦秸扫几下把它们赶走。一次，有只体型很大的蝈蝈爬过来，老国眼花，将它看成了一只红蝈蝈，只见蝈蝈两眼红如警灯，通体像煮熟的小龙虾，连翅膀都是红红的。他用捕虫网将蝈蝈罩住："谢天谢地！"他几乎要喊出声来。他将捕虫网拖到眼前仔细再看，网里怎么变成了一只杂色蝈蝈？他揉了揉眼睛，才知是自己看走了眼。他很失望，翻开网兜放走了这只杂色蝈蝈。

老国去麦田都是独来独往，小白几次自告奋勇要陪他去，都被他拒绝了，理由很简单，不能因为捕蝈蝈影响工作，自己中午辛苦一点没关系，如果让部下掺和进来就成了问题，这种事老国不会干。

老国不知道，袁芳很想暗中帮他。袁芳看到主任那副焦虑的样子，周末专门到河北寻找红蝈蝈。周日，正在家里吃午饭的老国突然接到袁芳打来的电话，说她在易县市场发现了红蝈蝈，想买回来一两只。老国问她怎么去易县了，袁芳说就是为红蝈蝈而来，不能让红蝈蝈总是单着。袁芳做事始终恪守事以密成的古训，外出时没透露意图，直到看见了红蝈蝈才在电话里说了此行目的。老国问了价格，尚可接受，但他心里感到不踏实，觉得事情没这么简单。老国一遇到不靠谱的事心里就有种七上八下的感觉，这次袁芳说能买到红蝈蝈，他觉得事情有点蹊跷。老国想了想后说："袁芳呀，你问问卖主这红蝈蝈是不是染色的，只有他保证这红色是自然之色才可以买。"过了一会儿袁芳打来电话，说姜还是老的辣，卖主说他卖蝈蝈好多年了，还没有见过自然的红蝈蝈，市场上的红蝈蝈都是染色的。

老纪出了个主意，说："主任啊，颜色只是个外皮，不代表优劣，你干脆搞个杂交实验吧，说不准会繁育出个紫蝈蝈、蓝蝈蝈呢。"老国摇摇头："不可，蝈蝈有蝈蝈的繁衍之道，乱搞那是不道德的。促织国里肯定还有红蝈蝈，这只红蝈蝈不会凭空产生，我们需要的是耐心。"

"主任您快急死我了，我还等着给女友送红蝈蝈呢。"小白比别人更急着为红蝈蝈找伴侣，因为红蝈蝈的伴侣直接影响着他的爱情。

老国说："我在想，是不是我的引叫器不对头，与红蝈蝈振翅有区别，应该改进一下引叫器。"

老国对引叫器做了改进，但没有什么效果，小白提议可以把红蝈蝈笼子带到麦田里试试，他也试了，但奇怪的是红蝈蝈来到麦田里却一声不响，只是拼了命想钻出笼子，老国担心弄伤了红蝈蝈，只好又拎了回来。

一天，老纪来找老国，神神秘秘地说："国主任，我钓鱼的水库边有个草滩，蝈蝈叫声不断，我听着闹心，你听着肯定高兴。"老国说那就周六去看看，工作时间不能脱岗。

周六，老纪开车来到水库边那块草滩。老纪在马扎上坐下，并不急着放竿垂钓，而是把老国也拉到马扎上坐下，道："主任啊，我先和你说件事，这事不能让别人知道，在这里说是天知地知，你知我知。"老国愣了一下，问："啥事这么神秘，像地下党接头一样，有话快说吧，我听到有蝈蝈叫呢。"老纪说："据可靠消息，县里准备调整你的工作。"老国愣了一下，这确实是个重要消息，自己一点风声也没听到，老纪在组织部、纪检委都有熟人，此消息应该不是空穴来风。"那么，怎么调整呢？"老国问。老纪说："这个不清楚，不过以我的经验，这个调整很可能与你养蝈蝈有关，调整的地方不会比地志办好，当年我被调整的消息就传了很久，结果真调整时就到了地志办。"老国心想，地志办已经够边缘了，还能调整到哪儿去？他舒了口气说："没事，调整到哪里都无所谓，县里好像没有比地志办更边缘的单位了吧。"老纪道："如果仅仅是调整无所谓，我担心像当时调整我一样，实改虚。"老国听懂了，如果像老纪当时那样，说白了就是罢官。老纪接着说："有句话我必须说明，首先，我没有想取代你的意思，我已经处于仕途末路，当不当主任无所谓；第二，我可以对天发誓，组织部每次来考核班子，我都没说你养蝈蝈的事，我想，真要是因为养蝈蝈处分你，这事与我无关。"老国这才明白老纪叫他来草滩的目的是想撇清自己。老国说："你想多了老纪，我这个人安贫乐道，组织怎么安排我都会随遇而安。"老纪说："那就好，这消息你心里有数就行了，千万别把我给卖了。"

老纪摆弄好渔具，老国站在一旁看着他的操作。老纪刚刚打竿入水，浮漂就一个猛子往下扎，他提起鱼竿，一条三四两大小的嘎牙子鱼被提了上来。嘎牙子鱼力气很大，在鱼钩上猛烈翻滚，老纪却不急着去抓，也不用抄网去接，直接将鱼甩到草地上。老国弯腰想去捉，被老纪叫住：“别动，小心扎手。”嘎牙子鱼背鳍和胸鳍均有硬刺，硬刺尖带毒，摘这种鱼需加倍小心。“你这是开门红啊！”老国夸奖道。老纪却摇摇头，哭丧着脸道：“第一条鱼就钓到嘎牙子不是好事，别的鱼就不来了，只能挪窝换钓位。”老国对钓鱼一窍不通，问：“为啥？”老纪道：“嘎牙子鱼三面带毒刺，它一来，其他鱼会躲得远远的。”老国说：“你不愧是钓鱼行家，对鱼研究挺透的。”老纪道：“我这算什么，你养蝈蝈才叫厉害，不瞒你说，是你的蝈蝈影响了我，让我活出了境界。”“此话怎讲？”老国有些不解，蝈蝈怎么就能影响了老纪？“看到你养蝈蝈，我好歹也要研究研究吧，这一研究，我明白了许多道理，比方说蝈蝈好斗，笼子里只要有两只雄蝈蝈，一定斗得不可开交，可是斗来斗去又能怎样，哪个也逃不出蝈蝈笼，还不如不吵不闹好。还比如雌蝈蝈不叫，只有雄蝈蝈早晚叫个不停，但雄蝈蝈并不忠于爱情，见了雌蝈蝈就不放过，可见叫得越欢的忠诚度越低。”老国未置可否，老纪的思考与他仕途上的折戟沉沙不无关系，这一点可以理解。

草滩上蝈蝈确实不少，但都是草白蝈蝈，老国捉了几只，家里蝈蝈笼里存量不多，很多人上门讨要，捉回家可以送人。草白蝈蝈皮实、好养，老国用特制的涂料在它们翅膀上轻轻一点，蝈蝈振翅的响声几乎会扩大一倍。很多人家里有老国繁育的草白蝈蝈。老国之所以不吝惜蝈蝈外送，源自袁芳的鼓励。那次，他从关心的角度劝袁芳，建议她抓紧考虑一下个人问题。袁芳摇摇头，说她已婚姐姐的状况让她对婚姻充满了恐惧，她对经营好家庭缺乏信心。袁芳姐姐的女儿上小学，从三年级开始厌学，叛逆心理过早出现，家里闹得鸡犬不宁，姐姐为此患上了抑郁症。老国说：“现在的学生比大人辛苦，这种社会病只能用自然元素来治愈。”袁芳说：“什么自然元素呢？”老国想都没想就说：“蝈蝈就是最好的自然元素呀！蝈蝈有节奏的鸣叫像钟表指针一样，不仅能让孩子安静下来，减轻学习上的疲劳感，也能让家长不再心猿意马。”老国给了袁芳姐姐一只草白蝈蝈和一只草编蝈蝈笼。过了一段时间，袁芳反馈说，姐姐和孩子的状况大有好转，母女两人因为蝈蝈成了朋友。袁芳说：“你送别人蝈蝈，就等于送心灵良药，送功德。”袁芳无意中的这句话让老国在蝈蝈上变得乐善好施起来。

从草滩回来，老国想给彭部长打个电话，他想解释一下，自己虽然养蝈蝈，但都是利用业余时间在养，从来没有影响过工作，这就好比有人业余时间喜欢掼蛋，自己只是把掼蛋的时间用在了养蝈蝈上而已。抄起电话犹豫了一番还是撂下了，他想起在草滩上说的那句话：反正已经够边缘了，还能边缘到哪里去？

四

还真让老纪说准了，县委对老国工作做了调整。

老国正在办公室盯着笼子里的红蝈蝈出神，能用的办法都用了，就是没法给红蝈蝈找到合适的伴侣，老国对着蝈蝈笼子不无遗憾地说：“宝贝儿，对不起了，看来只能委屈你了。”老国准备退而求其次，让红蝈蝈与铁蝈蝈杂交，尽管他觉得用这么高贵的基因去杂交，对红蝈蝈是一种侮辱，可是能有什么办法呢？

一般来说，蝈蝈鸣叫是有学问的，响声明亮而均匀，说明蝈蝈处于常态；明亮不均匀，说明蝈蝈处于亢奋状态；短促而不均匀，说明蝈蝈处于发怒状态，雄性蝈蝈遇到入侵者才会这样振翅。老国盯着红蝈蝈，没想到红蝈蝈竟然振翅鸣叫起来，鸣叫的节奏不仅短促，而且没有节奏可言，好像醉酒的磨刀师傅在胡乱摇动惊闺。老国知道这是红蝈蝈发出的愤怒之声。老国用一截麦秸拨弄了一下蝈蝈的肚皮："省点力气吧，叫破了天也没用，我不是孙悟空，无法给你变出个红脸老婆来。"

这时，办公桌上的电话响起来。老国回身拿起电话，电话里传来彭部长细柔的声音："国成安同志吗？请你马上来部里一趟。"老国拿电话的手有些颤抖，迟迟没有应答，看来工作调整的事靴子落地了。电话里彭部长追了一句："听清了吗，成安同志？"老国缓过神来，连忙"嗯嗯"了两声，对方便撂了电话。老国放下电话，呆呆地走到北窗前，窗外是已经泛黄的麦田，麦田里有蝈蝈在叫。老国心里在七上八下，他不知道县里会怎样调整自己。许多养蝈蝈的人能从蝈蝈叫声里判断喜怒，这一点，老国也能听出点儿玄妙。但无论你与人相处多久，要想从人的话里预料凶吉却很难，很多时候人会闪烁其词。刚才彭部长的话一个多余的字都没有，他无法感知这个通知代表着什么。人啊，干吗非要有江湖，要是像促织国这么纯粹该多好。老国正望着麦田出神，老纪敲门进来。老纪来是打招呼想早走去水库钓鱼，看到老国一副六神无主的样子，便猜到是小道消息变成了公开报道。老纪小声问："是调整的事有结果了吧？"

"应该是，彭部长来电话让我去部里一趟。"

老纪道："彭部长来电话说明没大事，要知道，当时调整我的时候可是纪委领导来的电话。"

"你给我叫个前三轮，我收拾一下马上去县委。"即使这个时候，老田也没有忘记带上红蝈蝈，他把蝈蝈笼放进双肩包，把拉链拉上一半，然后带上本子和笔，今天的谈话需要记录，内容不能有所遗忘。

"叫什么前三轮？我开车拉你去就是，我车有通行证，免得门口保安拦你。"老纪表现出少有的大气。

“那我就占你一回便宜。”老田拎起双肩包，和老纪一起走出办公室。袁芳在外地未归，小白站在走廊里，这个聪明的孩子显然察觉到了什么，表情凝重地跟着走出来，一句话不说，目送两人上车。地志办院子门口有两棵桑葚树，每年都会结不少桑葚，袁芳还泡了不少桑葚酒。老纪来地志办后建议老国把两棵桑树伐掉，换两棵银杏什么的，说前不栽桑，后不栽柳，地志办门前有两棵桑树不吉利。老国没有听，桑树有什么不好？三国时期，刘备家的院子里不是有棵大桑树嘛，被人称为五丈桑。老纪学问有限，不知道什么五丈桑，便不再提伐树的事。车子驶离院子的时候，老国扭头看了看门口的桑树，心里有些忐忑。没事的时候，人和树不怎么搭界；心烦意乱的时候，人和树想不联系都不可能。这是蝈蝈的两座粮仓，老国在心里对自己说。老国曾用桑叶喂蝈蝈，开始蝈蝈不愿意吃，后来习惯成自然，桑叶竟然成了蝈蝈的一道美食。

来到县委大院，老纪在车里等候，老国自己上楼。老国走出几步又返回来，说要带着双肩包。老纪笑着说：“我看着也不放心？”老国说：“不是不放心，有红蝈蝈在身边，壮胆。”

彭部长办公室对面的602会议室里有五个中层干部在等待谈话，工作人员让老国也在这里等候。等候谈话的干部神情各异，有的面呈异彩，有的灰头土脸，有的神色紧张，见老国进来，目光都集中在他的双肩包上，这几位很惊诧，谈个话干吗像出差一样，还用带这么大的包？五个中层干部老国都认识，但交集不多，也就没什么话，点点头算是打过招呼。五个干部依次被叫进去谈话，最后，会议室只剩下老国一人。这时，穿一件红色连衣裙的彭部长走进会议室，进门就微笑着对老国说：“恭喜你成安同志，姜县长提名你接任文化和旅游局局长，这对你来说是极大的信任。”

老国愣住了，文旅局局长？文旅局是两局合一，县里名副其实的大局，让自己去当局长，这不是一般的重用。“我，我恐怕胜任不了。”老国惴惴地说。

“行不行干干再说。”彭部长说，“部里本来早想交流你，担心主要领导那里通不过，现在领导点将，我们心里也就托了底。”

“其实，地志办挺好的，与促织国相毗邻。”老国放松下来，呼吸变得顺畅。彭部长道：“你真会调侃，能以虚当实，以假当真，那个促织国不就是一片麦田吗？地志办是个边缘单位，不仅你我心里清楚，全县干部也都心里清楚。”老国知道彭部长说的是实话，能说出这番话来，说明彭部长对自己在推心置腹。彭部长很有女人味，重权在握却不张狂，做事一向横平竖直，颇有雌蝈蝈的气度。老国长舒一口气，不知因为什么心里忽然出现一种悬空感，文旅局在政府大院办公，一旦进到这个院子，促织国是回不去了。另外，政府大楼里不可能养蝈蝈，以后上班时间他将听不到蝈蝈的叫声。想到这儿，他便有些走神儿，目光透出一种若隐若现的惆怅。

细心的彭部长看出了老国神情上的变化，她理解干部岗位转换时心理会有波动，虽然这个消息对老国来说有些突然，但老国应该高兴才是，怎么会出现惆怅的眼神呢？她叫工作人员给老国倒上一杯水，然后说：“谈谈你的想法，成安同志，你好像在想问题。”

“我在想蝈蝈。”话一出口，老国觉得不妥，急忙改正道，“不是，我是放不下促织国。”

彭部长扑哧一声笑了，伸出右手食指点了点老国：“田园虽好，终非久留之地，还是回归主战场吧。”老国点点头，不过他还有个疑虑，自己与姜县长只有一次交集，姜县长就如此倚重自己，这是为什么？文旅局局长怎么当，他心里一点谱没有，据说文旅局有几十个干部，地志办只有四个编外加一个食堂临时工，这等于小班长一下子当上了团长，万一干不好岂不是给组织丢脸。他抬手捏了捏耳朵道：“我没有想法，组织上对我有什么要求？”彭部长说：“其他交流的干部由我谈，对你，我的谈话只是序曲，一会儿派人送你去姜县长办公室，姜县长亲自和你谈。”

这时，双肩包里的红蝈蝈突然叫起来，声音穿透力很强，双肩包似乎成了它的音箱。

“你包里有蝈蝈？”彭部长严肃起来，目光变得犀利。

“对不起，我想谈完话直接回家，就把红蝈蝈带上了，谁想它会突然叫起来。”老国摇了摇双肩包，一般来说，受到打扰的蝈蝈不会振翅，但红蝈蝈今天却发了神经一样欢叫不止。老国心里祈祷，求求你了，小祖宗，你再叫就把我害苦了。因为蝈蝈一直在叫，彭部长没有说话，也许她也纳闷儿，包里的蝈蝈为什么如此欢快地鸣叫？过了一会儿，她问：“蝈蝈这么兴奋是在祝贺你荣转吗？”

老国并不是个书呆子，性格里也有一点小幽默，他想出了一个彭部长不会反感的答案，便说：“这是只雄蝈蝈，求偶半个月了，没成，您不知道想找只红色雌蝈蝈有多么难啊，好几个中午我顶着日头在麦地里苦苦寻找，却一无所获。”

“这与它在此鸣叫有什么关系？”

“我想，是您的气息吸引了它，或者说它嗅到了令它兴奋的味道，也可以这么判断，它是为您在歌唱。”

彭部长再次扑哧一声笑了，真看不出来，老国这个貌似老实的人也会拍马屁。她摇摇头道：“我派人送你去姜县长那里吧，时间快到了。”

离开602会议室，彭部长握别时叮嘱道：“成安同志，主业和副业、工作和业余爱好一定要区分好，领导干部不是不能有业余爱好，但也要有紧箍咒意识，关键是把握好度。”彭部长语气细柔，但这番话一出口，双肩包里的蝈蝈立马停止了鸣叫，好像听懂了此话是冲着它来的。老国连连称是，脑子里却断了片儿般空无一物，仿佛真有一个紧箍咒扣在脑壳上，谁是念经人？他问自己，是穿红色连衣裙的彭部长吗？

县委、县政府是两栋一楼带有连廊的六层楼，连廊拐了一个“S”形的弯儿，连廊两侧栽满了冬青和金银花，走在连廊里犹如在花园漫步一样，很是惬意。一位留着小平头的年轻干部走在前面，老国在身后对包里的红蝈蝈道：“刚才瞎叫什么呀，你现在叫才对头嘛，真是没出息，见到雌性就叫个不停，那可是部长呀，是给我戴紧箍咒的人。”又一想，红蝈蝈的爱情真的等不得，蝈蝈过了夏季就等于人错过了婚期，一个生命的轮回只能空转。要抓紧为它寻找伴侣，他想，实在不行就得退而求其次了。

“小平头”把他领到政府办公楼四楼，因与上次来的办公室不符，老国轻声问：“没走错吧？”小平头说没错，姜县长不久前才换了房间，这里原来是老县长的办公室。他心里笑自己，真是笨到家了，职位一变，相应待遇都会改变，这是常理。县长办公室对面有接待室，一位总是仰着脸的女秘书说县长办公室有客人，让他在接待室等候。小平头没走，也陪老国在会议室等。老国让他回去，小平头说他要把人亲自送到县长面前才能回，这是程序。老国心里像蝈蝈振翅一样动了几下，看来大机关里的说道儿就是多。

等了快一个钟头，也不见县长送客，老国抬头看了看墙上的电子钟，时针指向五点，到了下班时间。仰脸女秘书说县长晚上还有个接待活动，时间很紧张。老国觉得小平头陪自己在这里干坐是浪费时间，再次劝他回去。小平头眉头蹙了蹙，站起身，犹豫片刻又坐下了。“程序没走完，我不能走。”说完，便腰板挺直，像执勤的战士一样端坐着。老国想着包里的蝈蝈，小心翼翼拉开双肩包拉链让红蝈蝈透透气。今天是给红蝈蝈喂食的时间，红蝈蝈两天喂一次，一次一粒毛豆，隔三次喂一次胡萝卜。喂胡萝卜时要用打蔫的胡萝卜丁，水分不能太大，也可以喂点菜叶、桑叶什么的。老国拉开拉链的时候，仰脸女秘书警觉地盯着打开的双肩包，忽然好奇地叫了一声："啊呀，蝈蝈！"小平头也靠近过来，小声说："刚才在部里听到602有蝈蝈叫，原来蝈蝈在你包里。"老国笑了笑，问小平头："刚才你们都听到了？"小平头露出两排白牙，眼睛忽然有了神采，点了点头说："听到了，我们干部科四个人都听到了，我们四个人有三个来自农村，蝈蝈是儿时的记忆，听到蝈蝈叫很激动，我们科长眼圈儿都红了，不知蝈蝈的叫声唤起了他什么心事。"老国"哦"了一声，心想，干部科科长会有什么心事呢？自己倒是有件愧疚之事是个心结。事情是这样的，他乡下有个表哥，特淘，除了学习不是长处外，其他都很了得，掏鸟窝、捉青蛙、钓小鱼，没谁能比过他。老国小时候跟着表哥到豆地抓蝈蝈，专抓带子的，抓到后用木棍串起来，笼一堆火烤，烤熟的蝈蝈特好吃，尤其金色的蝈蝈子，咀嚼起来简直妙不可言。上了中学他就不吃蝈蝈了，觉得将这么可爱的昆虫给烤熟吃掉，心里过意不去。后来他开始养蝈蝈，不知为什么，至今他还会因少年之事产生负罪感。

仰脸女秘书好奇心很盛，问："这是只很名贵的蝈蝈吗？"老国骄傲地说："当然，这是十分罕见的红蝈蝈。"仰脸女秘书睁大了眼睛，弯下腰仔细欣赏红蝈蝈。谁也没有想到，红蝈蝈突然鸣叫起来，像刚才在组织部一样。仰脸女秘书喜出望外，和小平头掏出手机录视频。老国心里说："真没出息，看见雌的就欢实。"

或许是红蝈蝈的叫声提醒了姜县长，县长办公室紧闭的门被推开，姜县长将一位肚皮隆起的中年汉子送出来。姜县长让仰脸女秘书替他送客下楼，自己招呼老国进了办公室。让老国感到难为情的是姜县长没有和小平头打招呼，好像小平头根本不存在一样。小平头走完了程序便转身走了。

新办公室比原来的办公室要大一点儿，摆了一组橘色真皮沙发，坐上去给人一种埋在橘子堆里的感觉。姜县长没有给他倒水，显然想快一点儿谈完。没等老国说话，姜县长便道：“知道刚才那个胖子吗？是锦州一个做烧烤生意的老板，我想把他引到富洲开个烧烤城，丰富一下我们的饮食文化。”姜县长一提到“烧烤”二字，老国马上就想起小时候烧烤蝈蝈的情景，心尖像被炭火烫了一下，倏地收紧了。姜县长接着说：“老板说世上一切食物皆可烧烤，连冰激凌都能烤，你见识过吗？”老国摇摇头，冰火不相容，他真不知道冰激凌怎么烧烤。姜县长笑了：“我也不相信，老板给我看了视频，我才知道这是真的。”老国不想知道冰激凌是如何烤的，他在心里暗暗祈祷，但愿胖老板不要烤蝈蝈。

“让你当文旅局局长有何感想？”姜县长话归正题。

“很意外，没想到您这么器重我。”

“我是为富洲文旅事业大计考虑。”姜县长盯着老国的眼睛，似乎在等待回应，老国对这种直视有些不自然，下意识地放低了目光。姜县长停顿了一下接着说，“长话短说吧，对你的要求就三句话：第一句是讲大局；第二句是尽快进入角色；第三句是抓出亮点，尤其要做好蝈蝈这篇文章。”

老国脑海里仿佛划过一道闪电，浑身激灵了一下，惊愕地问：“做好蝈蝈这篇文章？”

“是的，你可以把富洲打造成著名的蝈蝈之乡，建成全国最大的蝈蝈繁育基地、交易市场，开展全国最美蝈蝈评选等活动，小蝈蝈，大文章，用它来开创富洲文旅事业新局面。对了，我让秘书查阅了资料，国人喜爱蝈蝈的历史相当悠久，它还是药材、美食，总之，相信你会做好蝈蝈这篇文章。”

老国觉得心脏都要蹦出体外了，胸腔里好像有一面牛皮鼓在“咚咚”直擂。姜县长的构想太宏大了，有气吞山河之势，小蝈蝈大文章，发展思路充满诗意，是文化与经济最辉煌的融合！

“这个想法简直绝了，富洲有促织国，有蝈蝈文化，只要用心做，这篇文章一定能做好。”老国知道自己必须表态，因为姜县长很忙，当下不是促膝谈心的时候。

姜县长站起身，拍了拍老国的肩膀，意味深长地说：“你可不能打我的脸啊，你是我上任后提名的第一位局长。”

老国一时不知如何表态，只能一个劲儿地点头。姜县长道：“好了，今天就谈到这儿吧，我们一同下楼。”说完，收拾了一下公文包，穿上一件藏蓝色夹克，在衣柜镜子前梳了两下头发。姜县长发质很好，略带自来卷儿，他的白衬衣也板板正正，看上去挺提神儿。在电梯里老国问了个不该问的问题：自己调走后谁来接地志办的班。姜县长道：“地志办嘛，还没考虑，不急。”老国明白了，在领导的大盘子里，地志办挂不上号，地志办主任这个位置空上一两年很正常。果然，姜县长又补充了一句：“选干部要人岗相适、宁缺毋滥，没有合适人选不要将就凑合。”

两人一同走出县政府大楼，许多下班的干部都侧目看着老国，老国背上那个大大的双肩包十分惹眼。姜县长瞥了一眼双肩包道：“以后到政府大楼就不要背这个包了，与你的身份不协调嘛。”姜县长没有提起包里的红蝈蝈，老国知道这是给他留了情面。有干部叽叽喳喳在议论，老国听不清大家说什么，他不在乎这些，此时此刻他信心满满，因为别的工作且不说，做好蝈蝈这篇文章他还是有底气的。

上了老纪的车，老纪没有急着开，扭过头问：“你和姜县长这么热乎，不会把你调到政府办公室吧？据说那里缺一个分管文字的副主任。”老国向他说了县委对他的安排，老纪半天没说话，憋了好一会儿才猛拍了一下方向盘道：

“我怎么就没你这般好运气！”

五

文旅局与地志办的工作状态不在一个维度上。

地志办只有老国一个领导，连班子会都开不成。文旅局领导却是一正四副，因为是文化、旅游两局合并，副职板凳加长，超职数配备了两个。副职中担任常务的是接近退休年龄的老胡。老胡慢条斯理，像只被催肥的树懒，喝茶的玻璃杯像泡菜瓶，除了中午去食堂，其他时间总是脚后跟拖地走路，“踏啦、踏啦”，只要听到这个声音，大家就知道一定是老胡来了。排序第二的是贾富，与老胡相反，贾富做事谨慎，对自己不利的事，谁说话也不好使。他分管文化执法，有句著名的口头禅：换个角度，刀背就变成了刀刃。贾富的前任因为违纪违法受到查处，最后连公职都没保住，前任成了他一面镜子。排序第三的是位叫吕青的女性，从妇联提拔过来的，分管旅游。她口才好，人也干练，传说如果老国不来，她是最合适的局长人选。最后一位副职是个军转干部，姓杜，个子和脾气都不小，局里有什么难事总是他冲锋陷阵。老国上任后的第一件事是给四个副职分工，本来他想让每个副职都满意，但费了一番周折后，每个人都不满意。不满意又不说出来，只是用表情、动作、态度来暗示。老国有些头疼，觉得摆弄这些副职比摆弄蝈蝈难多了，蝈蝈好养，人难侍弄。他想优化一下分工，但一时找不到灵感，下班后回家观察红蝈蝈，发现红蝈蝈不吃不喝，趴在笼子里一动不动，他用棉签触碰了一下红蝈蝈长长的触角，蝈蝈起身换个地方继续趴着不动。这种情形还是头一次出现，红蝈蝈对他很亲，每次见到他都要振翅欢迎，但这次却异常冷漠。老国愣了半天，忽然一拍大腿，对自己说：“我知道怎么办了！”第二天上班，老国没有征求任何人的意见，直接就宣布了班子分工，当天就让办公室形成了文件上报有关部门。心想，红蝈蝈不在乎我，我也不必在乎你们，我的地盘我做主！

姜县长的嘱托无论如何不能忘，工作进入正常节奏之后，老国开始做富洲蝈蝈综合开发项目规划。文旅局的干部对蝈蝈缺少研究，他就请袁芳来帮忙，袁芳牺牲了许多旅游时间来义务帮他做规划。老国说辛苦费先记着，项目落地后他会考虑。袁芳说："要是那些假大空的'马歇尔计划'，你给多少辛苦钱我也不来，但蝈蝈综合开发项目不一样，自备干粮我也要帮忙，因为这是一件有趣的事，人这一辈子难得做点有趣的事。"

规划初稿出来，局务会讨论异常热烈。局务会成员由正副局长和各科室科长组成，是局里的决策性会议。与会人员看过方案后，第一个有意见的是吕青，她说政府抓蝈蝈，闻所未闻，会贻笑大方，如果蝈蝈能当文化项目抓，那么蛐蛐是不是也可以抓？螳螂是不是也可以登堂入室？她是开头发言的，直接就把节奏带偏了。贾富说蝈蝈能有多大效益，与其他项目相比太小了，政府不能丢了西瓜去捡芝麻。杜局长话不多，却充满不屑，说抓蝈蝈太小儿科，文旅局干这件事有点高射炮打蚊子——小题大做。胡局长的发言更像一个总结，他哼哼哈哈了半天，咬文嚼字道："集众人之私者，可成一人之公，集一人之私者，无法成众人之公，小众大众要分得清。"四位副职明显反对开发蝈蝈，科长们就不好表态了。科长们搞不清这件事的来龙去脉，但从讨论情况来看，这显然是新局长的创意，新局长上任后第一把火就被几泡尿浇灭，下面的对垒肯定会剑拔弩张。多年的机关工作经验让科长们知道，不得罪领导的最好办法就是闭嘴。

会议进入沉默期，老国有点走神儿，前些日子他在促织国捕获了四只草白蝈蝈，因为近期工作岗位变化，一时无暇编笼子，便将四只身强力壮的草白蝈蝈暂放在一个空鱼缸里，中间放了些菜叶做隔挡，也放了足够的毛豆。没想到鱼缸里很快出现了一个奇怪的现象，四只蝈蝈各占一隅，划出了自己的地盘。后来蝈蝈之间发生搏斗，有两只草白蝈蝈残肢断臂命丧鱼缸，剩下的两只相互对垒，俨然一副有你无我的斗争模样。老国原以为一旦食物充足，蝈蝈们相互残杀的势头会减弱，看来好斗是蝈蝈的天性，既然天性无法改变，他能做的最好是物理隔离，不将两只蝈蝈关在同一只笼子里。

大家见老国长时间不接话，不知道他在想什么，便相互望了一眼，吕青轻轻咳了一声。老国缓过神儿来，他想，反对的声音已经形成气候，再统一思想就有点强人所难，出现这种情况最好的策略是缓议。刚才老胡慢吞吞的话不无道理。他说："今天就是个务虚会，原则上先过一下，大家有什么新意见可以反馈给办公室，方案还要再修改。"

下班时间已过，老国还坐在办公室发呆，他搞不懂副职们为什么反对这个项目，开发蝈蝈资源，建设蝈蝈之乡，做大蝈蝈交易市场，对富洲是有百利而无一害的好事，方案意图表述已经很明白，不该有分歧的事为什么总会出现分歧，人的思想就这么难统一吗？这时，袁芳打来电话，说她和小白来县委礼堂听讲座，刚结束，想请他一起吃个便饭。老国说吃饭可以，要由他买单。袁芳说："您已经不是我们主任了，我们请您是一种情分，又不花公款，再说我和小白就是想花公款也没有权力呀。"老国心情有些郁闷，心想去吃点饭散散心也好。他答应了袁芳，约好在羊杂烩肉馆碰面。袁芳喜欢吃烩肉，她走的地方多，经常说真正的美食是大西北的羊杂烩肉。

三个人在烩肉馆一间雅座落座，袁芳点了几样炒菜和一瓶红酒。袁芳说终于有机会给主任庆贺一下了，不巧的是通知老纪晚了，老纪已经去水库夜钓，老纪说夜钓能钓到大鲇鱼。"老纪说让我替他敬主任一杯酒，说他来地志办这么久，还没有和主任喝过酒呢。"袁芳一边倒酒一边说，“其实我们也没和主任喝过酒。”小白说：“主任走的这些天，我像丢了魂一样，六神无主。”袁芳接过话说：“是听不到蝈蝈叫了，蝈蝈叫声听着上瘾，一旦听不到了还真有点不适应。”老国说：“实在烦闷的话就到屋后溜达溜达，促织国里蝈蝈们一片欢声笑语。”小白说：“我去了，隐隐地听到有蝈蝈叫，一走近就没了动静。”老国说：“蝈蝈胆小，一定是你走动的声音惊吓到了它们，它们就不敢叫了。”

说了一会儿蝈蝈，袁芳突然问：“方案怎么样，上会了吗？”

老国说：“局务会开了，大家七嘴八舌瞎戗戗了一个下午。”

袁芳说：“谋可寡不可众，商量事越小范围越好。”

“好事多磨，”老国说，“机关机关，何为机关？就是一盘磨，啥事不磨成面粉不算完。”

袁芳是个很聪明的人，明白此事不是顺风顺水。她给每人倒上半杯红酒，然后举杯说：“为了做好蝈蝈这篇大文章，干杯！”

老国酒量不大，但这杯酒他毫不犹豫地干了。放下酒杯，他问袁芳：“我到文旅局这件事，你怎么看？”

“不喜不忧，就当一次体验好了。”

老国愣了一下：“为什么是一次体验？”

“人就是世间的过客，所有的经历都是体验，无所谓喜与忧。”袁芳一副看透人生的样子。以往，老国觉得袁芳当人生导师还不够格，这个未出阁的姑娘顶多记住了一些格言警句而已。但今天袁芳的话提醒了他，既然是一次体验，权当坐一次过山车好了，何必为此纠结？

老国问小白怎么看，小白回答道：“这是好事，文旅局比地志办有实权，用老纪的话说是裤衩改乳罩，位置很重要。”

袁芳差一点喷饭，捂着嘴说：“裤衩改乳罩，那不露出破腚来啦。”

老国也跟着笑了，老纪在乡镇干过，嘴里隔三差五就会吐出几个荤段子，给风平浪静的地志办添了不少笑料。

第二天，老国一上午没出办公室，谁也不知他在干什么。下午，他逐个找副职谈话，既然一把筷子折不断，那就一根根分开来折。

说来奇怪，个别谈话时四位副职态度一反常态，与会上发言来了个一百八十度转弯。老胡说：“经过一番再思考，觉得开发蝈蝈对于富洲的文化经济大有好处，这个项目应该做，而且要抓紧做，因为季节不等人，蝈蝈这种小东西，错过就是一年。”贾富说：“这个项目规划的范围小了，不应该局限在城郊的促织国，应该让更多的乡镇参与其中，设立分区。”吕青的意见更深一层：“蝈蝈开发，舆论先行，可以请省电视台拍一个十五分钟的专题片，宣传推介富洲的蝈蝈。”吕青拍着胸脯说省电视台专题部主任是她大学同学，上学时对她颇有好感，这件事可以请他帮忙。杜局长表态更深入一层，他说：“最好把蝈蝈定出牛羊价，市场规律证明，价格高一些反而更好卖，很多有钱人买贵不买贱。”

这次谈话让老国有些摸不着头脑，为什么会上一个样，会下又是一个样，人的态度怎么比蜥蜴颜色变得还快！看来，把会上的东西当真要吃大亏。他表扬了每一位副局长，但他不知道是什么让四个副职的看法发生了改变。事后他给袁芳打电话说了情况，问她怎么看，袁芳说：“还能怎么看，皮裤套棉裤，里面必定有缘故呗。”

规划通过后，接下来的事就顺理成章了。老国设想给每位副职都安排一些与项目有关的工作，这个项目要想好，四位副职谁也不能做局外人，都要有一份责任。工作就怕有人干、有人看，合力是在干中形成的。关于项目分工问题，他预料，贾富和杜局都不会有异议，老胡和吕青很难说，尤其是吕青，心里到底怎么想，他捉摸不透。

新官上任三把火，第一把火万万不能做成夹生饭。老国想，蝈蝈综合开发项目的关键是向上跑审批，这个工作只能由吕青来做，吕青形象性格俱佳，跑市里省里优势明显，而慢腾腾的老胡、患得患失的贾富和脾气很大的杜局长，容易把事情搞砸。什么样的人分配什么样的活儿，而且工作分工最好不要交叉，这是他从繁育蝈蝈中得到的启发。繁育蝈蝈一定要摸清雄雌蝈蝈的体性，掌握好火候，随意配对儿会伤害发情期的蝈蝈。他曾有一只浅黄色的雄蝈蝈，通体像析木玉，给人的感觉稳重大气，配对儿时，他选了一只个头中等的铁蝈蝈，结果两只蝈蝈打得不可开交，那只珍贵的黄蝈蝈死于铁蝈蝈之口。他后悔自己考虑问题过于简单，缺乏必要的观察，导致了悲剧的发生。在蝈蝈综合开发项目分工时，他特别注意了这个问题，免得副职的力量相互抵消。当然，他不认为四位副职一定像蝈蝈那般内耗，但愿望不等于现实，他不敢赌，因为他输不起。

他决定分别找老胡和吕青谈谈。

老胡说话像是电量不足的老旧留声机，每个字尾音都拖得很长，这让整个谈话慢了半拍。好在老国不是急性子，要是换了急性子的杜局长就坐不住凳子了。老胡语速虽慢，但想法表达基本清楚，那就是边边角角的活儿他可以分担一点儿，他毕竟是常务，一点不参与也不对。老胡有这个态度已经不容易了，仕途无望的干部积极性最难调动，这一点老国从老纪身上已经看得很透，老胡还有两年半退休，让一支快要燃尽的蜡烛火炬般发光发热显然不现实。由老胡，老国想起了去年自己养的一只翠蝈蝈，他想让这只可爱的翠蝈蝈过冬。在寒冬腊月里听到清脆的蝈蝈叫，有一种留住夏天的感受！有很多蝈蝈友为蝈蝈越冬的事来老国家里取经，蝈蝈毕竟一年一代，娇贵得很，控制不好温度湿度，蝈蝈无法过冬。老国一切准备齐备，没想到入冬后翠蝈蝈拉肚子，几天便死掉了。老国很伤心，总结原因是没有及时给翠蝈蝈进补，入冬后依然按照夏秋饲料来喂养。事随时变，分槽饲养、精准投喂是一门艺术，对老胡这样的副职，尤其要重视这一点。谈话后，老国送给老胡一只铜蝈蝈，礼物不轻也不重，可谓恰到好处。老胡说蝈蝈寓意好，他收下了，说有次老范送他一只铜知了，回去后他越想越生气，铜知了是偷鸡的诱饵，他怎么能收这东西。

老国告诉老胡："边边角角的工作没有，你的任务就一条，看住地志办房后的促织国，那里是蝈蝈这台戏的大舞台。"老国特意打了个比方，促织国是皮，蝈蝈综合开发项目是毛，皮之不存，毛将焉附？老胡在答应这件事上没有拖长音，他只说了一个字："中。"老国让老胡看住促织国不过是个借口，那块地不看也不会跑，别人想占也没那么容易，因为那块地是基本农田，天上有国土部门的卫星看着。看住促织国这件事看起来无事可做，但将来总结起来却可以大书特书，这一点想必老胡也明白，精兵强将都上了主战场，大本营总要有人守吧。看看下象棋就会知道，守护老巢的将、士、象可都是有分量的角色。

与老胡谈完后，老国给自己提了个要求，谈话不走神儿，不要老是牵强附会把人和蝈蝈相勾连。谈话走神儿是个很大的毛病，对方肯定会有所察觉，因为人在走神儿的时候眼神会迷离，处于一种飘忽不定的状态。老国觉得与吕青谈话更不该走神儿，因为女人天生敏感，何况吕青不知道自己走神儿是因为蝈蝈，若是有其他猜想会造成无法解释的误会。

吕青走进老国办公室，俨然一个胸有成竹的面试者，她笑而不语，很文雅地端坐在沙发上等着老国问话。"连续两次找你谈话，是不是觉得我有点磨叽？"老国放低了姿态，这一开场白是他精心设计的。吕青回了一个浅笑，然后说："领导不谈话干吗？"她诙谐地反问了一句，她知道局长这是礼貌性谦辞，谦辞是不能当真的。

"在蝈蝈综合开发项目分工上我想听听你的想法。"老国只好不再藏着掖着。

"您是局长，我是副职，钱锺书先生说正副职就像富人家的太太，太太只有一位，而姨太太则可以数量不限，我可要找准自己的位置，有想法也不能信口开河。”吕青话语里透着幽默。

吕青的表态没有问题，反映出她的机智。说真心话，他对吕青评价一般，因为听老纪说吕青上面有人，这种说法在低头不见抬头见的富洲传播面很广，老国看不起凭关系上位的干部，几斤几两自己最好掂量一下，德不配位、才不堪任早晚会出问题。在地志办修志时，他知道富洲自古不缺名士，而这些名人大都得以善终，原因就是他们能审时度势，谋略在胸。他转念一想，吕青的表态是不是谋略的一部分，想钓出他的底牌呢？他想起自己曾经养过一只叫大眼的雌蝈蝈，那是一只复眼多神的蝈蝈，脑袋形状是个微缩版的汗血宝马马头。他按照时间节点，为它选驸马、铺产床，认认真真忙活了许久，结果大眼愣是没有产一粒卵。蝈蝈繁殖能力强，正常情况一次可产卵几百粒，像大眼这样颗粒无收的几乎没有。吕青轻轻咳嗽了一声，老国知道自己走神儿了，便悄悄掐了一下大腿内侧，没想到他掐大腿的动作被吕青看在眼里，吕青眉头蹙了蹙，当着一个女士掐大腿可不是个文雅动作。

不能解释，也无法解释，老国觉得自己定力太差，说好了不再联想蝈蝈，怎么脑筋总往蝈蝈上拐？他下意识抬手捏了捏耳朵，平静了一下心态。到文旅局工作后，他不再背双肩包，红蝈蝈也不能带到办公室来，红蝈蝈不在身边，他觉得心里空落落的，闲下来的时候总想着家里的红蝈蝈。今天早晨在家里给红蝈蝈喂食时，红蝈蝈毫无食欲，两根长触角摇个不停，他知道红蝈蝈生气了，到了谈婚论嫁的季节却依然单着，别说蝈蝈，就是人也会闹情绪。

老国做好了吕青讨价还价的准备，他希望吕青在这个项目中负责审批、专项资金争取以及招商工作，这些工作之所以分给吕青，他觉得自己亲自做也没有把握，自己有社恐，这些工作留在手上并非明智之举。那天和袁芳吃饭，深谙国学的袁芳一句话让他茅塞顿开。当时他谈到这些年除了写年鉴没干过其他工作,对经济工作更是一窍不通。袁芳说:“古代有的皇帝才三四岁,国家治理得也挺好,为什么?因为手下有懂国家治理的大臣。蝈蝈综合开发项目不要啥都自己顶在一线,一把手只做一把手的事,具体实施由副职去做好了。”袁芳很瞧不起那些事必躬亲的领导,说那是缺乏自信、胸襟狭小的表现。在地志办时,袁芳并非老国的智囊,虽然老国很看重袁芳的国学功底,但在人生地不熟的文旅局情况就大不相同,无所倚重的他除了袁芳,没人能帮助分析得失。袁芳这段话让他下决心把权力分给四位副职,自己只保留督查批评权。

出乎预料,吕青接受了老国的分工,尽管口头上应允,但老国从对方的眼神里看出了丝丝缕缕的不情愿。眼神无法骗人,哪怕有一丝异常倏然划过,也难逃老国的观察,老国探寻的目光一直在注视吕青。

“谢谢你对我工作的支持,你的大局观念令我敬重。”老国有点上纲上线。

“你是局长,我还能有其他选择吗?”吕青微笑着又反问了一句。

这是一句恭维话吗?老国一时拿不准,权当是恭维吧,他想。

给贾富和杜局长的分工都是未来时,老国让杜局将来负责园区基本建设,贾富负责项目建成后的经营。起步阶段让两人先养精蓄锐,将来准备打硬仗。

六

项目推进工作比预想的要难,尤其吕青,在审批和争取资金方面一步一坎。

吕青来找老国，进门就发牢骚：“我吕青何时这么低三下四过，太气人了。”原来，吕青在发展改革委立项上遭了白眼。吕青说：“知道发展改革委的人怎么说的风凉话吗？我们富洲人怎么成三岁孩子了，还玩起蝈蝈来了。”老国说这是新生事物，发展改革委的同志一时不理解也情有可原。在财政局吕青也没遇到好脸色，她说：“财政局就更气人了，说文旅局真好，可以拿公款玩蝈蝈，就不怕巡视巡察要求整改吗？”

老国没接话，有些话接不好会出问题，他知道发展改革委主任和财政局局长与吕青关系不错，周末他们总在一起打牌，吕青和另一位女干部对门，女人打牌手气好，常常把两位男局长打得落花流水。老国就想，因为熟说话才没深浅。如果换了自己，遭遇的恐怕就不是几句调侃，而是无边的尴尬。

“局长你看怎么办？”一身米色套装的吕青坐在沙发上，两条长腿并拢着偏向一侧。

老国没有马上回答，他想起了家中那个铁丝编成的大蝈蝈笼子，这个铁笼子足有一立方米，是迄今为止他制作的最大的蝈蝈笼子。三角铁框架，镀锌细铁丝，笼子中央安了木质托盘，上面设了一个火山石假山，黑黢黢的火山石是从五大连池弄来的，叫水漂石，放到水里能浮起来。他的本意是在大笼子里营造这样一幅情景，翠绿色的蝈蝈立于假山之巅，骄傲地振翅高歌。可惜这幅情景一直没有出现过，蝈蝈不愿意爬假山，喂食处在假山后面，蝈蝈宁可绕过假山去进食，也不愿意爬假山走捷径。

“遇到跨不过的坎就绕过去，”老国说，“先做容易做的。”

“不立项，下面什么事也做不了。”吕青是真的有些着急。

“先做蝈蝈之乡的事，此事归我们上级管，不用立项，也不需要投资。”老国说，“你去北京跑跑这件事怎样？”

吕青马上坐直了，眼睛忽然闪出小星星：“对呀，先做铺垫，然后水到渠成！”

“同时可以引进民资把最美蝈蝈评比搞起来，首届最美蝈蝈评选，声势搞得大一点儿。”老国主意张口即来。

“对，把电视专题片也做出来，一同打包，向外推介。”吕青站起身，握着拳头在胸前摇了摇，信心满满地说，“到时候，炸弹和逢人配该来求我了。”

“炸弹？逢人配？”老国不解。

吕青笑了，说“炸弹”是发展改革委主任的外号，“逢人配”是财政局局长的外号，这两个外号知道者不多，只在打牌的朋友圈里流行。发展改革委主任打牌抓到炸弹就嘴里龇龇个不停，一副谁不服就炸谁的嚣张劲儿，故而有此外号。财政局局长则把逢人配用得炉火纯青，看似连不上的牌，他东拼西凑就成了顺子。吕青说：“国局长这次谈话让我脑洞大开，我明白下一步怎么干了，避免正面强攻，实行围点打援。”谈完话，吕青临出门时，忽然转身问：“不对呀，外面说你是书生，今天我怎么觉得你很油、很鬼？”

“油和鬼是贬义吗？”老国故意问。

“不全是，当然对于一个书生来说有贬义的成分，就那么一点点。”吕青扮了个鬼脸转身走了。

吕青走后，老国却有些发蒙，他吃惊刚才怎么会有如此出色的发挥。吕青把问题抛出来之前，他还束手无策，当问题出来后，他脑子里的方法随之形成，灵感来自哪里？想来想去还是蝈蝈，他心里觉得好笑，都说事物是普遍联系的，这话不假，蝈蝈与所有的事物都能联系起来。他想，以后袁芳受邀讲辩证法不要再讲什么黑格尔，讲蝈蝈足矣，连小学生都能听得懂。

老国想去找姜县长汇报工作，几次都被那个仰脸女秘书给挡了。

仰脸女秘书说县长太忙，天天日程爆表，她给排上就是了。仰脸女秘书每次都会扭头看看他的后背，老国知道她想看什么。老国很是感慨，姜县长不过是个处级干部，天天都忙成这样，可以想象那些市级、省级干部会忙成啥样。既然姜县长无暇接见，他觉得还是先把基础工作做好才行，蝈蝈综合开发项目肯定要上政府常务会，如果准备工作不充分，一旦在会上七嘴八舌争论起来就麻烦了。

老国梳理了一下项目要啃的有五根骨头：名分——蝈蝈之乡，户口——发展改革委立项，主业——交易和冠名评比，用地——促织国，保障——财政启动经费。这五根骨头要一口口去啃，担子最重的是吕青。

项目在紧锣密鼓地推进，吕青那里进展不错。老国总算挤出一点时间来考虑红蝈蝈的婚姻大事。他利用周六周日到促织国潜伏了两个中午，但还是一无所获。拉他的前三轮司机笑他，钻麦地有啥看头儿，晒个紫茄子样。他开玩笑说，麦地里藏着宝贝，他是来找宝贝的。司机将信将疑，一边在树下抽烟，一边瞄着他。白跑了两趟促织国，他觉得不能再拖了，一定要解决红蝈蝈的婚姻大事。他坐在木凳上，双手托腮看着红蝈蝈出神。“你的父母是谁？有兄弟姐妹吗？你怎么就成了一个独行侠呢？”红蝈蝈听不懂他的话，两只外凸的复眼盯着他，好像也在问：“你是谁？我咬过你还是骂过你？你为何把我关进笼子里囚禁着？”老国与红蝈蝈对视了好一会儿，脑子里一直在胡思乱想，想蝈蝈身上的红色是怎么来的，想红蝈蝈渴望找一个什么颜色的雌性，是不是真的就喜欢红色。给红蝈蝈找个相同体色的雌性只是他的想法而已，至于红蝈蝈怎么想，他无法知道。他想起袁芳说河北某县把草白蝈蝈染色冒充红蝈蝈出售，这种外表改变颜色的做法是怎么想出来的？不得不说，想出这个办法的人还蛮聪明，因为蝈蝈不洗澡，一旦染色，假冒的红色会装扮它一生，饲养者很可能被蒙在鼓里，没有人去辨识真假。

袁芳打来电话，问他地志办新领导什么时候能到位，现在请假都找不到人。老国调走后，上级并没有明确谁负责，这种局面对老纪和小白无所谓，却苦了袁芳，袁芳如果外出不请假，一旦作为问题细究，就成了工作纪律问题。老国说他会跟组织部领导反映一下这个情况，尽快把领导配上。两人唠完请假的事，老国对袁芳说："你帮我分析一下，我约了几次想向姜县长汇报，秘书都说没时间听，姜县长不见我有什么原因吗？"

袁芳在电话里说："姜县长日理万机，一馈十起，蝈蝈之事没放在心上也正常。"

"这可是他主动说的项目。"

袁芳在电话里笑了，道："有时候领导的话也是即兴发挥，毕竟谁都有心血来潮的时候。"

老国放下电话，心里有些发凉，袁芳的话不无道理，姜县长几乎天天都在讲话，他讲的话自己都能记住吗？姜县长找他谈话那天，急着要去接待一个重要客商，看到他的双肩包想到蝈蝈进而由蝈蝈激发了一些想法也很正常，如果姜县长是信口开河，而自己却奉为圭臬，蝈蝈综合开发项目就成了一个笑话。他不敢再想下去，决定还是找姜县长汇报一次为好。

次日上班，吕青兴冲冲来到老国办公室，告诉他蝈蝈之乡的事妥了，但不能叫国字号的蝈蝈之乡，要冠只能冠"东北"。老国说东北蝈蝈之乡也不错，能批下来就很不容易。吕青说最美蝈蝈评选的事也有了眉目，一家著名的互联网公司愿意冠名资助。老国一听高兴坏了，说话忽然结巴起来："吕局你太、太、太伟大了，这效率、这效果，给十个男人也不换。"

吕青故意说："我哪里有太太？怎么，你还想拿我换男人？"

"哪里哪里，你在我眼里就是一只红蝈蝈，是无价之宝呢。我谢谢你，谢谢你！”

“你不要谢我，要谢就谢你的伯乐吧。”吕青脱口而出。

“我的伯乐？”老国顿时从兴奋中变得清醒起来。

“是的，姜县长给我们四个副局长每人都打了电话，要求我们无条件支持你的工作，姜县长说你人品好，不争不抢，但缺少机关工作经验，熟悉一段时间就好了，你看，你遇到了多好的伯乐。要知道千里马常有，而伯乐不常有啊。”

老国眼眶有些湿润，他没想到姜县长会如此支持自己，把工作做到了每一个副职。他决定不去找姜县长汇报了，他要把所有的准备工作都做到位，五根骨头全部啃下来，然后在政府常务会上一鸣惊人，唯有如此，才是对领导的最好回报。

七

吕青的公关能力潜力无限，她先是拿下了“炸弹”，给蝈蝈开发立了项，然后又征服了“逢人配”，争取到了项目启动资金，要知道这两位局长在富洲可是炙手可热的人物。

发展改革委主任被称为“炸弹”，除了打牌因素外，他还有个特点是惧内，惧内之人心里往往窝着一股火，家里发不出去，就只能到外面发，发展改革委的同事都知道，一旦主任上班脸色难看，这枚炸弹今天肯定会引爆一次。聪明的下属会及时躲避，免得劈头盖脸挨轰炸。但他的办公室主任无法躲避，办公室主任的职责就是跟班，所以天生脱发的办公室主任经常被撸得有皮没毛。好在大家都理解，炸弹难听的话都在嘴上，从不背后整人，炸过后很快就会风平浪静。炸弹给老国打来电话，建议老国重奖吕青，说当下这样的副职太少了，不要命地干活儿。炸弹说："你知道吕青是怎么做我工作的吗？这个女人比阿庆嫂还厉害，说你不给我立项，我天天半夜给你家打电话，除了争取立项，我还会柔声细语和你唠几块钱的。你知道我天不怕地不怕，就怕半夜女人来电话，那样我跳进黄河也洗不清啊。"老国安慰了对方几句，说吕局也就是说说，怎么会半夜给你家里打电话呢，让嫂子误会麻烦就大了。炸弹说："是啊，你嫂子可是个认真的人，她在县监委工作，监督是内行，我这么多年规规矩矩工作，主要是得益于内部有监督啊。"放下电话，老国笑了，这个炸弹可不是随便炸的，即使爆炸也会炸出一道彩虹，这不，打个电话的工夫把夫人和自己都表扬了。被称为"逢人配"的财政局局长也很无奈，一次在连廊里遇到老国，拉住老国说："你要管管吕青，她到处说我是她的男闺密，这样说容易让人产生联想，坏我名声。"老国说："男闺密是指关系好，没有什么不妥呀。"逢人配道："拉倒吧，吕青一向是口惠而实不至，再说了，她可是军婚。"老国问："吕局长什么时候这样说了，我怎么没听到呢？"逢人配哭丧着脸道："她亲口对我说的，如果我不支持蝈蝈综合开发项目，她就在朋友圈里说我不讲究，白拿我当男闺密待了。"老国一听就明白了，这是吕青的策略而已，其实两位局长就是不支持蝈蝈综合开发项目，吕青也不会打电话，这段日子他已经对吕青有所了解，这是一个看上去泼辣而内心却尊严如山的女干部。

老国没有找吕青，他知道炸弹和逢人配之所以与自己说这些，都是在给吕青挣口袋，平心而论，他也觉得吕青在这个项目上立了头功，他想在合适时机向彭部长推荐一下吕青，吕青具备了担任正职的素质和能力，这样的干部不能总窝在副职岗位上。当然，老国不想马上推荐，蝈蝈综合开发项目还指望着吕青呢。

但老国还是去找了彭部长，不是为了吕青，而是为了地志办。

彭部长程式化的微笑十分经典，让人倍感放松。彭部长问他有什么事。老国说这次来不是为了文旅局，而是想替地志办说几句话，地志办虽然相对边缘，有点山高皇帝远的意思，但毕竟也是一个中层单位，应该及时配上领导。彭部长脸上程式化的微笑忽然凝固了，有些惊讶地问："你想推荐人选？"老国摇摇头，说他没有人选。彭部长严肃起来，显然她觉得老国这个举动有些不妥，一个单位配不配干部，领导自有考虑，作为老国，要学会思不出其位。但彭部长并没有怪罪老国，她也知道老国对地志办有感情，如果老国这次推荐某某当主任那就另当别论，既然老国没有举荐人选，说明他的建议仅仅是建议，不含其他成分。

"地志办三个干部，个性都很强，好比一个笼子里的三只蝈蝈，管理不好容易出问题。"老国说，"何况地志办主任这个职务不难选，一抓一大把。"

彭部长被老国逗笑了，微微摇了摇头道："你什么事都能和蝈蝈联系起来，看来你最近抓蝈蝈上瘾了。"

老国想汇报一下蝈蝈综合开发项目，看彭部长并没有想听的意思，便及时打住，站起来告辞。彭部长起身送他到门口，很严肃地说："地志办的事领导会考虑，你的任务是抓好文旅局的工作，不要有意无意地出格。"老国欲言又止。彭部长又缀了一句："地志办由县委办代管，如同县委办的一个科室，有什么事可以请示县委办主任嘛，不要影响正常工作。"

老国懂了，地志办一直由县委办代管，彭部长说得没错，有事可以请示县委办，看来自己跑这一趟是多余的，是出格行为。

在一楼连廊里，老国为自己这次出格感到后悔，便掏出手机给袁芳打电话，想埋怨袁芳几句，如果袁芳不说请假的事，他就不会来讨没趣。

袁芳正在秦皇岛看海，电话一接通她就说："国主任，您到过海边吗？”老国说没有，自己很少出差，去过最远的地方是北京。袁芳说：“建议您到大海边看看，到了海边你才知道，您引以为傲的富洲，还有心心念念的促织国太小了，小得微不足道。我望着大海有一种风筝飞上天空的感觉，眼界决定视野，胸襟决定格局，那些鸡零狗碎之事，权当粘在鞋上的沙子，只要向前奔跑，自然就会甩干净。”老国“哦哦”了几声，原本想说的话没有说，他知道，自己要说的话正是袁芳鞋上需要在奔跑中甩掉的沙子。老国问她去秦皇岛是否请了假，袁芳说她给县委办主任打过电话，主任很不耐烦，说让他们实行目标管理，在规定时间内把年鉴弄出来就中。县委办主任没说给假还是不给假，一句目标管理就打发了。老国说可以理解，县委办主任是大忙人，不愿意为闲事分心。放下电话，老国想，这样也好，老纪、袁芳和小白成了三只散养的蝈蝈，比自己在那里时更自由了。

周五，老国让办公室通知，下周一上午九时召开局务会，专题研究向县委县政府上报的蝈蝈综合开发项目汇报材料。县政府常务会和县委常委会听取汇报有要求，正式汇报材料不许超过两千字，其他材料一律做附件处理，这就要求项目汇报材料必须高度凝练。办公室起草好汇报材料后，老国回家亲自操刀又改了两遍，连每一个标点符号都仔细斟酌，是逗号的地方不能用分号，是分号的地方绝不用句号。为此，他学习了相关部门许多汇报材料，本来是想找个蓝本，没想到却发现了不少问题，有的汇报材料空话套话连篇，突出表态，缺少举措，目标口号化，根本经不起推敲。比如前年农业局上半年工作汇报，庄稼还没抽穗就用肯定的语气说该年粮食产量一定创历史新高。实际上前年秋涝，粮食减产严重，汇报等于抽了自己耳光。老国在修改汇报时，删去了许多过渡性文字，做到了言之有物，条条是道。材料改完，已经是子夜时分，老国从写字台后起身，反手捶了捶后腰，然后做了几个扩胸运动，来到蝈蝈笼前查看红蝈蝈。红蝈蝈没有休息，正在笼子里爬来爬去，蝈蝈是不会睡的，它休息的标志是两条后腿折叠起来，减少活动。“对了，你喜欢上夜班，我应该向你学习才是。”老国说，“我修改个汇报材料就如此疲惫，是不是让你耻笑了？”红蝈蝈好像听懂了他的话，忽然振翅鸣叫起来。好在书房隔音效果不错，否则夜半鸣叫一定会惊醒家人。

周日傍晚，老国接到老纪打来的电话，老纪透露了一个让人惊愕的消息，姜县长交流到临县担任县委书记，周一就去报到。老国听后脑子忽然嗡嗡响起来，好像无数蝈蝈的振翅被放大了一般。这个消息太突然了，姜县长调走，蝈蝈综合开发项目怎么办？这可是姜县长对他一个人的交代啊，没走过什么程序。老纪又说，新来的县长是市工信局马局长，也是周一来报到，一个魄力十足的年轻干部。放下老纪的电话，袁芳的电话便打了进来，袁芳似乎也听到了消息，用一副忧心忡忡的语气说：“主任，我送您一句话吧，言寡尤，行寡悔，禄在其中矣。”放下电话，老国觉得袁芳有点好为人师，她自己连个主任科员都没混上，却之乎者也操着领导的心，但又一想，袁芳刚才送的话应该不是随便选的，毕竟是孔夫子的名言。

话是打开心锁的钥匙，袁芳的话让老国想了很多。当天晚上，他将书房的吊灯、壁灯、台灯全都打开，让小小的书房变得白昼一样。他则搬了把椅子面朝红蝈蝈静静坐着。因为灯光明亮，红蝈蝈整夜没有振翅，不振翅就有些无精打采，半天才活动一下后腿。老国看着红蝈蝈，思想开了小差，红蝈蝈的后腿特别有力，像折叠起来的机械臂。他就想，为什么昆虫也好，动物也罢，包括人类在内，大都后肢比前肢发达呢？

这是一个问题，他想，值得好好琢磨琢磨。他觉得自己的大脑像驴子拉磨一样原地不停地转圈儿。凌晨时分，他坐累了，想起身回卧室休息，就在起立之时他忽然顿悟：后肢发达，意味着进化的方向是直立。

八

周一的局务会如期召开，汇报材料一致通过。

“只等着上面开会研究了，”老国对自己说，“万事俱备，只欠东风。”

姜县长调离，老国想去送行，给姜县长打了个电话，姜县长坚决不让，干部迎送有规定，不能违反纪律。老国没有办法，只好发了一条长长的祝福微信，姜县长回了一个拱手表情，没有任何文字。

新县长上任，有了许多新思路，县政府常务会一直没有把蝈蝈综合开发项目列上议题。半个月过去了，促织国的小麦已经成熟，做蝈蝈文章的最佳时期眼看就要过去。老国急啊，嘴角的小水泡像一排蝈蝈卵，黄澄澄的，看着吓人。

清早，老国起来喂红蝈蝈，他特意准备了面包虫，想给红蝈蝈增加些蛋白质，因为这几日红蝈蝈的鸣叫听起来不那么脆响。红蝈蝈只吃了几口便停止进食，一副蔫巴巴的样子。老国上班后神情有点恍惚，心里惦记着食欲大减的红蝈蝈，他知道，蝈蝈食欲不佳最大的因素是环境出了问题。这时，老胡来办公室找他，依旧用慢半拍的语速说：“完了，促织国那块地被征用了。”

老国从恍惚中惊醒过来，猛地起身道：“什么？你说什么？”

“促织国那块地被征用了，包括地志办也要动迁。”老胡摇摇头说，“我守不住，这是马县长的指示。”

老国重重地坐下来，吕青急匆匆敲门进来，气哼哼地道：“太不像话了，炸弹不讲究，把咱的同花顺给炸了。”

原来，发展改革委正式通知吕青，蝈蝈综合开发项目暂停，地志办后面那块地被规划成了工业园。吕青还复述了马县长在一次会议上的讲话：“富洲一定要走工业强县的路子，其他一切工作都要围绕工业强县来开展，没有工业，哪里有税收？没有税收，在座的工资、绩效从哪里来？富洲这个名字叫了几百年也没富，差在哪里？就是工业嘛。”

老国没有做任何评论，让老胡、吕青回去忙工作，他知道县里肯定要召开一次干部大会，新县长要把自己的想法变成全县的共识才行。

正像老国预测的那样，全县干部大会很快召开了，会上，印发了《关于加快推进工业强县的工作方案》，全县上下热情高涨，大干快上的局面指日可待。

会议召开的当天傍晚，老国在办公室坐了许久，把打印好的汇报材料装进档案袋封好，用笔写上很小的“存档”两字。昨天接到会议通知后，今天上班他特意用双肩包带上了红蝈蝈，他想做一件对于自己来说意义非凡的事。太阳落山后，老国背起双肩包走出政府大楼，那个和蔼的老保安用奇怪的目光看着他的背包，许久。老国抬头看了看天，月亮阴晴不定，空气有些沉闷。走出政府大院，他打了辆前三轮驶往位于郊区的地志办。这个时候，马路上汽车、电动车很多，路边不见小商小贩，一切都给人匆匆而过的感觉。来到熟悉的地志办，发现大办公室的灯还亮着，大办公室就是老纪、袁芳和小白共用的办公室，由三个单间办公室打通而成，这是县里巡察整改的结果，因为凭级别，老纪、袁芳和小白都不够单间办公标准。老国不想打扰大家，绕到屋后来到麦田边，放下双肩包，拉开拉链，小心翼翼拿出蝈蝈笼子，笼子里的红蝈蝈也许嗅到了麦香，竟然振翅鸣叫起来。他坐在田埂上，田埂上的狼尾草很柔软，小麦成熟后散发出一股诱人的甜味，这种甜滋滋的气味让昆虫们兴奋不已，鸣叫声此起彼伏。夜间是属于昆虫的世界，因为捕捉昆虫的小鸟都已归巢，属于夜行侠的鸮类又不以昆虫为食，促织国只有到了夜间才算得上名副其实。老国打开笼子，红蝈蝈却后退了两步，迟疑着不肯出来。“出来吧，”老国说，“出来回到属于你们的世界。”这时，老国听到身后传来脚步声，回头一看，是老纪、袁芳和小白。

“你们怎么来了？”

“我们在等您，”老纪道，“袁芳说你今天一定会来促织国，我们都不信，我还和袁芳打了赌，你若是来，今晚我就请大家吃饭，看来我输了，这饭非请不可了。”

老国看了看袁芳，袁芳果然厉害，把他看得透透的。

小白看到了打开的蝈蝈笼，惊讶地问：“主任您想把红蝈蝈放生？”

老国点点了头：“我无法为囚禁中的它找到伴侣，放生后让它自己找吧，不管是绿是黄还是黑，只要它喜欢就可以。”

袁芳说：“是的，捆绑成不了夫妻，我赞成给红蝈蝈放生，给它自由。”

红蝈蝈在大家的见证中被放生。四个人站成一排，向缓缓爬走的红蝈蝈行注目礼。月亮从云后探出半张脸，麦田顿时亮起来。红蝈蝈爬上了一棵麦子的麦穗，谁也没想到他会振翅鸣叫起来，鸣叫浑厚响亮，声震四周，尤其每组鸣叫的第一个音符极具穿透力，像绿茵场上裁判员吹出的银哨，直抵人的耳膜。老国吃了一惊，原来红蝈蝈的鸣叫还有这般潜力！

当夜，在老纪找的一家街边店，四个人闷闷不乐吃了顿晚饭。大家话不多，啤酒却没少喝，老国不装假，谁敬酒都干，很快把自己喝成了关公。店主认识老纪，出于表达谢意，赠了一道烤蝈蝈，并说这是店里新开发的菜品。看着盘中被穿成串烤焦的蝈蝈，老国眼圈红了，他并没有埋怨老纪，因为这不是老纪点的菜。他让老纪将烤蝈蝈打包，提议大家一会儿饭后步行回促织国。

县城街道已经归于宁静，四个人走在街上，柠檬色的路灯似乎不带光线，看上去雾蒙蒙混沌的一团，有个环卫工人在清扫街面，趁着夜色清扫要比晨起劳作更从容一点。袁芳对大家说，我给大家背诵一首诗吧。

螽斯羽，诜诜兮，宜尔子孙，振振兮。螽斯羽，薨薨兮，宜尔子孙，绳绳兮。螽斯羽，揖揖兮，宜尔子孙，蛰蛰兮。

老纪说："你这是哪里的天书？怎么一句也听不懂呢？"

小白接话道："袁姐背的是《诗经》里的一首诗，是赞美蝈蝈的。"

来到麦田，在晦暗不明的月光下，老国走下田埂，用手在地里挖出一个一尺左右深浅的坑，把打包的蝈蝈埋在里面，把土抚平，用力按了按，然后起身向那抔湿土行了个鞠躬礼。

袁芳在田埂上又背诵了一句：

宜尔子孙，蛰蛰兮！

天虫

我不关心田娥的年龄，再说我和绿宝说这番话时田娥已经嫁到了和平公社，远离了绿宝、雄蚕蛾和狼蛛。绿宝见我不再问，就主动说：“有时候人是会变的，关键是往哪个方向变。”

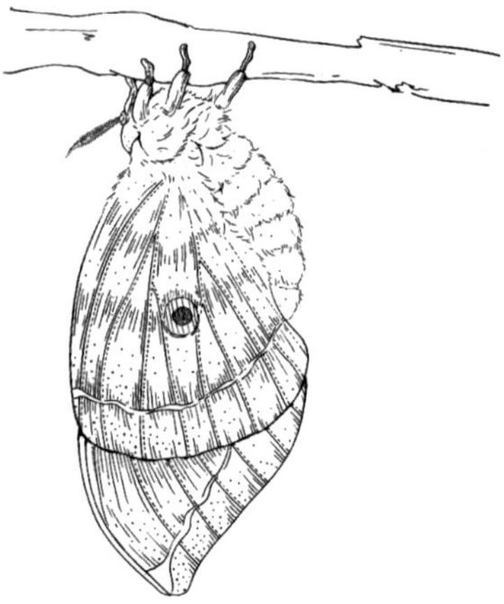

那时我十三岁，上小学四年级，在北大荒一个叫撮了火的村庄生活。

村庄向北三里地有座卧虎山，这是五大连池十四座休眠期活火山之一，山虽不高，却雄伟有气势，像一头斑斓的老虎卧在那里。卧虎山少有其他树种，几乎是清一色的柞树，柞树木质坚硬，树叶像带锯齿的小扇子，深秋季节，枝头成熟的橡子会在树下落满厚厚一层。橡子是野猪的最爱，一般来说盛产橡子的柞树林，少不了野猪光顾。粗壮的柞树树干会有野猪蹭痒的痕迹，有经验的猎人靠这蹭痕能追踪到猎物，野猪到死也想不到，只是蹭个痒痒就会招来追杀之祸。

卧虎山的柞树会像爬山虎一般往山下蔓延，这应该是成千上万粒橡子从山上滚落下来的结果。卧虎山下有七道山沟，沟沟长满了柞树，人们称这里为橡子沟。撮了火村离橡子沟最近，那时候村不叫村，叫生产大队，撮了火大队搞队办副业，在橡子沟办起了蚕场，蚕场远离村庄，吃住劳作都在橡子沟，撮了火大队的青年人大都有在蚕场劳作过的经历。蚕场后来被县里划给国有林场，那段经历就成了许多青年人依依不舍的回忆。

我少年时的记忆就与橡子沟蚕场和蚕场的人们有关。

绿宝

我是个故事迷，因为喜爱听故事，我总是想方设法和比我大的人交朋友，从大人那里能听到故事。那时候中小学是九年制，小学四年级就几乎上完了中小学课程的一半，四年级时我已经有了三个大人朋友，一个是绿宝，一个是雄蚕蛾，再一个是体育老师张山。除了三个男人外，还认识一个叫田娥的姑娘，但与她接触不多，算是半个朋友吧，因为我这三个大人朋友都与她有关联。三个大人朋友都曾在蚕场工作，张山是蚕场场长，脸上有淡淡的黄胡须，看上去蛮有心计。令人羡慕的是张山有支双筒猎枪，那时禁猎政策尚未出台，小兴安岭一带还允许打猎，一场雪后，张山会喊上绿宝和雄蚕蛾上橡子沟打猎，因为三人经常打到野猪、狍子，人们就给他们起了个“三快手”的绰号，我上小学一年级就知道这个绰号，总觉得这个绰号特牛，和传说中的侠客有一拼。

张山是新上任的撮了火小学的体育教师，绿宝是校工，雄蚕蛾在与小学一路之隔的公社食堂当大师傅。绿宝和雄蚕蛾都是外号，他们真名叫什么我没记住，只知道绿宝姓吕，雄蚕蛾姓熊，外号和姓基本谐音。张山也有外号，叫狼蛛，据说是当蚕场场长时社员给他起的。狼蛛因为带个“狼”字，听起来有点吓人，上体育课我端详过，还别说，张山面相还真有点狼的模样，三角眼、黄眼珠、黄胡须，颧骨高高，下巴尖尖，越看越让人发怵。这副模样自带戾气，上体育课没有哪个男生敢调皮捣蛋。

在我记忆里，狼蛛、绿宝和雄蚕蛾都了不起，他们个个有本事，有时我会下意识地模仿他们的小动作并以此为豪，比如学绿宝背着双手在校园里迈八字步，学雄蚕蛾习惯性地端着烟袋，学张山老师用眼睛余光扫人，等等。唯独对田娥学不来，田娥梳条又粗又黑的长辫子，走路、说话找不出可以模仿的地方，她与众不同的特长是吹笛子，而且吹得婉转动听，我想学也学不来。大人都喜欢乖巧的孩子，我嘴甜，会献殷勤，他们也就不厌烦与我打交道。

三人当中，接触最多的是绿宝。

绿宝十六岁就在蚕场干活儿，十八岁入伍，复员后被安排到撮了火小学当校工。体形会暴露人的缺点，就像有的人一看就是馋鬼一样，绿宝身材上下一般粗，隆起的将军肚像扣着锅盔，暄腾腾的身子如同发面做的一样，这副模样让人很难摆脱懒惰印象。绿宝是学校唯一的校工，吃官粮、挣工资，比民办老师生活更滋润。绿宝本来还多一个“宝”字，后来大家觉得叫着费事，就逐渐减掉一字成了“绿宝”。这个绰号据说是田娥起的，田娥为什么起这个外号，绿宝最有发言权。但普遍的说法是因为绿宝懒，在蚕场干活儿时是个半拉子。这也不怪绿宝，当时生产大队有规定，不满十八岁的社员不算整劳力，整劳力出一天工记十二分，不是整劳力只能记十分。张山公开就说绿宝太懒，他们三人去橡子沟打猎，绿宝总是跟不上趟。打猎又叫打围，是实打实的体力活儿，要迈开双腿漫山遍野撵猎物，懒人是打不了猎的，有个歇后语叫“瘸子打围——坐着喊”，就是讽刺那些只动嘴不动腿的人。绿宝有点胖，在野外肯定跑不过狼蛛和雄蚕蛾，结果合围中就出现了豁口，导致野猪、狍子突围而去。狼蛛埋怨绿宝自然在情理之中，绿宝听了也不恼，嘿嘿一笑也就过去了。

绿宝喜欢穿一身草绿色衣服，脾气不急不躁，喜欢开玩笑，我们这些小孩子都喜欢围着他转，因为他会讲故事，尤其会讲小孩子喜欢听的关于打猎的故事。绿宝有支单筒猎枪，黑色的枪筒很长，他称之为砂枪，而我们小孩子则叫它洋炮。洋炮虽然比不了狼蛛的双筒猎枪，但在不爱红装爱武装的年代，有枪就是孩子心目中的英雄，绿宝身边因此聚拢了一堆小学生，从三年级到五年级不等。学生们聚拢在绿宝周围主要是听他讲故事，那个时候放学早，老师也不留作业，放学时太阳老高，不愿意回家的学生便围着绿宝听他讲故事。放学后的校园经常有这样一幅情景：十几个背书包的小学生围坐在篮球架下，听笑眯眯的绿宝讲故事。绿宝讲的故事五花八门，有当兵时的故事，有中国古典四大名著的故事，当然讲得最多的是打猎的故事。绿宝讲故事绘声绘色，会模仿出不同猎物的叫声，狼嚎、熊吼、野鸡叫，学什么像什么。最让我们羡慕的是绿宝会打口哨，他把右手食指弯起来塞进口中，能打出嘹亮刺耳的哨音，哨音不仅声长，中间还会变调，比张老师脖子上挂的那只“狐狸哨”还要响。我是这些孩子里最忠实的听众，由于受绿宝故事的熏陶，我对猎人生活充满了向往，有次老师让我们以“长大后想干什么”为题写作文，我在作文里毫不犹豫地写下将来要当个猎人，与老虎、豺狼搏斗。这篇作文老师仅给了个及格，批语上说我这个理想没高度，我当时想，都能上卧虎山打猎了怎么还没有高度？现在想想看，老师批的高度另有所指。

我从绿宝嘴里知道，橡子沟沟深林密、野兽横行，是个令人恐怖的地方。橡子沟方圆一百多平方公里，除了冬季有猎人光顾外，其他季节少有人涉足，那里常有野猪、野狼伤人事件发生。野猪多是因为那里有橡子，食物充足，野狼则是野猪引来的，狼群喜欢追逐野猪，是野猪甩不掉的尾巴。撮了火大队在橡子沟建蚕场时担心野兽伤人，专门给蚕场买了支双筒猎枪，猎枪归公家所有，但保管使用权在张山。绿宝曾对我说，别看狼蛛有双筒枪，那可是公家的，他这支单筒却是自己的。橡子沟有大小七道沟，蚕场的范围控制在三道沟以内，这就给野猪和野狼活动留出了空间。绿宝在一次讲故事时，讲了橡子沟为什么令人却步。卧虎山北面有个国有农场，一次雨后，农场副业连一个女工班开车去橡子沟采蘑菇，不幸遭遇了狼群。女工班主要工作是养殖木耳，没受过军训，也就谈不上战斗力，而且只有班长兼卡车司机是男性，背着一支半自动步枪，配备了十发子弹。班长让女工们脸朝内围成一圈儿，不与野狼对视，他抱着半自动步枪在外围警戒。橡子沟的狼群不搞集团冲锋，它们采取的是各个击破的战术，先是围着猎物绕圈子，冷不丁就会咬住一个猎物拖走。女工班与狼群对峙到日落黄昏，班长十发子弹已经打出去九发，只剩下了最后一发保命弹。女工们已经有四人被野狼偷袭咬伤屁股和大腿，形势万分危险。如果不是农场运输科的人发现采蘑菇车辆没有按时归库而报告保卫科，这个女工班就会陷入绝境。农场领导知道橡子沟经常有狼群出没，马上派人去寻找，这才给被围困的女工解了围。绿宝在讲这个故事时，身临其境般描述了狼群如何发动偷袭，这个描述颠覆了我对狼群进攻方式的认识。在听绿宝讲故事之前，我觉得狼群对猎物发动攻击是成群往上扑，像毛头小子打群架一样顾前不顾后。其实不是这样，狼群再大，攻击猎物也只采取偷袭方式，它们会相互配合、声东击西，然后把猎物一个个拖出队伍。当一只狼咬住猎物往外拖的时候，其他狼会掩护这只狼，阻断对方营救。我问绿宝："女工们为什么要脸朝里、腚朝外？"绿宝说："班长这个决策是对的，野狼也欺软怕硬，它们会观察人的眼睛，从眼神中发现你是不是胆怯，一旦发现你惊恐胆怯，它们会更加有斗志。女工腚朝外，一来会藏住目光，二来只能伤到屁股和腿部，要是脸朝外被叼住脖子就没命了。"绿宝说他打猎尽量避开狼群，因为狼记仇，你打了它，它的家族成员会记住你。有经验的猎人要么下套，要么用狼夹子，绝不会用砂枪来对付狼，用砂枪打狼还不如用弓箭，砂枪装填最快也要四分钟，而弓箭瞬间就能拉弓上箭。当然，若有快枪那就是两码事，再厉害的狼群也扛不住快枪的射击。绿宝说对于背砂枪的猎人来说，狼群打不得，孤猪最好也不去招惹，总之橡子沟两大猛兽还是躲着点好。

我还记得绿宝讲过他师父老董头的故事。老董头是撮了火最有名的猎手，靠一支祖上留下来的洋炮打遍了卧虎山。有一次去橡子沟打猎，他碰到一头孤猪。野猪一般都是成群活动，而孤猪却是单枪匹马的独行侠，孤猪有自己的领地，有不固定的窝，走到哪儿吃到哪儿睡到哪儿，一副吊儿郎当的二流子样。孤猪吃饱喝足就会找油脂多的松树蹭身子，擦蹭的目的不是解痒，而是让皮毛沾上厚厚的油脂，用来防止瞎蠓和蚊虫叮咬。孤猪比黑瞎子和狼还难对付，黑瞎子虽然体型大，其实胆子很小，遇到人会主动躲避。狼看到持枪或背枪的人也不会靠近，只会远远地瞄着你，没有十足的把握狼不会主动攻击。孤猪就不一样了，孤猪大都是性情暴烈的公猪，獠牙像秤钩，鬃毛如铠甲，在林子里横着膀子晃荡，遇到人不但不躲，还会黑旋风一样扑过来拼命。那次，老董头吃了孤猪的亏。那头孤猪有三百斤左右，嘴长体壮，这样大小的野猪肉质最好。老董头有些动心，犹豫再三，还是悄悄将洋炮里的铁砂换成了单发铅珠，躲在一棵老柞树后瞄准孤猪头部开了一枪。绿宝说师父枪法很准，这一枪虽然打中猪头却没能致命，很可能是松油沾上的泥巴减弱了铅弹的力量，孤猪嗷嗷叫着转了两圈儿，发现了大柞树这边开枪后冒出的那缕枪烟，便疯了一样扑过来，将来不及装填枪药的老董头拱翻在地。好在老董头经验丰富，扔掉手中洋炮，一个鲤鱼打挺蹦起来，猴子一样就往大柞树上爬。老董头爬树很快，但还是被孤猪咬掉了半个脚后跟。老董头命是保住了，但从此成了跛脚。绿宝说师父再三嘱咐："没有快抢不要碰孤猪。"师父还给山上的猛兽排了个次序：一猪二熊三老虎。这种排序在撮了火没人怀疑，连狼蛛也没有异议。我记住了这个排序，直到现在我还拿这个标准说事，当有人说老虎是山中之王时，我会微微摇头，说者肯定不知道孤猪的厉害。

绿宝喜欢帮人做事，村里谁家有事总会找他帮忙，他也从不拒绝。

当地居民冬季取暖主要靠烧柴，入冬前上山打柴是家家户户一件大活儿。届时，生产队会派出马车和车老板，柴主则自己找帮工带着斧锯上山，砍伐柞树棵子用马车拉回来。这在小兴安岭一带是一种习俗，该习俗促成了乡亲抱团取暖的好风气。当地冬季奇冷，哈气成霜，滴水成冰，一个家庭想熬过严冬至少需要三马车柞树棵子，因为需求量大，每天生产队都会派马车进山。进山不是上卧虎山，主要去橡子沟外围，但橡子沟有狼群出没，普通人进山打柴有危险，大家自然会想到绿宝。绿宝有枪，又是小有名气的猎手，请他押车至少可以壮胆。因此，扛着洋炮的绿宝经常担当柴车押车的角色。

那个时候我特别崇拜英雄，但在偏僻的乡村很难遇到那种高大上的英雄，就身边熟悉的人来说，我觉得有两个人与英雄贴边，绿宝是第一个，还有一个就是田娥，田娥会吹笛子，模样特像电影《智取威虎山》里的常宝。绿宝肩扛洋炮押车的形象威风凛凛，田娥如果双手攥紧辫子来一个“冲上山冈杀尽豺狼”的造型，一定也英姿飒爽。

我与绿宝有过一次交谈。我问他：“听到别人叫你绿宝恼火吗？”

“有啥恼火的？”

“绿宝不是蚕虫吗？那种吃树叶的大绿虫子。”我看过蚕虫，那种浑身松软，没有一点筋骨的大绿虫子，我看到它浑身起鸡皮疙瘩。

“它是虫子，但它无毒，不咬人，一天到晚吃树叶。”绿宝解释说。

我觉得绿宝这样的人物应该有个更响亮的名字，天底下好听的名字很多，为啥非要接受绿宝这样一个不起眼的外号？我问：“听说这外号是田娥起的？”

“那当然，”绿宝说，“田娥说她害怕蚕虫，叫我绿宝宝后再看到蚕虫就会想到我，想到我就不会害怕，因为我是她的老弟。”

田娥这种心理我当时理解不了，长大后想起此事，我觉得她是想用绿宝来盖住心里蠕动的那条蚕虫，是一种心理换位。

“田娥还说，绿宝这个外号挺好听的，田娥说《智取威虎山》里有个常宝，《西沙儿女》里有个阿宝，咱们蚕场有个绿宝，正好凑成了三宝。”我能看出来绿宝对田娥起的这个外号没有丝毫反感。

绿宝问我：“你说田娥好看吗？”

我说：“比我们班长胡梦杰好看。”胡梦杰是我们四年一班的班长，学生只要有出头露面的活儿，肯定是她出场，她也觉得自己是全校最美的女孩子。

绿宝说：“田娥不仅是当年蚕场最好看的姑娘，还是撮了火的村花，才貌双全，可惜比我大好几岁。”

我问绿宝大好几岁有什么可惜的，绿宝笑而不语。

我不关心田娥的年龄，再说我和绿宝说这番话时田娥已经嫁到了和平公社，远离了绿宝、雄蚕蛾和狼蛛。绿宝见我不再问，就主动说：“有时候人是会变的，关键是往哪个方向变。”

我没想过这个问题，关于“会变的”这句话让我想到了我们班长胡梦杰，她因为没当上校级三好学生在班里哭鼻子，她泪汪汪地对班主任说：“你知道人是会变的。”我没听懂这句话的意思，问班里同学，同学们也都回答不上来，这个问号一直画着，现在绿宝又提到了“人是会变的”，我很想听听他是怎么变的。

“我在蚕场上班时贪玩，也偷过懒，参军到部队我被分配去喂猪，喂猪是个不受待见的工作，不幸落到了我的头上。怎么办？贪玩偷懒肯定不成，满圈的猪一饿就嗷嗷叫，那个叫声很尖锐，撕心裂肺的样子。我不得不变勤快，每天给猪准备一日三餐，三天清理一次猪圈，稍稍有点空闲就在工作间看书，什么书都看，肚子里攒了不少料，现在能给你们讲故事，都是那时看书攒的。我们是铁道兵，主要工作是打隧道，一块儿入伍的战友有人立功受奖，我心里也痒痒，养猪没法立功受奖，我想上施工一线，可没有战士愿意和我换。首长说‘你就当颗猪圈里的螺丝钉吧’，我只好老老实实养猪。谁料想养猪养出了感情，我由一个馋肉的人变得不吃猪肉了，这是因为我和我喂的猪都成了朋友，一看到猪肉就想起天天围着我哼哼叫的黑猪。很多人说猪蠢，其实猪很聪明，猪的智商相当于四五岁的孩子，尤其是东北的黑猪，既狡猾又可爱，它们会和你撒娇，理解你的暗示，还会拱着空盆绕场发脾气。复员后我被分到学校当校工，学校没猪可喂，我得找个新乐子做呀，我在学校就是修修炉子、钉钉桌椅板凳，还能干啥？就干脆给你们讲故事，变成一个孩子心目中的故事大王。讲故事也不容易，不能重复，要像老师一样备课呢。”

我听懂了绿宝说的“会变”，问他：“你在变，雄蚕蛾、张山老师，还有田娥他们变没变呢？”

“肯定都会变，狼蛛由场长变成了体育老师，雄蚕蛾变成了公社食堂大师傅，都是往好了变，只有田娥，嫁了个劁猪匠，过得不是很好，真希望她能往好了变。田娥嫁人后有一次回门见到我，我说你当年给我起的外号会让人想到懒虫。她说绿宝宝可不是懒虫，它是天底下最勤奋的生灵，它们白天黑夜都在进食蚕叶，一旦长大就吐丝做茧，利人不害人，偷懒之人是成不了绿宝宝的。田娥对我说过的话不多，每一次都能点亮我心头的那盏灯。”

绿宝讲了很多，多年以后我回想绿宝当年的话，明白了他当年为什么要对一个小学生说这番话，他需要改变人们说他懒的舆论。懒，是他千方百计想抹去的标记，而田娥的话对他是莫大的安慰。

雄蚕蛾

雄蚕蛾是个很神秘的人，比绿宝年长十岁。

我对雄蚕蛾印象好是因为他总给我零食吃。当时我就总结出一条处世经验，想赢得小孩子的心，最好的办法是舍得买吃的。当然，雄蚕蛾的零食不是买的，他是公社食堂的大师傅，自己可以炸面鱼儿。他炸了面鱼儿用油纸包着揣在口袋里，那时候没有塑料袋，油纸虽然隔油，但总会有油浸透出来，油了他的口袋。雄蚕蛾穿灰色建设装，两只鼓囊囊的口袋油渍麻花，虽不雅观，却是我眼睛最聚焦的地方。撮了火大队是公社所在地，一条砂石路穿村而过，学校在道南，公社食堂与供销社在道北。食堂门口有一棵大杨树，午饭后雄蚕蛾就噙着烟袋坐在大杨树下看光景，他看孩子们玩耍很投入，他好像和许多孩子都熟悉，每当有孩子穿过马路去供销社时他都报以微笑。当然，他最熟悉的还是我，每次见到我都会招手让我过去，从口袋里摸出几个黄澄澄的炸面鱼儿递给我。我第一次吃到雄蚕蛾的炸面鱼儿就被钓出了馋虫，那种又酥又香的口感简直妙不可言。雄蚕蛾话不多，眼睛像井水一样深邃。他不抽纸烟，抽一支短杆铜烟袋，烟袋上吊着个圆鼓鼓的鹿皮烟荷包。我现在还记得雄蚕蛾用烟袋锅从烟荷包里舀烟的动作：先把烟袋锅插进烟荷包，然后一边捏着鼓囊囊的荷包，一边用烟袋锅在里面搅动，好一会儿，才小心翼翼舀出一袋烟来。雄蚕蛾喜欢我是因为我是他和绿宝、张山老师间的通信员，那个时候没有手机，有事只能找人传话，我吃过炸面鱼儿就充当了传话者的角色。比如说哪天在什么地方三人喝点小酒、哪天去哪里钓鱼这样的事，都由我来传达。

雄蚕蛾是下放人员，从北安来的。至于为什么下放，历史上有什么问题，没人说得清。依稀听说他曾给个大人物当过厨子，大人物出事牵连了他，他就被下放劳动。还有一种说法他是盲流，从关内河南逃荒来此，后一个说法我不信，因为雄蚕蛾说话是当地口音。我们班里有个河南投亲来的同学，无论说什么话都是“中中中”，而雄蚕蛾嘴里却从来没有说过“中”。雄蚕蛾会厨艺这是真的，吃过他炒菜的人都说，同样的地三鲜，雄蚕蛾用马勺一颠味道就是不一样。因为有厨艺，雄蚕蛾用不着下地干农活，先是在大队食堂当大师傅，组建蚕场后到蚕场当大师傅，蚕场上划单位后他又到公社食堂当大师傅。当地人对厨子习惯高看一眼，别的手艺人都叫师傅，唯独对厨子，师傅前面加上一个“大”字，变成了“大师傅”。雄蚕蛾年龄近四十岁，是个单身汉，住在一处杖子高过人头的土坯房里。至于他为什么不讨老婆，没人说得清。有好心人给他介绍，他都一概拒绝。雄蚕蛾喜欢孩子，看到小孩子心里就美滋滋的。除了打猎、钓鱼外，他还喜欢滚苏雀，用一种特制的滚笼捉苏雀。打猎也好，钓鱼也罢，还有滚来的苏雀，所有的收获他都送给了田娥的父亲田瞎子。

有句话叫“吃了五谷想六谷”，我在吃惯了炸面鱼儿后心里琢磨，雄蚕蛾要是能炸点糖豆该多好。母亲每年农历二月二都要炸一盆糖豆，吃起来忒过瘾。有次吃了炸面鱼儿，我蹲在马路牙子上傻傻地问他：“你咋总是炸面鱼儿呢？”

雄蚕蛾听了我的问话，目光忽然像剪了灯花的油灯，忽然跳了一下：“怎么，炸面鱼儿不好吃吗？”

“好吃，”我急忙解释说，“炸面鱼儿肯定费工夫吧。”雄蚕蛾的面鱼儿形状像金鱼，制作起来会很麻烦，而炸糖豆则简单不少。

“做喜欢的事就不会觉得费工夫，”雄蚕蛾说，“我做面鱼儿时会想到丫头，感觉丫头就站在身边看着我，丫头最喜欢吃面鱼儿。”

“丫头是谁呀？”我第一次听雄蚕蛾说起丫头。

“哦，就是田娥。”他又用烟袋锅在烟荷包搅动起来，好一会儿才舀出一袋烟，划根火柴点燃，将火柴吹灭，放到鞋底下用脚踩了踩。我对他用力踩灭火柴的动作很不解，吹灭的火柴随手扔掉就妥了，干吗还要踩一踩呢？

雄蚕蛾无意中提到田娥让我觉得怪怪的，一个光棍汉，老想着田娥，是不是有点癞蛤蟆想吃天鹅肉的意思？我说：“绿宝说过田娥，夸田娥是村花。”

雄蚕蛾没有反对这个评价，吐出一口烟道：“绿宝还嫩，看不出门道儿。”

之前，我听绿宝多次说起雄蚕蛾，雄蚕蛾这个外号是狼蛛起的，狼蛛当蚕场场长的时候，对雄蚕蛾不是很满意，因为雄蚕蛾做菜只做蚕蛹不做蚕虫，而狼蛛是个馋鬼，天下之物没有不敢入口的，在橡子沟，山兔、野鸡常做菜肴不说，还偶尔有刺猬、狗獾和旱獭肉上桌。这些野味，雄蚕蛾都可以操刀上灶，但有两样菜肴他死也不做，一道是蚕虫，一道是雄蚕蛾。蚕虫就是那种在柞叶上饲养的绿虫子，炒着吃比鸡蛋还鲜，雄蚕蛾则是很多男人喜欢的一道美食，但他坚持不做这两道菜。张山当着男女社员的面就说他：“老熊你就像一只雄蚕蛾，怕死的雄蚕蛾。”雄蚕蛾问他为什么这样说，场长说：“雄蚕蛾没有配对儿时活得直扑棱，一旦配对儿就‘瘪谷’了，对吧？”雄蚕蛾能说什么呢？场长给起的这个外号是让他打一辈子光棍，因为一旦结婚成家就会像配对儿成功的雄蚕蛾那样“瘪谷”掉。少年时的好奇一直挂在心上，上大学后我还不忘查阅一番有关雄蚕蛾的知识，原来雄蚕蛾、雌蚕蛾一旦完成繁衍使命就会相继死去，雄蚕蛾交配后会马上死去，而雌蚕蛾完成产卵后一周左右也会随之死去。

见雄蚕蛾没有炸糖豆的想法，我只好拣他能做的事来说。讷谟尔河畔的男孩子没有不会钓鱼的，但钓鱼和打猎一样，往往饥一顿饱一顿，没啥准头儿。雄蚕蛾在钓鱼上有一套独门绝技，别人钓不到，他却总是大鱼小鱼争着上钩。我问他："听说你每回钓鱼都不白跑？"

"那是，有神蛹指路嘛。"

"神蛹？"我一脸疑惑。

"人做事要靠神性，三百六十行，行行有自己的神，我们厨子的神叫伊尹，钓鱼人的神嘛，是神通广大的姜太公。"

"姜太公是神蛹？"

"可以这样说，神蛹是姜太公的化身。"

我一听心里直痒痒，央求道："你教教我呗，我想成为你这样的钓手。"

"你想学？"雄蚕蛾闪着黑加仑般的眼睛望着我。

"我最喜欢钓鱼了，很多时候干着急，钓不着，我只会钓柳根儿。"柳根儿是讷谟尔河一种野生鱼，肉多刺少，用大酱焖出来贼鲜。

"柳根儿算什么，礼拜天我带你去钓鲫瓜子。"雄蚕蛾抽着烟袋说，"你准备好鱼竿和蛐蛇，礼拜天清早天一放亮到大杨树下等我。"

蛐蛇就是蚯蚓，那个时候东北农村钓鱼不用其他鱼饵，普遍挖蛐蛇当鱼饵，用蛐蛇做鱼饵适合的鱼类多，除了鲢鱼外，其他鱼类都会上钩。

我将礼拜天跟雄蚕蛾去钓鱼的事告诉了绿宝，绿宝说雄蚕蛾这人神道道的，让我少跟他套近乎。我说他是大师傅，有啥神道的。绿宝说他条件那么好，却打光棍，这里面肯定有啥说道。作为小孩子，对打光棍这样的事没啥概念，觉得绿宝有点吃醋，嫉妒雄蚕蛾拉我去钓鱼。我说等哪天他打猎的时候我也跟他上山，他俩都给我当师父行了吧。现在想想看，我当时还是挺机灵的，这样一说让绿宝有面子，他不希望一个经常围着他转的孩子被雄蚕蛾拉过去。

雄蚕蛾用他的大金鹿自行车载我去了村子西北方的跃进水库。他带了一个铁皮水筲，我心里纳闷儿，能钓多少鱼呀，带这么大个水筲？跃进水库是个小型水库，建于一九五八年，西面靠山，北面直通橡子沟，东面是地势平缓的坡地。这次钓鱼果然收获满满，上钩的都是清一色的鲫鱼。整个垂钓过程雄蚕蛾并没对我有什么指导，他用随身带的镰刀将浅水处的蒲草割掉，打出两个钓位，然后掰碎两个玉米饼子抛进水里，便下竿垂钓。说来奇怪，不大一会儿就开始咬钩不断，只要钓钩一入水，鱼漂就上下直蹿，雄蚕蛾一条接一条上鱼，我几乎看傻了眼。让人兴奋的是，我也钓到了四五条七八两重的野生大鲫鱼。我虽年纪小，但对湿地生活还是有些见识，知道鲫鱼的优劣，野生鲫鱼鱼鳞呈淡淡的金黄色，而且体型偏长，吃钩像鲇鱼一样会用力挣扎，而鱼塘的鲫鱼则鳞白体圆，钓出水后在空中少有挣扎。水筲钓满后，我俩收竿回村。雄蚕蛾骑自行车的技术不如绿宝，有些泥泞路段只能推车前行。雄蚕蛾双手扶着车把，装满鲫鱼的水筲挂在后座上，我扛着鱼竿，一步一滑，水靴里好像藏着两只吱呀乱叫的老鼠。

路上我问："你这外号还是改改好，这名字不好听。"

"就像张山绞尽脑汁都想改掉'狼蛛'这个外号一样，能改得了吗？就是个名字呗，叫就叫吧。"

"你们仨，数绿宝的外号好听。"

"绿宝有啥好的，就是绿虫子，田娥最怕绿虫子了。"

"绿虫子也挺好。"我从绿宝那里知道蚕虫人畜无害。

"绿宝和蚕蛾比差不少步呢，你想想，蚕卵变蚁蚕，蚁蚕变蚕虫，蚕虫变蚕蛹，蚕蛹才能变蚕蛾，绿宝要多久才能赶上我？"

"很多人说绿宝是懒虫，其实他很勤快。"

"他脑子勤，腿懒，我们冬天上山打围，三个人从三面包抄一片树林，把猎物撵到一个山口，我和狼蛛都碰面了，他还没上来，他没抄上来，包围圈儿就出了豁口，猎物会从他那个方向跑掉。我俩兜回去，发现他斜靠着柞树大口喘气呢。问他，他说跑不动了，一只狍子冷不防把他撞倒了。他反穿羊皮袄，头戴狗皮帽子，在雪地里不容易发现，狍子撞上他也不奇怪。”

我觉得这三个大人特有意思，天天混在一起，又喜欢相互埋汰，听他们唠嗑总是笑料不断。

“你钓鱼回回不空，有啥诀窍？”这是我最想问的问题，我喜欢钓鱼，家门前不到三百米就是讷谟尔河，到河边钓鱼是我少年最快乐的时光，但我总是钓不过其他伙伴，我钓鱼钓到的都是柳根儿，还有更小的湖罗子，几乎没钓到过大鱼。讷谟尔河没有污染，鱼很厚，有人钓到过三四斤重的鲤鱼。我渴望雄蚕蛾能传授点技艺，让我在小伙伴面前也神一把。

“你今天钓鱼学到了啥？”

“学到了一招儿，用大饼子喂窝子。”喂窝子就是打窝，会钓鱼的人都知道喂窝子的重要性。

“你钓鱼不喂窝子吗？”

我摇摇头，在此之前我没到跃进水库钓过鱼，每次钓鱼都是去讷谟尔河，河水卷着旋涡往下流，想喂窝子也喂不住，再说了，大饼子金贵，身为公社食堂的大师傅可以奢侈地用大饼子喂窝子，我要是用大饼子打窝，只能从家里偷拿。

“我传你神钓秘籍，保你想钓鱼就能钓得到。”雄蚕蛾神秘兮兮地说。

我用热盼的眼神看着雄蚕蛾，希望他快点把钓鱼神技告诉我。当渴望一个人给你帮助时，这个人哪怕再丑，看上去也会有可爱之处。雄蚕蛾其貌不扬，眉眼嘴巴很像电影《青松岭》里的钱广，本来因他经常给我炸面鱼儿吃对他印象就好，这回又要传我神钓秘籍，一种崇拜之情油然而生。那一刻，我觉得雄蚕蛾不像钱广，简直就是为吴琼花指路的洪常青。我刚看过一部电影，里面党代表洪常青给吴琼花指引革命道理的动作让我心动不已，那个动作帅极了，两人都是一副憧憬的目光，洪常青一手扶着吴琼花的肩膀，一手指向前方，这个镜头深深印在我的心海，我多么渴望也能有机会给哪个女同学来个仙人指路，这只是刹那的臆想，没有什么实际意义，我相信自己看雄蚕蛾的眼神，一定与吴琼花的目光相似。

“过几天我送你一只蚕蛹，你好好放着，想钓鱼时就问问它。”雄蚕蛾说出了自己的神钓秘籍。

“蚕蛹？”我下意识地问了一句。

“对，就是蚕蛹，蚕蛹会告诉你到哪里钓鱼。”雄蚕蛾认真地说，“撮了火除了北面是卧虎山，其他三面都有水，东面是连河套，南面是讷谟尔河，西南是老山头大水泡子，西北是跃进水库，我今天来钓鱼前就问了供的蚕蛹，它告诉我应该往西北方向去，我就选择了跃进水库，远是远了点，却钓了满水筲大鲫鱼。”

我将信将疑，雄蚕蛾刚才说的一个“供”字引起了我的好奇，听说有供佛、供仙、供祖宗的，没听说谁会供一只蚕蛹。再说蚕蛹不会说话，它怎么给你指示方向呢？我问：“你供着蚕蛹？”

雄蚕蛾说：“别小瞧蚕蛹，在我心里那是姜太公的化身，有它端坐在那里，我做事心里有依靠。”雄蚕蛾嘱咐我对蚕蛹一事要保密，他用一根食指竖在嘴前道：“记住，天机不可泄露。”

回村后，满水筲鱼分成三个等份，我一份，雄蚕蛾一份，另一份他委托我送给了田瞎子。

次日在校园见到绿宝，我悄悄对他说：“知道吗？雄蚕蛾供着蚕蛹呢。”

“他呀，神道道的，供啥都不奇怪。”绿宝很不在意。

“雄蚕蛾要给我一只蚕蛹。”我和绿宝在一起时间多，关系要比和雄蚕蛾近一些，有事不想瞒着绿宝。

“真小气，你想要蚕蛹不用找他，狼蛛家的蚕蛹成筐箩装，要多少有多少。”

我心里想，雄蚕蛾给的蚕蛹肯定与张老师家的蚕蛹不一样，雄蚕蛾的蚕蛹能供着，是神蛹，而张老师家的蚕蛹是做菜的。因为雄蚕蛾有天机不可泄露的嘱咐，我没再说下去。

狼 蛛

我上小学的时候，撮了火小学还有民办教师。民办教师和社员一样挣工分，收入年底结算。张山的身份就是民办教师。他三十出头，肌肉结实，体格与体育老师的身份挺搭。张山本来是大队蚕场的场长，蚕养得好好的，没想到蚕场被县里上划给了国有林场，他被大队安排到小学教体育。据雄蚕蛾讲，张山当场长期间工作很有成绩，每年都会扩展养殖面积八九亩，正因为蚕场发展势头好，县里才红了眼，干脆把蚕场划归给了国有林场。张山酷爱吃蚕虫、蚕蛹，在林场每顿饭不是炒蚕蛹就是炸蚕蛹，讲究一点的时候还要干煸，就凭蚕蛹吃不够这一点，他得了“狼蛛”这个外号一点不冤。

我不知道狼蛛为何物，问绿宝，绿宝说狼蛛是一种大蜘蛛，性情凶猛，是蚕宝宝和蚕蛹的天敌。当时我还想，一个蚕场场长却与蚕宝宝、蚕蛹为敌，有点说不过去呀，绿宝养猪都能养出爱心，张山养蚕就养不出感情吗？

有次放学后几个同学围着绿宝听故事，绿宝讲了林冲被逼上梁山的故事，其中讲到了林冲和陆虞候。故事讲完，同学们四散开来，我却没有走，看着绿宝发呆。绿宝问我怎么不走，我说："林冲和陆虞候由朋友成了生死冤家，你说雄蚕蛾和张老师会不会也这样？雄蚕蛾特别讨厌张老师吃蚕蛹，我不止一次听他抱怨过。"

"那怎么会？你知道一起上山打围代表啥吗？代表一起上过战场，那是生死弟兄。"

"可我总觉得他俩之间有点事儿。"我不信绿宝的话，很多时候孩子的直觉是正确的，我感觉雄蚕蛾和狼蛛像是一对冤家。

绿宝眼睛眨了眨，好奇地看了看我，道："你这孩子咋啥都感兴趣呢？像个小小的包打听。"

我说："雄蚕蛾提到你时有笑模样，提到张老师时脸上像落了霜。"

"他俩嘛，是有点过节，不过小孩子不要听，也听不懂。"绿宝脸上现出一种大人才有的骄傲，说这句话时嘴角故意上翘，有点不屑一顾的样子。

"你不说我就不听了，回家吃饭去。"我从地上站起来，拍拍腚后的尘土与绿宝告辞。小孩子的注意力像溪水，遇到阻挡就会转移方向，绿宝不想讲就不讲好了，我知道"包打听"不是一个好词。

绿宝本来想卖个关子让我求他讲，没想到我会满不在乎，见我要走他倒急了，扯住我的袖子道："不想听你问我干啥？"

"是你说不想让小孩子知道的。"我搒了他一句。

绿宝拍了拍我肩膀道："坐下，你小子鬼精鬼灵，我就干脆和你说说吧。"

我一听心里就乐了，绿宝经常自嘲是狗肚子装不了二两香油，看来真不假，不用我再问，他就要主动讲了。那一刻，我觉得绿宝就像他那杆洋炮，只要搂火，枪筒里所有的铁砂都会射出去。

讲故事之前，他先给狼蛛下了个结论："我虽然和狼蛛是好朋友，但他身上缺点很明显，当着他的面我也敢说，他太自私。"

绿宝讲了田娥的故事。

田娥模样好看，人也贤惠，可惜家里条件不好，母亲患有肺气肿，父亲是个盲人，妹妹田霞又小，家里日子过得很拧巴。田娥父亲会掐算，会说书，还会拉三弦。要是在过去，说说书、收点卦礼也好，但现在不成，说古书、算卦都属于封建迷信，田娥不让父亲再做这些事情。受父亲影响，田娥从小喜欢摆弄乐器，笛子吹得特好，她吹的《北风吹》像喜儿在真唱一样。养蚕需要住在山里，大队派出的都是未婚男女社员，男女各住一个长条窝棚，分别在东西两侧。狼蛛对男女社员交往一事看得紧，男社员绝不许去西宿舍，谁去就退回去。除了男女宿舍外，蚕场还有三排房子，一排是食堂兼会议室，一排是蚕蛾孵化室，还有一排是蚕蛾配对儿后产卵的产房。田娥不打怵干活儿，但她生性怕虫子，一看见满树绿油油的蚕虫就浑身打哆嗦。这样一来蚕场很多活儿她就干不了。狼蛛对她看不惯，说：“别的女社员都不怕，你田娥怕啥？蚕宝宝不咬人不扎手，你矫情啥？”晚上开会时，狼蛛总是拿田娥说事，批评她一身毛病，每次都批得田娥满眼泪花。养蚕需要让柞树枝叶保持在人能够作业的高度，因此要定期给柞树砍头，不让柞树长高。有天下午田娥去砍柞树头，结果那棵小柞树叶子上爬满了大蚕虫，柞蚕虫通体草绿，开始田娥没发现，等她发现自己花布衫爬上几条大绿虫时，“妈呀”一声就吓晕了过去。社员们急忙把她抬回窝棚。雄蚕蛾见状说：“被软东西吓的要用软东西来治，否则会落病根。”说完，找出一张引火的黄纸，写上几行字，让一个小伙子去田娥作业的那棵树下用火燎掉。狼蛛说：“去林子点火，不要命了？”雄蚕蛾说：“现在不是防火期，没事。”狼蛛对田娥道：“你真行，小姐身子丫鬟命，一条蚕虫就吓掉了魂儿，要是碰到野鸡脖子还不得吓死！”野鸡脖子是当地一种常见的毒蛇，一旦被它咬到就麻烦了。狼蛛尽管嘴黑，对田娥还是有些照顾，这件事发生后就不再安排田娥去砍柞树头，而是让她留在食堂帮工，工分由十二分降为十分。当时十二分是整劳力工分，十分是半劳力，这种安排要是给其他女社员肯定不行，但田娥不仅接受了，而且很感激狼蛛的照顾，对于田娥来说，只要见不到那些可怕的大绿虫子，让她淘厕所她也能忍。

田娥被蚕虫惊吓后得了一种怪病，一碰到软糯的东西就浑身哆嗦，这个毛病被雄蚕蛾给治好了，雄蚕蛾偷偷炸了些小面鱼儿，面鱼儿圆滚滚的，像蚕蛹一般大小，他告诉田娥，一有惊惧的感觉马上吃个面鱼儿，逐渐心里那种软糯的绿虫子印象就会被酥硬的面鱼儿所取代。后来，田娥这个病根真就去掉了，油炸面鱼儿也成了田娥的最爱。雄蚕蛾对田娥多有照顾，只是让她打些烧火、择菜、切菜这样的下手，过油、炖菜、贴饼子这种上厨的活儿基本不让她上手。田娥在灶坑前看着雄蚕蛾做饭，说雄蚕蛾做饭最干净，青菜要洗两遍，蒸馒头发面一定要把面揉透，泡过三天的木耳宁可扔掉也不吃。有时饭做好了，大家尚未收工，为了打发时光，田娥会拿来笛子吹上一曲，她最熟练的曲子是《北风吹》。据雄蚕蛾说，有时吹完曲子，田娥的眼圈会发红，雄蚕蛾就像大哥哥那样安慰她。雄蚕蛾喜欢听田娥吹笛子，田娥吹笛子时他就坐在木墩上噙着烟袋，烟袋已经不冒烟了，他还是死死地噙着。有一次田娥吹了一支新曲子，雄蚕蛾听完说这是《姑苏行》，田娥睁大了眼睛道："你是撮了火唯一懂我的人。"雄蚕蛾问："你去过姑苏吗？"田娥摇摇头，说："这辈子就别想了。"雄蚕蛾道："别这么悲观，将来有机会我陪你去。"田娥苦笑了一下，再没有说什么。生活区离养蚕作业区有一段路程，田娥吹笛子作业区的社员听不到，但有次狼蛛提前回来找东西，听到了田娥吹笛子。狼蛛铁青着脸看到了两人一个真心吹、一个用心听的情景，事后找田娥谈话，问田娥是不是闲大了，要是再吹，就派她到沟里砍树头。这样田娥就不敢吹了，把笛子藏了起来。田娥那支笛子上吊着一个带璎珞的白玉坠，那是雄蚕蛾送她的礼物。雄蚕蛾知道狼蛛不让田娥吹笛子，就去找狼蛛，说："田娥吹笛子没影响做饭，为啥不让她吹？"狼蛛说："别人都在蚕场干活儿，她在食堂吹笛子，人家会说我这个场长有私心。"雄蚕蛾也不好多说，狼蛛的话不是没有道理。

雄蚕蛾和狼蛛真正出岔劈是去五道沟打野猪。那天是八月十五，蚕场干活儿的社员都放假回家过节，田娥也回家了，雄蚕蛾对狼蛛说："你那支猎枪好歹拿出来用用呀。"狼蛛说："蚕场没闹野狼，咋用？"雄蚕蛾说："过节了，咱俩去五道沟打头野猪改善一下伙食。"狼蛛想了想就同意了。两人在五道沟真就打到一头百十斤重的野猪，收拾好后，两人分了猪肉带下山。第二天早上到蚕场上工，田娥把狼蛛拉到一边，感谢他送的野猪肉，说她妈妈身体弱，很久没有油腥了，正好补补身子。狼蛛糊涂了，他没给田娥家送什么野猪肉，心想野猪肉肯定是雄蚕蛾送的。狼蛛鬼精鬼灵，他从头到尾想了想这件事，觉得一切是雄蚕蛾设计好的，他被蒙在鼓里。这件事没说破，但他不清楚雄蚕蛾这是在帮他还是在害他。绿宝说这件事之后，狼蛛对雄蚕蛾就格外留心了。当然，狼蛛也觉得雄蚕蛾做得很敞亮，等于替他送了田家一份中秋节礼物。

野猪肉像是见面礼，蚕场上划通知下来，狼蛛父母聘了媒婆去田家提亲，想让田娥给狼蛛做媳妇。绿宝说狼蛛早就看上了田娥，只是没有表达。按理说这门亲事对田家是好事，张家在村里条件数一数二，两家能结亲对田家会有帮衬。奇怪的是田家没有同意。田瞎子虽是盲人，心里却透明白，他朝媒婆要来狼蛛的生辰八字，掐算一番后以八字不合为由婉拒了这门亲事。据说田瞎子拒绝的理由还有一条，张山酷爱吃蚕虫、蚕蛹，而田娥却看都不敢看蚕虫一眼，吃不到一个锅里，就尿不到一个壶里，这亲事不能成。

田家拒绝提亲虽然意外，但狼蛛并不怪罪田瞎子，却怪罪起了雄蚕蛾，狼蛛觉得一定是雄蚕蛾在背后说了坏话。绿宝说狼蛛曾酒后对他抱怨，说雄蚕蛾是个老光棍，肯定也在打田娥的主意，看他听田娥吹笛子那个色眯眯的模样，连烟袋都忘了抽，不正常。这件事让雄蚕蛾和狼蛛之间有了隔阂，但这事从来没有拿到桌面上，因为田家拒绝提亲后，狼蛛很快娶了蚕场另一个姑娘，田娥也嫁给了和平公社一个劁猪匠，这里面没有雄蚕蛾半毛钱的事，此事也就翻篇了。

绿宝讲完这个故事，我说："张老师说得不对，若说田娥和你好我信，与雄蚕蛾好我不信，那么俊的人怎会相中雄蚕蛾呢？雄蚕蛾人虽好，但长得太老相了。"

"情人眼里出西施，你看雄蚕蛾老，田娥未必这么看。"绿宝说，"我给你讲的这段你就沤在肚子里当粪吧，别往外说，狼蛛现在有老婆孩子，再传这些话不好。"

我说："放心吧，这些陈谷子烂芝麻你讲我听就是了，我要是往外说，张老师知道还不把我吃了。"

作为小学生，尽管不太懂男女之事，但总觉得这件事哪儿有点不对头，张家是村里大户，张老师又是蚕场场长，手下有几十号人，属于村里有身份的人，他怎么会喜欢一身臭毛病的田娥呢？要真是喜欢，为什么给她记半拉子的工分，而且总在大伙面前批评田娥？这件事无法求证张老师，张老师不是绿宝，我若去揭这个伤疤，说不定大耳雷子就会扇上来。可是绿宝讲的故事里有许多梗，这些梗不弄明白总觉得心里不舒服，比如田娥父亲拒绝这门亲事是否征求了田娥意见，身为场长的狼蛛有没有记恨和报复田娥，尤其后一个疑问我是有体会的，我因为说班长胡梦杰嘴大被她听到了，她就想着法子收拾我，在大冬天安排我值日生炉子。当时学校没有暖气，需要男同学轮班生炉子，生炉子又脏又累，常常弄得小鬼似的。胡梦杰给我排的值日比其他男同学多，她在班里表扬我，说"那个谁爱劳动、会生炉子，同学们要向他学习”，可我心里明白，这就是报复。另外，田娥父亲说张老师吃蚕虫、蚕蛹和田娥命理不合也站不住脚，撮了火人人吃蚕蛹，都知道三只蚕蛹相当于一个鸡蛋，没听说吃蚕蛹还算毛病，以这个理由来拒绝亲事好像也说不过去。

孩子心里装不下事，这个问题最终我还是斗胆问了张老师。

那是一次体育课，张老师教我们三级跳远，我动作最标准，成绩也最好，张老师表扬了我。下课后我帮张老师收拾体育用具，壮着胆子问：“张老师吃蚕蛹吗？”

张老师愣了一下，警惕地问：“你怎么问这个问题，没头没脑的。”

我说了前几天和雄蚕蛾去钓鱼，他说自己原来吃蚕蛹，后来不吃了，蚕蛹那么好吃，为啥有人不喜欢吃呢？就想问问您喜欢不喜欢吃。

张老师“哦”了一声，道：“当然吃，不吃蚕蛹的人是因为有心理障碍。”停顿了一下他接着说：“雄蚕蛾毛病多，小孩子少跟他瞎混。”

我吃了一惊，张老师与绿宝的观点一致，都让我少跟雄蚕蛾交往，可是雄蚕蛾除了不吃蚕蛹外，人心肠好、能打猎、会钓鱼，没有看出他有啥毛病。

“同学都知道您、绿宝、雄蚕蛾三人是有名的三快手，你们是好朋友吧？”

“当然是，”张老师说话喜欢用“当然”，他一边收拾教具一边说，“雄蚕蛾除了有点毛病，人还是不错的，心软，话也不多，不像绿宝，整个一话痨，唠起来就没完。”

我觉得张老师这个评价还是靠谱的，雄蚕蛾确实话少，不问不答，有时问了也不答。我说：“绿宝常给我们讲打猎的故事，他故事多，讲起来不重样。”

“都是瞎编的，他嘴里的话就像蚕吐丝，谁也理不出头绪。”很显然，张老师对绿宝口无遮拦有意见，他让我帮忙提着收拾好的教具往办公室走，边走边说：“没办法，懒人也总得有个营生干，编排瞎话就是他的营生。”

我觉得这仨人能凑到一起挺有意思，相互都有些意见，但彼此又都能接纳对方，我们小孩子就做不到这一点，我们班长胡梦杰，这个嘴巴很大、鼻孔朝天的女孩子，她不喜欢我，平时连句话都不说，我俩没啥矛盾，但她就是看不惯我，在班里从不喊我的名字，总是说“那个谁”，同学们都清楚“那个谁”就是在叫我。

“您当过蚕场场长，蚕场是不是会有很多有趣的故事？”我特想听张老师讲讲养蚕的故事，加之雄蚕蛾说要送我一只蚕蛹，我想了解一下养蚕的事。

“没啥可讲的。”张老师不想讲，我也只好作罢。我觉得一提到蚕场张老师的眉头就往一块儿蹙，好像碰到了痛处一样。

第二天是礼拜天，原定这天晚饭后雄蚕蛾要到学校给我送蚕蛹。上午没事，我到学校操场瞎溜达，那时候学校操场没有塑胶跑道，满操场低矮的杂草，像一块儿带围墙的草原。杂草生命力顽强，学校组织学生锄过一遍，但一场雨过后，锄断的草又会支棱起来。因为没有牛羊践踏和鸡鸭啄食，操场上蚂蚱、蝈蝈特别多，秋天到了，这些蚂蚱行动变笨，好抓，我就想顺手逮些蚂蚱用草串起来，放到须笼里做诱饵可以到水泡子囤鱼。在校园里正碰上戴着白手套、穿着解放鞋的绿宝从办公室出来。他问我礼拜天来学校干啥。我说逮蚂蚱好去下须笼。绿宝说：“逮什么蚂蚱呢，走，跟我干活儿去。”我说干啥活儿，他说：“狼蛛家今天起土豆，我们去帮工。”起土豆是当地农户每年一次的大事，当时每户能分一两亩地用来种土豆，种土豆、起土豆时亲朋好友都会来帮工。起土豆是个很有成就感的活儿，老牛拉着犁杖在前面犁，后面的人挎着土篮子在后面捡，收获的土豆用马车运到挖好的土豆窖。一入窖，这个大活儿就算完事。当时撮了火大队每家每户都会收获一两吨土豆，除了一部分用来漏粉外，大部分要储存到土豆窖里做一冬的菜肴。冬季到撮了火人家吃饭，饭桌上盘盘碗碗里不是炒土豆就是炖土豆，讲究一点的还有炝土豆、炸土豆和土豆泥。我说："哪有小孩子帮工的，去了张老师训我咋办？"绿宝拍了拍胸脯说："不是有我嘛，你怕啥？"我说："我还要逮蚂蚱呢。"绿宝说："去土豆地逮蝲蝲蛄多好，鲇鱼最喜欢吃蝲蝲蛄。"

说实话，我也正想找机会和张老师接触，我感觉只要接触多了，张老师自然会讲他在蚕场的故事，这是我刚刚获得的经验，试想，我如果不与雄蚕蛾接触，不和他去跃进水库，哪里会学到那么多钓鱼的学问。

我跟着绿宝来到了张老师家的自留地。土豆垄很长，这头望不到那头。牛拉的犁杖已经拴好，十几个亲友挎着土篮子站在地头。马车也都备好。张老师眼贼，看到了跟在绿宝身后的我，很严肃地问："小孩子来干啥？"我吓得没敢说话，绿宝说是他让我来的，来土豆地里逮蝲蝲蛄。

蝲蝲蛄是一种土栖害虫，喜欢偷吃种子和庄稼的根，它叫声响亮，咕咕咕咕咕，听得让人心烦。社员们最恨这种昆虫，逮住就会及时消灭掉。起土豆时会把藏在土里的蝲蝲蛄翻出来，是消灭它的良机。

张老师看我两手空空，皱着眉头又问："你逮蝲蝲蛄干啥？"

"去泡子下须笼囤鲇鱼。"

"那你怎么空着手，逮着蝲蝲蛄放哪儿？"

我一下子慌神了，逮蚂蚱蝈蝈可以用草来串，蝲蝲蛄是没法儿串的。张老师朝一个女人招招手，一个头上系着方格围巾、面无表情的女人走过来，这应该是张老师的媳妇了。我朝她行了个礼，她好奇地看了我一眼。张老师让她把一个本来要装蛐蛇的空罐头瓶拿来给我装蝲蝲蛄。我知道张老师也喜欢钓鱼，起土豆会翻出不少蛐蛇，把蛐蛇养起来做鱼饵，钓鱼时就不用现挖了。我接过罐头瓶，起土豆的工程开始了。我发现那个面无表情的女人扭头走了，好像有点不高兴的样子。这一年，张老师家的土豆大丰收，犁杖犁开土垄，光滑扁圆的土豆就滚了出来，个个像擦洗过一样干净，土豆里还有些红皮土豆，这可是稀罕东西，冬天在炕上用火盆烤红皮土豆吃，那种又甜又面的口感简直没法说。这次起土豆我发现绿宝确实有点懒，起土豆的人数他体格最棒，但出力却不比别人多，他捡两筐倒进麻袋后就停下来抽烟，平时没见他烟瘾这么大，他抽了几回烟后我明白，原来抽烟是偷懒的最好借口，因为没人会指责你停下来抽烟。如果不抽烟站在那里卖呆，肯定会招致白眼。

说来奇怪，这次起土豆我没有发现蝲蝲蛄，也许是土壤过于干爽的原因，让喜欢潮湿的蝲蝲蛄都遁往别处，反正土豆垄里没有犁出它们。好在蛐蛇不少，又粗又长的蛐蛇行动缓慢，被我抓了满满一罐头瓶。起土豆结束，我把装满蛐蛇的罐头瓶双手捧给张老师，张老师眼睛一亮，道：“你没逮蝲蝲蛄？”我笑而不语。张老师用沾满泥土的手摸了摸我的头，没有说什么。

两驾马车载满土豆来到张老师家的土豆窖，土豆窖是老窖，两米半深，人下去需要用梯子。窖很大，土豆只能装满一半，剩下的空间将用来储存白菜。窖门新镶了木框，土豆入窖后，张老师招呼大家到家里吃饭，我才明白，张老师媳妇提前回来是准备饭的。撮了火有个不成文的规矩，给谁家帮工一定要管饭。不讲究菜好菜坏，只要有烧刀子就中。烧刀子是当地一种高粱小烧，劲足味冲，闻一下直甩脑袋，我不理解大人们为啥非要喝这呛人的东西。

午饭很简单，两热两凉四个菜，用大盘子盛得满满端上桌，热菜是粉条炖猪肉和茄子炖鲇鱼，凉菜是炝土豆丝和凉拌干豆腐丝，主食是半斤一个的大馒头。大伙下午都有农活儿，吃饭很快，饭后好抓紧回去，端酒的人并不多。绿宝下午没事，迟迟不愿意下桌。最后桌上只剩下他和张老师在一杯杯喝酒。我吃饱后坐在炕沿上听他俩说话。两人无视我这个小孩子的存在，说话并不避我。

“你当时为啥总是难为人家？多照顾照顾就不会这样了。”绿宝说。

“难为她，是因为在意她。”张老师声音不大。

“哪有你这么在意的？”

“你不懂。”张老师喝下一杯酒，然后端起酒壶给自己倒满。酒盅是白瓷盅，不倒满看不出多少。

“现在还不忘，她就那么好？”绿宝问。

“不是忘不了人，是忘不了那首曲子。”

“哪首曲子？”绿宝接着问。

“《北风吹》。”

“我也喜欢她吹的《北方吹》。”绿宝目光移开了，看着白瓷酒盅。

“我早点喜欢音乐就好了，当时特反感哼哼呀呀的东西。”

绿宝没有接话。

他俩还谈了很多事，其中张老师有些自责，说自己喜欢吃蚕虫、蚕蛹，这恐怕也是她不敢接受自己的原因，因为俩人吃不到一块儿，日子没法过。绿宝说：“这就是你的不是，为了她你少吃点蚕虫、蚕蛹呗，我说你太自私吧你还不服气，为她做点牺牲还算个事儿？”

他俩的话有些我听不明白，但提到《北风吹》，我明白了他俩谈的女人是田娥。最后快要撂筷的时候，张老师对绿宝说：“听说了吗？她过得挺难。”

“唉，要是你俩都等个一年半载，说不定咋回事呢。”绿宝说。

神蛹

雄蚕蛾是个讲信用的人，礼拜天下午真给我送来了一枚蚕蛹。

蚕蛹用半个蛋壳装着，蛋壳里是未脱皮的黍子，据老人说，带壳的黍子保存时间最长，装糜子的粮囤夏天里伸手探探，总是凉哇哇的。

雄蚕蛾告诉我："这是一只神蛹，雌性，你回家当姜子牙供着，想去钓鱼的时候就问问它，它会告诉你去哪里钓鱼。"我说："蚕蛹不会说话，它怎么告诉我呢。"雄蚕蛾说："它不会说话，但它身子会动啊，它尾巴往哪边歪，就是告诉你去哪个方向钓鱼，不信你试试看，保准灵验。"他还嘱咐我，不想去钓鱼的时候不要问神蛹，问多了，神蛹就不神了。

我捧着神蛹往回走，一路上小心翼翼，生怕神蛹掉到地上摔坏了。这是一只黄褐色的蚕蛹，仔细看能看出一丝金光，倒插在蛋壳里纹丝不动。我以前只见过黑色的蚕蛹，像这种带金色的蚕蛹还是第一次见，雄蚕蛾叫它神蛹，把它当成姜子牙的化身，姜子牙可是个了不起的神仙，绿宝讲很多神都是他封的。

我将神蛹摆放在五斗橱上面，为了不让父母动它，我撒谎说这是老师要求做的实验，千万碰不得。父母天天下地劳动，哪有心思管这半个蛋壳和蚕蛹，神蛹便端坐在我家五斗橱上，像个微缩版披着袈裟的老僧在打坐。平时上学，钓鱼只能赶在礼拜天。我从星期一开始就盼着礼拜天赶快来到，礼拜六我去找绿宝，让他礼拜天陪我去钓鱼。绿宝睁大眼睛问："你说啥？让我陪你去钓鱼？"我说："是啊，我保证你能钓到鱼。"绿宝笑了，道："小小年纪学会吹牛了，你别学我说话准头差，我有时候是开玩笑。”我说：“我不是开玩笑，你陪我去保准你能钓到鱼。”绿宝说：“陪你去有啥好处？”我说：“你是大人，应该比小孩子讲究，我上个礼拜天陪你去张老师家起土豆了，你也该陪我去钓次鱼。”绿宝不说话了，想了想，有点不情愿地道：“那好吧，我带上洋炮，钓不到鱼打两只野鸭子也成。”接着他又问：“去哪儿钓鱼？”我说明天早晨再告诉你。

这天晚上我睡得很晚，不知神蛹的尾巴会往哪边转。夜里我做了个梦，梦到我在讷谟尔河里划船，河里的鱼像炸了庙一样，大鱼小鱼直往船舱里跳，有鲤鱼、鲫鱼、鲇鱼，还有白漂子、柳根儿，一会儿就把船舱装满了，我两腿被鱼挤住不能挪动，忽地一下醒过来，发现我家的大狸猫正趴在我脚踝处打呼噜。

我头一回这么早起，当然父母下地干活儿比我走得还早。早饭是昨晚烀好的饼子和小咸鱼，熥好后温在锅里。我顾不得吃早饭，匆匆洗了把脸，然后来到五斗橱前。端立后脑子却一片空白，坏了，该怎样祷告呢？问题是雄蚕蛾根本没教我念什么咒语。我想起某部电影里有个情节，一人双手合十说：“天灵灵、地灵灵，山神土地快显灵。”我便照葫芦画瓢，双手合十朝着神蛹说：“天灵灵、地灵灵，告诉我钓鱼到哪儿行。”真是心急出智慧，我没想到随便胡诌的几句话竟然还能押韵。说来奇怪，原本纹丝不动的神蛹竟然微微摇动起来，我睁大眼睛望着它，看来它听懂了我的祷告，慢慢摇动了几圈后，最后倾斜指向西北方，固定了片刻才归位。

西北方，那里是跃进水库！

我几乎要跳起来，前些日子刚和雄蚕蛾去跃进水库钓过鱼，那里鲫鱼成群，去跃进水库肯定没错儿。我提起鱼竿和水筲，揭开锅盖把两个大饼子塞进怀里就往绿宝家跑。因为太早，绿宝家还关着大门，我用力敲了几下门，绿宝没应声，院子里的大黄狗却叫起来。过了一会儿，披着绿褂子、打着哈欠的绿宝才开门出来。见到我有些吃惊，道：“起这么早？”我说：“钓鱼要趁早，鱼儿也争着吃早饭。”绿宝说：“你这孩子好像有什么附体，浑身是精神头儿。”我说：“快走吧，去跃进水库，路很远。”绿宝说：“我骑车驮你去吧，等我洗把脸就走。”

磨蹭了好一会儿，绿宝才背着洋炮推着自行车出来。鱼竿被他绑在自行车大梁上。我说：“水筲呢？”

绿宝说：“你不是带了吗？”

“一个水筲不够，”我脱口说，“我俩一人一只才好。”

绿宝哈哈大笑起来，说他钓了十多年鱼，还没一次钓满水筲，一个小屁孩说话不怕风大闪了舌头。

我知道绿宝根本没把这次钓鱼当回事，他之所以能来，是因为上礼拜欠我一个人情，另外他觉得我是他忠实的粉丝，应该对我好一点，听他故事的学生都是我召集的，如果疏远了我，就没人组织听他瞎白话了。

自行车在清晨田野的小路上歪歪扭扭地前行，土路不平，好在绿宝的骑技不错，我坐在后面虽然有些颠，但还是非常开心，能坐在自行车上兜风是很多小伙伴的奢望，当时自行车是“四大件”之一，一般家庭根本买不起。绿宝悠闲地吹着口哨，这首曲子我也会，是刚从一部电影里学来的，歌名叫《啊，朋友再见》。口哨悦耳，一丛丛刺玫在路边闪过，它们早就谢去花瓣，粒粒红宝石般的果实缀满枝头，成群的蜻蜓跟随着我们飞翔，有胆大的甚至落在我的头顶。我一手拎着水筲，一手提着鱼竿，腾不出手来驱赶，只能任它在头顶降落。我不知蜻蜓为何要围着我们飞，难道它们也想见识一下钓鱼的大丰收情景？蜻蜓吃不了鱼，它们只吃蚊虫。在车上我已经想好了，钓到的鱼多分一些给绿宝，说心里话，他若不来，我自己根本不敢到荒郊野外的跃进水库钓鱼，人家还骑车驮我，被自行车驮着去钓鱼，这是多高的待遇啊！

我引导绿宝来到上次和雄蚕蛾钓鱼的地方，开始放竿钓鱼。

放竿有十分钟左右，鱼漂一动不动，有蜻蜓落在鱼漂上，这就是对钓鱼者的不敬了。我有点手足无措，难道神蚕指示有误？我看到绿宝开始摆弄洋炮，一定是琢磨怎么打野鸭。一只瞎蠓叮咬我的脖颈，我抬手使劲拍了一下，这一动作导致怀里的大饼子掉落出来。我捡起大饼子，忽然明白刚才因为着急少了一道程序，雄蚕蛾是用饼子喂过窝子的，不喂窝子鱼怎么能来？我将饼子掰碎，给绿宝和我的钓位喂了窝子。我在给自己喂窝子的时候，鱼漂上那只蜻蜓忽闪一下飞走了，再也没有回来，我问自己："蜻蜓落在鱼漂上，是不是提醒我要喂窝子呢？"

果然，喂窝子立竿见影，首先是绿宝的鱼漂忽然被送平了，鲫鱼咬钩鱼漂不是往下扎，而是往上送，鱼漂被送平肯定是鲫鱼。绿宝果断提竿，一条七八两重的大鲫鱼被提了上来。绿宝的嘴几乎要咧到耳根处，大呼："尿性不？尿性不？""尿性"是当地方言，是厉害、有能力的意思，绿宝这么问，是向我炫耀他多么尿性。

我没去注意他的大鲫鱼，而是目不转睛地看着自己的鱼漂，眨眼间，我的鱼漂嗖的一个猛子扎进水里，我猛地举竿，鱼钩像挂底一样提不动，我以为挂在了树根上，便换了方向继续拉，我隐隐感觉鱼钩挂的不是死物，因为能感觉鱼线在往水里拖，力量还很大。绿宝说："肯定是挂钩了，你真行，鱼没钓到，还搭上了鱼钩，带备用鱼钩了？"

我没有接绿宝的话，不断换着角度拉鱼线，鱼线先是松了一下，接着牛一样往水里拽，这一下我明白了，我钓到了大鱼！我用力拉线，知道一旦松劲鱼就会脱钩。忽然水面呼啦一下翻起很大水花，接着水面形成一个黑色的旋涡。绿宝闻声跑过来，看着绷紧的鱼线和水里的旋涡，惊呼道："妈啊，这是钓到鱼奶奶啦！"

我毕竟是个孩子，僵持一段时间后，两臂已经酸麻，绿宝接过鱼竿，慢慢遛着水里的鱼，好一会儿，终于把大鱼拖上了岸。我自己都不相信，我竟然钓到了一只四五斤重的鳌花！鳌花是"三花五罗"中的极品，平时难得一见。

这次在跃进水库，我俩钓了满满一水筲鲫鱼和鲤鱼。回村时，绿宝说："这鳌花给我吧，我要送给一个老兵，这鳌花只有他有资格吃。"他问我行不行，我说："当然行，不过下星期只要天气好，你还陪我去钓鱼。"绿宝愉快地答应了。

我当时想，绿宝肯定是独吞了这条鳌花，平白无故怎么会把鱼送给一个老复员兵呢？撮了火大队有四五个老复员兵，送给谁他也不明说。对这事我觉得无所谓，如果绿宝不陪我去钓鱼，就不会有这条鳌花，鳌花就权当是绿宝钓的好了。

这条鳌花是我一辈子的骄傲，以后每当与人聊起钓鱼，我都会唠到十三岁那年钓到的野生鳌花。如果有人质疑，我会说出时间、地点、人物，以及那条鳌花的归宿。

钓到鳌花的第二个礼拜天，我因为跟母亲到讷谟尔河对岸的和平公社走亲戚，没有去钓鱼。后来我知道，绿宝约了张老师，两人全副武装去跃进水库钓鱼。两人各骑一辆自行车，车后面挂着水筲，绿宝还带了一个抄网。还是那个钓位，还是用大饼子喂窝子，但钓了一天却一无所获。绿宝想不明白，这是咋的了？水库的鱼好像得了令一样集体拒绝咬钩。张老师埋怨他，说上次那条鳌花是瞎猫碰死耗子，水库的鱼因为有人喂饲料，不习惯吃蛐蛇，不咬钩也在情理之中。

星期一上学，绿宝在操场拦着我说，他昨天去水库钓鱼一条也没钓到，这里面是不是有啥说道。我说："下礼拜你跟我去，保你钓满一水筲。"绿宝说："难道鱼还看人下菜碟？你这模样前奔儿颅后勺子，也不见得就招鱼稀罕。”我说我有姜子牙支招儿。绿宝问啥姜子牙，我知道说漏了嘴，便说：“你下礼拜跟我去就是了，看我说得准不准。”

到了礼拜天，一清早我就起来向神蛹祷告，天灵灵地灵灵鼓捣了好一会儿，神蛹这次转动更加缓慢，最后指向了西南方。西南是老山头水泡子群，那里大泡子套小泡子，每个泡子边上都长满了钢笔水花和箭镞一样的鬼蜡烛。绿宝经常去那一带打野鸭子，对那里还算熟悉。

我敲开绿宝家的门，他已经准备就绪，听我说要去老山头，绿宝有些吃惊，问我为啥换地方，我说昨晚我梦到老山头泡子里有大鱼在跳。绿宝说：“小孩子做梦准成，就听你的。”去老山头需要走草地，没法骑自行车，绿宝就带上了他的大黄狗。大黄狗是绿宝打猎的好帮手，绿宝打中的猎物，无论落点有多远，大黄狗都会跑过去叼回来。我看绿宝提着一只水筲，就建议他带两只。绿宝嘴一撇道：“上礼拜可是带了两只，结果空着回来的，别带两只丢人了。”

到了老山头，眼前泡子太多了，我不知道该去哪个泡子。老山头并没有山，是讷谟尔河流经低洼处形成的湿地，这里盛产优质苫房草，家家户户苫房子都要来此打草。后来我考证过，“老山头”的“山”应该是“苫房草”的“苫”，否则解释不通这个地名。站在泡子边远望近看，水雾朦胧的景色很有些诗情画意，不时有成对的野鸭从草丛中飞起，扑棱棱在空中画了个半圆又落回草丛。每个泡子里都间或长着些菱角或水莲，这些水中的植物容易挂钩，钓鱼最好避开这些瓜葛。绿宝在身后问：“去哪个泡子？”

我有些茫然，不知该往哪里领，要知道我身边是一个大人，而且是个打猎经验十分丰富的大人，我不能瞎说一番。人在走投无路的时候，总会有不经意的转机出现，这时，伸着舌头的大黄狗走过来，低头嗅了嗅我湿漉漉的裤腿，然后转身一路小跑跑向一处开满红蓼花的大泡子。红蓼花比周围的蒲草几乎高出一倍，在初升的太阳光里鲜艳耀眼。我说："大黄去哪里，我俩就去哪里。"我俩来到那片红蓼花处，发现这里干爽开阔，果然是个放线钓鱼的好地方。我为自己的随机应变感到沾沾自喜，刚才脑子里真是没辙了，因为神蛹只是指示了方向，并没指示去哪个泡子。在没有着落的时候大黄的举动提示了我，才有了跟大黄走的想法。

我放下鱼竿，将面前的红蓼花按倒，闪出放竿的钓位。绿宝观察了一番，道："这地方不错，你来过吗？"

我摇摇头说："这是我第二次来老山头，上一次是二年级时全班春游来过一次，知道老山头黑蜂多，那次班里有个女同学被黑蜂蜇伤了额头，哭得一塌糊涂，同学们都害怕了，便很少来这里玩耍。"

放线入水后，最先有收获的是绿宝，他钓上来一条足有四两重的老头鱼。老头鱼喜欢在泡子里生存，它们嘴大身短，形象丑陋，但肉质却鲜嫩无比。老头鱼的特点是吞钩而不是咬钩，一口就连钩带饵吞进了胃里，因而老头鱼咬钩是不会脱钩的。

接着，老头鱼便比赛一样争抢上钩，我和绿宝恨不得多出两双手来。说来奇怪，我俩钓到的是清一色老头鱼，其他连条大肚柳根儿都没钓到，一般来说泡子里大肚柳根儿最多，也最愿意咬钩。到了中午，收获已经满筲，我俩也都累得腰酸胳膊疼。绿宝说："行了吧，再钓没地方盛了。"我心想，让你带两只水筲你不带，这回好了，往家走时你自己拎着吧。

第二次钓鱼绿宝好像发现了点什么。他去问雄蚕蛾，一个小孩子怎么忽然学会了法术一样，说能钓到就能钓到。雄蚕蛾没有说出实情，却悄悄告诉我，钓鱼不能贪多，够吃就行。我记住了雄蚕蛾的话，觉得带两只水筲去钓鱼有点贪心了。

第三次去钓鱼，神蚕指示的是南方，也就是讷谟尔河套。我和绿宝钓了一水筲杂鱼，有鲤鱼、鲇鱼、老头鱼、嘎牙子和马口鱼。这次钓鱼结束后，绿宝停稳自行车，双手叉腰问我："我们关系铁吗？"我说："铁呀，你就像我亲哥。"绿宝说："那你说实话，你每次钓鱼谁给你指路，是不是田瞎子在帮你？"我说田瞎子为啥帮我，再说钓鱼也不是掐算的事。绿宝说："你今天不说实话我就把你撂这儿，你自己提着鱼走回去好了。"从河套回村有三里路，两边高草没过人头，我自己没有胆子走这段路，绿宝知道我一个人不敢来钓鱼，之所以找他是为了壮胆，就抓住这个短处要挟我。我毕竟还是个孩子，经不住他吓唬，只好如实交代。

当天晚上我偷偷哭了一会儿，站在神蛹前好一顿检讨，怕神蛹怪罪我。任我说什么，灯光下的神蛹好像睡着了一样一动不动。

又到了礼拜天，绿宝没有经过我同意就找了张老师，他俩早早来到我家，想见识一下神蛹如何指路。我心中不高兴，本来是悄悄办的事，却来了外人观看，好像是表演一样。但人已经来了，我不能不操作。当我按照以往的操作走完流程后，神蛹没有任何反应，我默默催促了几次依然没有反应，最后我忍不住用手指拨弄了一下，神蛹仍然一动不动，我几乎要急哭了。

张老师见状从蛋壳里拔出神蛹，仔细看了看，道："这是只死蛹。"

天 虫

与绿宝称田娥父亲为田瞎子不同，雄蚕蛾明里私下从不叫田瞎子，而是叫田师父。雄蚕蛾说盲人多奇人，老天爷为了让盲人活下去，会多给盲人一样本事，比如古代有个能预测凶吉的鬼谷子，算命之术只传盲人。雄蚕蛾告诉我田师父是个有本事的人，他没上过学，脑子里却装满了天文地理，天地间没有他不懂的事。我知道能让雄蚕蛾佩服的人不多，虽然他对田师父的敬重有田娥的成分在其中，但从我俩的交谈来看，他对田师父的佩服真的是发自内心，因为田娥已经嫁到了外地，他用不着溜须拍马一个生活不济的盲人。

田娥出嫁后，母亲有病，妹妹还小，家里的日子越发困难，田娥建议父母全家搬到和平公社，也好彼此有个照应。田师父不同意，他对雄蚕蛾说，天道轮回，否极泰来，田家不会离开撮了火。雄蚕蛾也认为田家不搬是正确的选择，因为田娥的生活并不如意，一家子人再跟过去，田娥的压力可想而知。雄蚕蛾私下里对田家多有接济，这一点除了我，几乎没人知道。雄蚕蛾对我的信任是经过考察的。有一次，他叠了个纸条让我送给狼蛛，说有十分要紧的事告诉狼蛛，我一路小跑找到张老师，把纸条交给张老师，张老师打开一看，顿时睁大了眼睛，说："雄蚕蛾怎么当起了地下党？这纸条上没写字呀。"我回来找雄蚕蛾，说："是不是拿错纸条了，送去的纸条上面没字。"他说："这纸条你是不是打开过？上面的字是碱水写的，见光后会飞掉，你要真打开了我不会怪你，因为我没交代清楚嘛。"我说："我不会偷看别人的信，我可以对毛主席发誓。怕跑丢了，我把纸条像鸡毛信那样一直揣在胸口。"雄蚕蛾说："那我就明白了，因为你胸口热，把纸条上的字蒸发掉了，这事你没半点差错。"那次送纸条后，雄蚕蛾给了我一纸包炸面鱼儿。长大后回想此事，我觉得这是雄蚕蛾在试探我，看我是不是诚实可靠。

有天傍晚雄蚕蛾对我说："田师父家好像断炊了，他家有多少余粮我清楚，估计喝了几天稀粥，咱俩送点米面过去。"那个时候每到青黄不接之际，很多人家靠喝稀粥度日，田家的情况自然好不了。雄蚕蛾用自行车驮着一袋小米、一袋带麸子的面粉，用麻绳绑紧，因为村路不平，他让我帮忙在后面扶着，他把住车把在前面推。其实，我对去田家是有一份恐惧的，父母总是告诫我，说千万不要招惹盲人和聋哑人，他们都是些惹不起的人。那次我替雄蚕蛾去送鱼，走到门口听到他家里传出女人嘤嘤的呜咽声，听得我后背发凉，我把鱼送进门时，呜咽声戛然而止，田家没点灯，黑黢黢的，像个无底洞，我害怕极了，喊了声“这是熊师傅让我送来的”，没等回应就扭头跑了。回家问父母，父母说那不是女人哭，是田瞎子在拉三弦，田瞎子媳妇不能哭，她有肺气肿，想哭也哭不出来。

田家的土坯房没夹杖子，也没有菜园，屋前的空地里有一口手压水井和一个接水的水缸，这是大队给他家修的。土房进门是东西两个土灶台，灶台上各有两口八印铁锅，田师父住东屋，老伴儿和小女儿田霞住西屋。我们去田家的时候，田师父一个人在家，老伴儿和女儿去了和平公社，估计是去借粮。田家几乎是家徒四壁，墙上连张旧年画都没有。西屋我们没有进去，不知有何摆设，就东屋看，因为电压不足，灯光昏暗，看什么都模模糊糊。我注意到炕上铺着苇席，炕梢叠着一床灰不溜丢的被子，火炕中央有一张没有刷漆的木质炕桌，上面有个粗瓷褐色茶壶和一个白色的二大碗，这应该是田师父喝水的家什了。靠近炕头的墙上挂着一把胡琴，我想这就是传说中的三弦了。我当时分不清京胡、二胡、三弦，觉得这些乐器长得都差不多。田师父盘腿坐在炕上，像老和尚念经一样安静。

放下米面袋子，雄蚕蛾叫了声“田师父”，说：“我来看您了，带了点米面，放到外屋灶台上了。”

田师父面朝着墙壁问：“小熊啊，你咋知道我上顿接不了下顿呢？”

“大队接二连三有人家断炊，我猜想您这儿肯定也没有余粮了。”

“一年四季，总会有吃糠咽菜这么几天，饿不死。”田师父倒是豁达。

“您和他们不一样，他们能上山采野菜，您和我婶都出不去。”

我想雄蚕蛾这话说在点子上了，病人和盲人是无法上山挖野菜的，艰难的日子其他人家好对付，对于身有残疾的人确实是道难过的坎儿。

“你不是一个人来的。”田师父转了话题。我有点奇怪，我蹑手蹑脚没敢发出任何动静，他怎么知道雄蚕蛾不是一个人来的呢?

“是一个小学生，十来岁的孩子，来给您送过鱼。”雄蚕蛾解释说。

田师父“哦”了一声，道：“小孩子别怕，我不是牛鬼蛇神。”

我没敢出声，近距离看田师父心里还是很紧张，父母的教诲言犹在耳。

“烟笸箩在炕桌下面，抽出来吃烟吧。”

我往炕桌下一看，果然有个柳条编成的烟笸箩，里面有旱烟、报纸裁成的卷烟纸和一盒双喜牌火柴。我帮雄蚕蛾拉过烟笸箩，雄蚕蛾摇摇手里的烟袋，意思是自己有，但他不想拒绝田师父的好意，将烟袋放在炕上，用烟笸箩里的烟和纸卷了两支烟，一支递给田师父，划着火柴先给他点上，然后自己才点燃另一支。雄蚕蛾划着火柴为田师父点烟的时候，微弱火焰照清了田师父的脸，我禁不住打了个寒战，因为这张瘦脸上两个深陷的眼窝很是吓人。我以前听过盲人说书，他们都戴着圆镜片的墨镜，从不把眼窝露给别人。

刺鼻的烟味儿从两个红点处散发出来，很快就弥漫全屋。雄蚕蛾和田师父的对话就在这烟雾里开始，他俩觉得我这个十来岁的孩子无所谓，聊天没有回避我，当然，如果没有绿宝和张老师的铺垫，我还真听不懂他们两人聊了些什么。

“多久没拉三弦了？”雄蚕蛾问。

“上个月拉了一回，是丫头回来给我送胃药，你知道我胃不好。”

“丫头回来了，没多住几天？”

田师父用力抽了一口烟，慢慢吐出一缕细烟，待细烟吐尽才说：“没，她男人不许。”

雄蚕蛾问："回娘家男人也管？"

"管，她男人喝了酒天王老子都敢管，还管丫头吹笛子，可惜了那支笛子。"

"笛子咋了？"

"叫男人扔灶坑了。"

雄蚕蛾不再问下去，掐灭纸烟蒂，抄起烟袋舀了一袋烟点上，我看到他划火柴的手有些颤抖，几次没有划着，我要过火柴，划着给他点上。点火的刹那，我发现雄蚕蛾的眼窝有些湿。我猜到两人说的丫头就是田娥，从对话来看，田娥嫁的人对她很不好，把她心爱的笛子扔进灶坑烧掉，可见是个狠心的男人。

"多好的一支笛子，我听她吹过许多次。"雄蚕蛾像是自言自语，烟袋端在手上，好半天没有吸一口，烟袋锅里已经看不到红光。

"你对丫头好我知道。"田师父说，"我没看过你的八字，可盲人都有第三只眼，这只眼和另外两只眼不一样，你说的话，你身上的味道在我第三只眼这里就化出了人形。"

田师父这样一说，我忽然明白了他为什么知道雄蚕蛾不是一个人来的了，因为他用第三只眼看到了我，我的气味在他脑海里化出了人形。

"我用这只眼看出了你的心思。"他说。

"我顾虑太多。"

"也罢，每一卦都有六爻，初九之时，成不了九五之事。"

我听不懂田师父说的什么初九、九五，扭头看看雄蚕蛾，他在频频点头，看来他听明白了。停顿了一会儿，雄蚕蛾轻声问："我一直想问问您老，丫头是什么命？我不知她的生辰八字。"

"不知就不知吧，知道多少后悔就有多少。丫头是天虫命。"

"天虫命？好像五行命理里没有这个命呢。"雄蚕蛾懂一些这方面门道，天虫命他是第一次听到。

“这是我的说法，卦书上不会有。”

雄蚕蛾又“哦”了一声，身子往前倾了倾，道：“天虫命流年如何？”

“想知道流年，要先知道天虫是啥。”

雄蚕蛾摇摇头，能看得出他是一头雾水。我心里也糊涂，天虫是啥东西？会是天上的长虫吗？

“你把天虫摞在一起看看，是个什么字？”

雄蚕蛾略微停顿了一下，惊愕地说：“是个‘蚕’字，天虫就是蚕。”

“是啊，天虫是老天爷赐给人间的神虫，它降临人间是为人驱寒保暖的。我让丫头一定要认这个命，把苦难当修行，这样心里能敞亮点。”

“我理解您这是想宽慰她，可是天下这么多人，为啥就该她受苦遭罪？这不公平！”

听到雄蚕蛾说出这番话，我几乎要给他鼓掌了，确实，为啥这么多不幸都要落在一个人头上？摊给别人一些才算公平。

“那你说对蚕就公平吗？什么鸟都能啄它，穷人富人都吃它，它吃下树叶然后变成丝吐出来，让人们纺丝织布做衣裳，吐丝成茧后自己成了蛹，还免不了下油锅，你说它招谁惹谁了？”田师父说完，摸索着提起茶壶，给二大碗里倒上半碗水，然后端起碗咕咚咕咚灌下去，他粗大的喉结上下滑动着，让我想起“七上八下”这个新学的成语。

“我明白她为什么不吃蚕虫和蚕蛹了，原来她是联想到了自己。”雄蚕蛾说，“不吃蚕是一份敬畏。”

“见其生不忍见其死，闻其声不忍食其肉，我和丫头说过，养蚕，你的命就和蚕连在了一起，你是蚕，蚕也是你，啥事都往开了想。”

雄蚕蛾动作缓慢地又卷了一支纸烟，点燃后递给田师父道："别用报纸卷烟了，油墨含铅，对身体不好，过两天我买点牡丹江大螺纹，叫这孩子给您送来。"牡丹江大螺纹是一种专用的卷烟纸，公社头头儿都用它卷旱烟。

离开田师父家，天空已经繁星密布，雄蚕蛾推着自行车送我回家。因为家家有菜园，夜晚的撮了火虫声交响，偶尔还传出几声狗吠鹅鸣，更加显出村庄的宁静。乡村人们睡觉早，电线杆上的大喇叭也过了播放时间，没有路灯，走起路来深一脚浅一脚，无法走快。我不想闷头走路，雄蚕蛾话少，我主动打破沉闷说："田师父懂得真多，说话一套一套的。"雄蚕蛾说："他在旧社会是二神儿，专门为萨满领神儿的，与死人活人、神仙妖怪都能对上话。后来患眼病双目失明，才成了现在这个样子。"尽管我对跳大神知道得不多，但我却实实在在经历过跳大神的场面，那个时候谁家女人患上癔症，肯定首选跳大神来驱魔治病。在乡下跳大神并不避人，大人小孩都可以看，人们像看戏一样看大神和二神一问一答的表演，唱词很押韵，听起来并不吓人，记性好的小孩子还会哼上几句。我问："大神儿和二神儿谁厉害？"雄蚕蛾道："他们是搭档，不存在谁厉害的问题，但有一点可以肯定，跳大神儿的都是老百姓中有点学问的人。"

又往前走了一段，我想起他们刚才谈话的内容，接着问："那个男人为啥不让她吹笛子？笛子多好听呀。"这的确是我想不通的事，"田娥吹笛子那么好听，她男人为啥不喜欢？还要把笛子抢去烧掉，是醉酒耍酒疯吗？"我知道村里有那么几个酒蒙子，喝酒必醉，醉酒必闹，属于人见人烦的老爷们儿。

雄蚕蛾粗粗地叹了口气："有些事你还不懂，人在吹笛子的时候，心就变成了蛾子随着曲子飞走，这也是狼蛛不喜欢田娥吹笛子的原因。"

我听不懂这番话，心是肉长的，怎么能变成蛾子飞走？我觉得雄蚕蛾和田师父说话都有点云山雾罩，让小孩子似懂非懂。比方说田娥是天虫命，我以为这是一个好命，天虫嘛，以“天”打头的都了不起，有天子、天堂、天老爷，可是经田师父一解释原来是个苦命，“天”字头的恐怕只有天虫最惨了。这些话我不能对雄蚕蛾讲，在大人面前我要多点孩子气，否则他们说话就会防着我。

送我到家，雄蚕蛾嘱咐我不要把他俩说的话告诉绿宝。我说：“放心吧，我不告诉绿宝，也不告诉张老师，你们大人之间那些事小孩子不会多嘴。”

“还是做小孩子好，长大后烦心事就多了。”雄蚕蛾叹了口气，推着自行车走了，星光下他的后背微微有些佝偻，前几天我可没看到他这个样子。

隔了两天，下午放学后我去给田师父送牡丹江大螺纹。进到家里，见一个穿着白地碎花上衣的女人在灶台前做饭。还有一个小女孩在烧火，烧火的小女孩我见过，就是上一年级的田霞，花衣女人是田娥。田娥见到我微微一笑，样子很和蔼，问我有什么事。我说我是来送卷烟纸的。田娥让我到里屋炕上坐，她正在蒸馒头，一会儿也进去。我进到东屋，田师父还是坐在上次坐的地方，腰身很直，不知道他保持这样的坐姿累不累。

我把牡丹江大螺纹放在炕上，说是雄蚕蛾让我来送的。我一着急，叫出了熊师傅的外号，因为熊师傅这个称呼平时几乎不用。

“雄蚕蛾？你把小熊叫雄蚕蛾？”田师父面朝着墙壁问。

我说：“是啊，大人小孩都这么叫。”

“嗯，这个名字好，雄蚕蛾好！”田师父点了点头。

说实话，我真不知道在田师父面前该怎样称呼雄蚕蛾，上几次我都是叫熊师傅，自己感觉叫着也别扭，就像平时叫绿宝一样，叫雄蚕蛾才觉得亲近，外号的好处是能拉近人与人的距离，很多时候一叫全称就生分了。

田娥用围裙擦着手从外间进来，她问我叫什么、几岁了、父母叫什么名字。我一一做了回答。我端详了一下眼前这个女人，从小孩子的视角看，田娥确实很俊，几乎找不到可以挑剔的地方。比如我们班的胡梦杰也好看，但鼻孔朝天；张老师的媳妇模样也说得过去，但总是冷着一张脸。田娥与她们不同，我看到她第一眼时她就在微笑，这个笑容一直挂在脸上，让她的脸像一朵阳光下的婆婆丁花。

田娥问我雄蚕蛾为啥让我来送卷烟纸，他自己怎么不来。我说他两天前的晚上来过，白天他要做饭没有时间。另外他来这里都是傍晚悄悄来，为了不让别人看见，连绿宝和张老师都不知道。田娥问那他为啥告诉你？我说我俩是好朋友，我们一起钓鱼，他还给我炸面鱼儿吃。

“炸面鱼儿？他现在还炸吗？”

“炸呀，你看他上衣两个口袋，油花那么大，就是炸面鱼儿透的油。”

田师父在一旁问：“小熊有个雄蚕蛾的外号你知道吗？”

田娥说：“知道，他在蚕场当大师傅时场长给起的。”

田师父若有所思地说：“蚕变成了蛾，就是一个轮回啊。”

我急着回家吃饭，人家也到了饭时，便起身告辞。田娥送我出来，悄悄对我说：“麻烦你给雄蚕蛾捎个话，行吗？”

我点了点头，我自信是个称职的通信员。

“你告诉他，他回北安时帮我买支笛子。”

我答应了田娥。下午放学，我就穿过马路跑去公社食堂把话捎到了。雄蚕蛾听了傻傻地站在食堂门口，望着门前的马路出神，我以为马路有什么东西，扭头看了看，马路上空荡荡的，连个鬼影也不见。

雄蚕蛾买没买笛子我不知道，反正他没有让我去送。后来我上初二时回学校看望绿宝，我们聊起田娥，绿宝说田娥命苦，她男人年纪轻轻就患上了食管癌。我去看雄蚕蛾，说：“田娥男人怎么年纪轻轻就得癌症了呢？”他说：“一定是炭烤腰子吃多了，劁猪匠经常把猪腰子扔到火炭里烤焦了下酒，那东西吃多了容易得食管癌。”我说：“你咋知道这个道理？”他有些得意地说：“我是厨子。”

蚕 场

我上大学一年级，撮了火大队发生了两件大事，一件是雄蚕蛾落实了政策，恢复了公职，由公社食堂大师傅变成了原单位的科长。大家这才知道，雄蚕蛾原来在北安一所中专当总务科科长，因为他和一个有历史问题的领导关系走得近，领导出事后，他被下放到撮了火大队劳动。据说给落实政策的雄蚕蛾补发了不少工资。

第二件事是上划国有林场的橡子沟蚕场经营不善，已经维持不下去了，那些拿国家工资的职工宁可回县城扫大街，也不在橡子沟养蚕，因为养蚕实在太苦了，这个风雨飘摇的蚕场正在找接手的下家。

我暑假回家，恰好在北安站下火车，便顺路去看望雄蚕蛾。我觉得此人隐藏太深了，谁能想到一身灰色建设装、两只口袋油渍麻花、叼着烟袋的公社食堂大师傅竟然是个大科长。

在火车站共用电话亭，我联系上了雄蚕蛾，他很高兴，说：“你就在车站广场等着，我马上去接你。”我在电话亭周边踱步等他，我以为他会骑着大金鹿自行车来接我，他的自行车骑技不错，载我去跃进水库钓鱼的情景依然历历在目。让我没想到的是，他是坐着一辆北京 212 来的，吉普车停在我身边，他在副驾驶上推开车门对我说：“上车！”

这一声“上车”让我心生感慨，果然是今非昔比、鸟枪换炮了，地位决定口气。

因为是午饭时间，吉普车直接拉我到北岗街边一个叫回味香的小饭馆。这里离他工作单位很近，饭馆的服务员都认识他，一口一个“熊科长”叫着。服务员把我们领到一个雅间，雄蚕蛾菜单也不看，就顺口点了许多菜。等菜上齐我数了数，竟然有八道菜！我说：“是不是点多了？我俩吃不了这么多菜。”他说：“狼蛛来看我，八道菜；绿宝来看我，八道菜；你来看我，我要是少点两道菜，那不是厚此薄彼吗？”我说：“你们仨是三快手，到现在这感情也不断，难得。”

雄蚕蛾点了瓶花园圆曲，我俩边喝边聊，两个人喝酒不用劝，端杯就一饮而尽。我们聊起多年前的往事。我说：“你下放前是领导干部，怎么那么快就能融入农民队伍，还当起了厨子？”他说在什么山头唱什么歌，都混到那个地步了，只能夹着尾巴做人。他主动解释了当年为什么受牵连。他当时在学校管总务，当然也会管食堂，他的父亲是盛京城有名的辽菜大师，他从父亲那里学会了满汉全席厨艺，会烹制扒熊掌、扒犴鼻、飞龙汤这些平时吃不到的菜。他和市里的大领导本来没啥交集，工作上一点瓜葛没有。他会做扒熊掌，而那个领导喜欢这口儿，一般厨子又不会做，学校领导就推荐了他。那个时候黑瞎子随便打，熊掌也多，隔三差五领导就打电话叫他到家里主厨。领导出事后组织调查，发现他是领导家常客，属于领导那个圈子的人。因为没查到其他方面的事，但又不得不处理，就把他下放到了撮了火。

雄蚕蛾说：“我没背处分，上面也没有特殊交代，是我自己背着行李去撮了火大队的。大队书记问我有啥特长，我说会做饭，从此就当了十几年的厨子。当厨子也挺好，至少没饿着，还接济了不少人。”

我接过话说：“是啊，我就吃了你不少炸面鱼儿。”

雄蚕蛾讲到了绿宝，说撮了火人都觉得绿宝是个说大话、办小事的人，其实绿宝很了不起，他做了一件谁也不知道的好事，而且一做就是十几年。撮了火大队有个老复员军人，外号叫孙大下巴，因为患有严重风湿病，平时出不了门。孙大下巴的儿子是个智障，老伴儿有大骨节，平时需要人照顾。绿宝就悄悄担负起照顾他的责任，没有谁指派，没有任何报酬，绿宝像儿子一样偷偷照顾老人。老人有点文化，是抗美援朝时期一等功臣，朝鲜战场铁路打不烂、炸不断就有他一份功劳。复员后他藏起军功章，像老农一样当起了社员。临去世前，老人觉得自己可以隐姓埋名，但绿宝这么多年做的事不能埋没，便写了一封信留着，信里写了绿宝这么多年来给他的资助和生活上的照顾。这封信让上面知道撮了火大队原来还有这么个战斗英雄。上面来人调查，发现老人已经辞世，信是老人辞世后老伴儿寄出的。这封信让绿宝做的好事上了省报。原来老英雄就是绿宝那个部队的，绿宝去照顾老人时，老人交代一定要保密，绿宝才没有对任何人说起这件事。

听到这里，我真想抽自己一个耳光，我想起了四年级时钓到的那条鳌花，我怀疑这条鱼百分之百进了绿宝的肚子，现在看来，这条鳌花被他孝敬了老英雄。

雄蚕蛾还讲到了狼蛛，说以前大家都误解了狼蛛，其实狼蛛这个人并不自私。前年撮了火小学民办教师转正上面拨下一个指标，狼蛛排在第一位，但学校有个齐齐哈尔女知青，因为嫁给了当地一个青年而无法返城，狼蛛主动把指标让给了女知青。雄蚕蛾说狼蛛来看他的时候，他问起让指标这件事咋想的，狼蛛回答很简单，说："谁让自己是个养蚕人呢。"别人听到这个回答一定觉得有点驴唇不对马嘴，养蚕和让指标有啥关系？但我理解狼蛛，狼蛛在我心里站起来了。

讲完绿宝和张老师，雄蚕蛾摇了摇头说："与这两个兄弟比，我差远了。"

"你不差啥，"我说，"你照顾田师父的事我可以做证。"

“我对田师父的照顾是有私心的，绿宝和狼蛛那可是公心。”

我说起当年他给我神蛹的事，他笑了笑说：“那是糊弄小孩子的把戏。”

也许因为喝了酒，我说话已经没有了小时候的胆怯，我问他：“田娥没来看你？”

这一问，雄蚕蛾低下了头，停顿片刻道：“没有，她是个有自尊的人。”

“我记得给你捎过话，让你给她买一支笛子，因为她的笛子让男人给烧了。”这件事我一直不知道结果，一支笛子没有多少钱，雄蚕蛾不是个小气的人。

“买了，是一支江南笛王赵松庭制作的竹笛。我去参加她男人葬礼时给她的，那个时候我还没有落实政策。她接到笛子后哭了，哭得很厉害，不知情的人以为她为死去的男人在哭，可我却知道这眼泪因何而流。”

“她男人去世了？”

“病了两年，田娥精心伺候了他两年，她男人临死前对她说‘你对我的好我都记着，我配不上你’。男人的父母兄弟也都对田娥感恩戴德。”

“田娥心善。”我说。

“老父亲说她天虫命，真是不假。”

“你对田娥很好，对她家里的照顾也很尽心。”

“你不知道，我辜负过她。”

“辜负过她？”

“是的，否则她不至于草草嫁给一个自己不喜欢的人。”雄蚕蛾因为喝了酒，脸色发红，频频开始抽烟。他已经将烟袋换成了香烟，香烟的牌子是大前门。看到他抽香烟我多少有点失落，我更喜欢他抽烟袋，喜欢他用烟袋锅在烟荷包里反复舀来舀去的动作。

没用我追问，他主动说出了他是怎样对不起田娥的。

“还是在蚕场的时候，我在切菜，田娥去抱柴烧火。我忽然听到外面‘妈呀’一声，是田娥的惨叫声，我急急忙忙跑出去，发现田娥晕倒在柴垛旁，我抱起她怎么摇也摇不醒，想起在学校时学到的救生知识，抢救晕厥病人时，要解开衣领、腰带，保持呼吸道畅通。救人要紧，我不顾男女之别，给田娥解开了衣扣、腰带，抱起她让她头部垫在我的臂弯处。当我看到田娥身子时我整个傻掉了，我从没有见过女人的身子，那种白能晃瞎人的眼睛！我觉得田娥就是一只白天鹅。不一会儿，田娥醒来了，说了声‘小心野鸡脖子’，我这才知道刚才她是遇到蛇了。我见她醒来就手忙脚乱帮她系扣子，田娥这才发现自己衣服被解开了，她当时就哭了，哭得很伤心，她一定是误会了我。但她没有骂我,抽泣了一会儿后系好衣服,就抱着柴草回屋烧火去了。”

“你应该解释一下，这毕竟是个误会。”

“解释是徒劳的，因为我看见了她的身子，我当时也有了欲望，我不是圣人，我知道那个时候如果田娥把这件事告诉狼蛛，我就会进监狱。但她保护了我，对谁也没有提起这件事。如果事情止于此也好，问题是后面的事就不由自主了。有天上午，狼蛛下山了，大家都去蚕场干活儿，我洗过手正要和面，田娥说听到孵化室那边扑棱棱响，会不会有野鸡进去。孵化室是雄蚕蛾、雌蚕蛾配对成功后悬挂起来的工棚，里面是一排排挂满交配蚕蛾的架子，如果野鸡进去会啄食蚕蛾，那样损失就大了。我和田娥急忙跑去查看，还真发现一只啄破窗子飞进来的野鸡。我俩赶走了野鸡，看到窗上的漏洞，需要想办法堵上，但窗子很高，够不到，工棚内又没有凳子，我说：‘我把你驮上去，你上去堵住窗子。’我伏下身子，把她驮了上去。窗子堵上后，她下来时忽然一个趔趄，我下意识就抱住了她，她先是愣了一下，接着也紧紧抱住了我，她小声说：‘你看了我的身子，我就是你的人了。’说完就把衣服褪了去。那是夏天，本来衣服就少，身上只有一个短衫和薄裤子，她站在我面前，双目紧闭，轻轻咬着自己的下唇。你知道，我是个男人啊，我感到浑身的血都涌到了该涌的地方，我不管不顾就和她发生了关系。”

我听到这个结果顿时张大了嘴，我惊愕田娥的开放，也惊愕雄蚕蛾的胆量，这种事在当时可是捅破天的大事，两人简直是吃了熊心豹子胆。

“之后，田娥希望能嫁给我，我犹豫再三，对她说我是一个下放人员，年龄又比她大这么多，而且我结过婚，下放后才和老婆离婚，我们在一起肯定不合适。田娥没有强求，也没有哭闹，不久就嫁到了和平公社。出嫁前三天，她在村外为我吹了一曲《北风吹》，那天晚上我一夜未睡。”

“这样看你确实辜负了她，她把宝贵的贞洁献给了你，可是你却退缩了。”

“那个时候我没的选择，下放等于头上戴着一顶有罪的帽子，我不能害她。”雄蚕蛾满脸的无奈。

“她为什么不来看你呢？现在回想起来，那支笛子是有寓意的。”

“在落实政策之前，我们之间的联系还是有的，我落实政策后，她就有意回避我，我专门去了趟和平公社，她没有见我，我只能尊重她的选择，她去了橡子沟蚕场当临时工，在职工食堂做饭。你不知道，我想陪她去一趟苏州，当年她在蚕场吹《姑苏行》时，我答应过她。”

我犹豫了再三，还是借着酒劲问了个不应该问的问题：“我有点想不明白，你们老哥三个都夸田娥，田娥到底好在哪儿？”

雄蚕蛾的目光落在一盘软炸里脊上，喃喃地说：“他俩怎么看是他俩的事，我觉得她好软，身子软，心软，吹出来的笛子声也软，软得能把人化掉。”

我咂摸雄蚕蛾的话，这应该是有切身体会之后的感慨。我觉得雄蚕蛾很难割舍这段感情，尽管他现在已经是总务科科长。“那么，你想怎么办？”我有点敲钟问响的意味。

“先保密，事以密成，你暑假结束回学校不是还从北安走吗？我还在这里请你吃饭，到时候会告诉你结果。”

我和他击掌为誓后，雄蚕蛾趴在桌子上睡着了。我告诉服务员让他醒酒后再走。我则倒了两遍长途汽车往撮了火赶。在长途汽车上我一直想雄蚕蛾会怎么办，田娥太不幸了，让人同情。酒劲上来，脑子有些乱，我问自己：“雄蚕蛾有错吗？如果有，应该是什么错？”迷迷糊糊中我睡着了，睡梦中看见田瞎子朝我走来，走近后将瘦骨嶙峋的手朝我摊开，掌心里是一只金色的蚕蛹。

暑假期间，我和绿宝去钓鱼，陪张老师去打野鸭。绿宝和张老师都听到一个消息，说禁猎的呼声越来越大，将来禁猎、禁枪势在必行，橡子沟已经没有野猪可打了。因为雄蚕蛾说过要保密，我没有和他俩聊田娥的事。

暑假结束，我必须在北安乘火车回学校。雄蚕蛾没有食言，还是在回味香请我吃饭。他告诉我的结果让我吃惊不已，他正式办了停薪留职手续，决定回撮了火承包橡子沟蚕场，合同已经签好，他聘任的场长正在办理相关手续。

“承包期多久？”我问。

“二十年！”他微笑着说。

二十年，我心里掂量了一下，承包期结束时，雄蚕蛾已经老了。

蟋蟀为谁而鸣

长大后，童年经历的事情大都变得遥远，像渐渐模糊的屏幕不再显像，唯有老宅蟋蟀叫声依旧，能让她恍若回到童年。

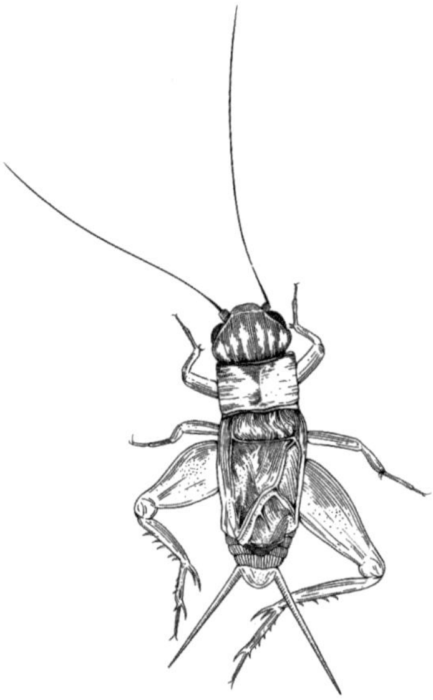

一

“苏苏苏，苏苏苏……”叫声又响起来，这是蟋蟀的鸣叫，在青堆子，很多人将蟋蟀叫蛐蛐，这是一种嗓门儿高调、跳跃好斗的小昆虫。蟋蟀在城市难得一见，它属于乡村，属于那些长满青苔的老宅。谷米喜欢听蟋蟀的鸣叫，她所居住的老宅里蟋蟀很多，不绝于耳的鸣叫从童年、少年、青年一直贯穿于今。对于她来说，蟋蟀的叫声灵动悦耳，是最好的催眠曲。追溯起来，谷米觉得自己喜欢蟋蟀的叫声应源自小时候父亲的教诲。当时她懵懵懂懂地问父亲，蟋蟀为什么总是叫，不嫌累吗？身为漏馇师傅的父亲笑着说，世界上鸟啾虫鸣成千上万，唯有两种叫声不烦人，一个是喜鹊，一个是蟋蟀，因为这两种叫声都是报喜的。长大后，童年经历的事情大都变得遥远，像渐渐模糊的屏幕不再显像，唯有老宅蟋蟀叫声依旧，能让她恍若回到童年。谷米从小就养成了听着“苏苏苏”叫声入睡的习惯，没了这种声音她会感到不适应，有时出差到城里，因为星级宾馆不可能有蟋蟀，那种沉寂仿佛能让她听到体内血液流动的声音，使她无法入睡。后来她想出一个办法，把老宅里蟋蟀的叫声用手机录下来，再出差，入睡前用手机循环播放，她就会在“苏苏苏”的伴奏中安然入睡。

但现在谷米遇到了一个难题，老宅所处的青堆镇大十字面临拆迁，京城一家房地产企业要在这里建一座商业综合体，而且推进速度极快，大十字所有老建筑的青砖墙上都用大白写上了大大小小的“拆”字。接到拆迁通知时谷米先是发蒙，接下来就想到了自家这幢百年老宅，想到了老宅里的蟋蟀，要知道，蟋蟀是栖身于墙缝、灶台、水缸旁等有湿气地方的小昆虫，在钢筋水泥浇筑的大厦里它无法生存。

老宅不在，蟋蟀何以藏身？没有蟋蟀的伴奏，漫漫长夜如何熬过？仰卧于床的谷米睁大眼睛望着天花板。老宅天花板由椴木板吊成，刷了清漆，木纹依稀可见。她隐约看到天花板上有个可疑的黑点，应该不是蟋蟀，她这样想着，但希望它又是一只蟋蟀，因为对蟋蟀，她听到声音的时候多，看到真面目的时候少。

应该阻止这个项目，保住大十字！她对自己这样说。

脑海里在播放幻灯片，每张幻灯片都是一个熟悉的人，她一张张翻篇，闪过的每一张面孔都帮不上忙，能干预这个项目的人微乎其微。都说朋友圈是万能的，但此刻她觉得自己的朋友圈太小了，是自己的清高限制了朋友圈的扩容吗？她有些埋怨自己。

蟋蟀已经很久没有这么响亮地鸣叫了，叫声里还偶尔出现高低变奏，这种情况很少发生，一般来说，蟋蟀的叫声是均匀而有节奏的。谷米从床上起身，和衣走出卧室来到客厅沙发上坐下，她需要理一理思路。拆迁办下达的期限是一个月，对于一家餐饮企业来说，时间确实紧张。她没有开灯，一旦开灯蟋蟀就会停止鸣叫，蟋蟀这种小动物怕光、怕声、怕同类，像极了小时候的自己。窗外月光很足，把木质窗棂映出了版画效果，蟋蟀的叫声是这图景绝妙的配音。动听的声音像牵魂绳，总会把人牵到应该去的地方，她的思绪被这声音牵回到了十五年前的某个夜晚。

那是七月的一个夏夜，因为停电，父亲没有在作坊里磨馇子，而是在客厅里一个人抽烟。母亲去世后，父亲喜欢一个人静静地抽烟，蟋蟀的叫声会因为烟香变得兴奋，她对父亲开玩笑，说咱家的蟋蟀肯定也有烟瘾。见她走过来，父亲掐灭烟头问，临近高考了，志愿怎么填？她说早就想好了，第一志愿是建工学院。父亲说柴一伦也报了建工学院，你们又成了大学同学。柴一伦是谷米从初中到高中的同班同学，人特机灵，会来事，学习成绩总是压谷米一头。这时一伦来了，手里拎着一包花生糖，不用问，是从斜对面白家糖铺买的，烛光照在一伦棱角分明的脸上，竟然照出一抹怪异的铜色。一伦向父亲点头示意，说停电了，不想点蜡烛看书，感觉肚子饿，来买馇子回家吃。一伦经常来买馇子，每次都买两斤新鲜馇子，因为量小，父亲坚持不收费，为了回报人情，一伦每次来便带两斤花生糖。谷米知道一伦的真实用意，父亲血糖高，吃不了糖，花生糖显然是给她买的。作为同学，谷米有点反感一伦总来家里买馇子，因为同学中已经有了传言，说一伦买馇子是醉翁之意不在酒。父亲去作坊里漏馇子，新鲜馇子最好是现漏现煮。这当口一伦坐下来，双手按住膝盖并不说话。一伦的牛仔裤在烛光下也透出一丝铜光。两人单独相处还是第一次，她低垂着目光，地板上窗棂的投影好像要格式化屋里的一切，映在一伦牛仔裤上的图案如同一张“草花 A”。一伦的鞋很大，是某个国产品牌运动鞋，至少有四十三码。看到这双大脚谷米就会想起初二时一件往事。那时的一伦特淘气，喜欢爬树掏鸟窝，有一次谷米见他爬到槐树上捅下了一个鸟窝。从树上跳下后，还用一双大脚把鸟窝踩了个稀烂，这个情景在谷米心里留下了阴影，她不知道一伦踩碎的鸟窝里有没有幼鸟或者鸟蛋,脚踏鸟窝对于喜爱小动物的谷米来说是不可接受的粗暴行为。两人就这么干坐着。烛光闪耀，屋子里静如闷罐。忽然，“苏苏苏，苏苏苏……”蟋蟀的叫声从角落里传出，清脆的叫声打破了尴尬的沉寂，谷米觉得总这样呆坐着不好，像是问自己也像是问一伦，没话找话道，蟋蟀为谁而鸣呢？一伦犹豫片刻，用询问的口吻说，应该是雄蟋蟀呼唤雌蟋蟀吧？她摇摇头道，不对，蟋蟀是为这幢老宅而鸣，这里是我的家也是它们的家，家是永远值得歌唱的地方。一伦说也可能是为馇子而鸣，在青堆子，人和动物没有不喜欢馇子的。这个回答很妙，谷米现在回想起来都觉得值得点赞。

一伦如愿考取了建工学院，而模拟考试排名第二的谷米却名落孙山。高考失利纯属意外，高考前一周，父亲担心影响她备考，店里停工停业，考虑到女儿喜欢吃馇子，父亲就到大超市里买了一箱真空包装的品牌馇子煮给女儿吃，结果谷米吃坏了肚子，考试中去了几趟厕所，差点昏倒在考场上。成绩出来后，父亲懊悔不已，说本来以为品牌馇子比自家的要高档，谁知竟然是劣质货。一伦也来安慰她，建议明年再考。发榜那天晚上，她失眠了，青堆中学教学质量在全县属于中下水准，全班只有一伦考上了本科，其他几个同学仅够专科分数线，自己复读一年又有多大的把握？那一夜，老宅的蟋蟀也彻夜未睡，一直鸣叫到凌晨。子夜过后她索性打开电视，连换三个频道，电视里都在播放一个知名品牌辣酱的广告，她心里豁然一亮，既然大西南的辣椒能做成知名品牌，大东北的馇子怎么就不能做出文章来？谷家做馇子的历史已有五代，是实打实的家传，要是把馇子这道特色美食做好，既光大了家族产业，又实现了人生价值。想到这里，她对自己说，条条道路通罗马，没必要在一条独木桥上挤，不复读了，再说也丢不起那个人！当她做出这个决定时，蟋蟀明亮的叫声从四面八方响起，好像是无数的蟋蟀在为她欢呼。她笑了，洗漱后换上运动服，出门来到大十字中心花坛，围着那口古井慢跑了半个小时，一直跑得大汗淋漓。早饭时她对父亲说了自己的想法，开明的父亲并不反对她的选择，说谷家这份家业总该传承下去，你是父亲唯一的孩子，不考就不考吧。上午，一伦来到家里再次动员她复读，她对一伦说，高考就像我的初恋，初恋之所以珍贵是因为只有一次，既然初恋已经不再，我就要重新规划人生了。一伦带着哭腔问她，那你想干什么？难道就在青堆子这巴掌大的地方待一辈子？她望着窗外绿油油的菜园说，我想那碗撂倒我的馇子不是无缘无故，它是想留住我，换句话说吧，我跌倒在馇子上，将来一定要在馇子上站起来。一伦不理解，说馇子再好也不过辽东一带的小吃而已，小吃是上不了大台面的。她摇摇头，昨夜蟋蟀的欢呼声仿佛又在耳畔响起，她抿着嘴唇停顿片刻，然后对一伦说，对不起，我不能继续当你的“灯泡”了，你在大学里可以选择一个榜眼或者探花当你的“灯泡”。“灯泡”在青堆子的寓意是陪衬者，谷米用在这里也是一种发泄，因为从初中到高中，没有一次考试她超过一伦。一伦委屈地低下头说，你知道有这样一句歌词吗？把我引到井底下，割断绳索就走啦。她冷冷地说，放心，没有我做参照你会更加明亮耀眼，至于我嘛，就想在这巴掌大的地方把馇子做出些名堂来。

柴一伦建工学院毕业后被选调到省直机关，先在省政府当秘书，后来下派到青堆镇所在的县当副县长。谷米和柴一伦的关系止步于高考发榜那一天，在她眼里，高考是一道无法逾越的分水岭，这道分水岭决定了人生不同的走向。她主动降温，让烧热的一锅水没有沸腾。尽管一伦没有放松对她的攻势，但她十分理智，她很清楚人的口味会因地位的改变而改变，馇子不会再是一伦的主食，只能是偶尔浮起的一丝乡愁。大学前两年，每年寒暑假一伦都会来店里吃馇子，每次吃馇子，都会在碗底剩一点，这在过去是从来没有的事，那时候一伦吃完馇子恨不得把碗舔干净。一伦来店里时还会劝她继续读书，哪怕读成人教育也可以，不读书将来在社会上很难立足。她不反驳也不迎合，总是冷冷地说，人各有志，自己和馇子，和老宅以及老宅里的蟋蟀成了命运共同体，生活只能这样往前走。后来一伦全家搬去了县城，回来便少了。她本来以为时间会淡化一切，但毕业当年，已经成为选调生的柴一伦专程回来正式向她求婚，就在老宅这间客厅，一伦一改高中时的腼腆，大大方方地向她做了表白，嫁给我吧，谷米，职业不是我们分开的理由，我有能力落实你的工作、改变你的命运。她依然冷冷地说，我的命运不需要别人来改变，我要有尊严地生活。一伦问，你对我为什么如此冷淡。她说，我们太熟悉了，就像兄妹一样，就没了那种神秘感。一伦问，什么神秘感。她说，爱情如同勘探，没有神秘感就没有了兴趣。一伦也是个极度自尊的人，她的婉拒显然出乎一伦的意料，在沉默了一会儿后，一伦涨红着脸说，你会后悔的。一伦在说出这句话时呼吸有些急促，眼里布满疑惑和幽怨。她说，强扭的瓜不甜，我们还是各自珍重吧。其实，谷米几次尝试想接受一伦，但她说服不了自己，脑子里总是浮现一伦脚踏鸟窝那一幕。她对父亲说自己和一伦是两条平行线，一辈子都不会有交会点。父亲对一伦印象很好，说她是嫉妒心作祟，因为一伦每次考试都会高居榜首。父亲曾发现她有次在家里一边摔作业本一边自言自语：命运啊，怎么如此不公？既生瑜何生亮！父亲说做人要学会接受失败，烦恼皆因强出头，这个世界上比你有章程的人多了去，没必要去攀比。她用冷冰冰的语气说，我没觉得柴一伦考上大学就会比我强，我也不会轻易接受失败。父亲知道情感这种东西不是劝成的，有时候女孩子讨厌一个男生并不需要理由。喜欢需要根据，讨厌却源自本能。

此刻，坐在客厅里听着蟋蟀的鸣叫，她唯一能想到的人就是一伦，一伦是主管城建的副县长，应该有权力叫停大十字这个项目。大十字上的街坊老白、老胡和柳姐都劝她去求求一伦。但她不想去，一则，工作后他们几乎没有联系；二则，在她心中一伦永远是枚长不熟的瓜，未熟之瓜的瓜蒂不可能是甜的。

她在客厅里坐了许久，直到角落里的蟋蟀叫累了才回到卧室休息。夜里她做了一个奇怪的梦，梦到一伦带着一干人来青堆镇考察。她远远地看着被人前呼后拥的一伦，一伦在谷米面鱼儿店门前背着手站了片刻，然后挥手做了个用力劈柴的动作，很快，一台铲车轰隆隆开过来，震耳的轰鸣下，青砖青瓦的老宅顷刻间坍塌在飞扬的尘土里。她看到一群蟋蟀从废墟中爬出来，像撒在泥土里的一捧西瓜子，西瓜子长了翅膀一样朝自己飞来，躲进了她的白裙下，在她的裙裾里惊恐不安地鸣叫，声音发颤，“苏苏苏”变成了“去去去”。她发现梳着分头的一伦用眼睛的余光在观察自己。

二

青堆镇是省里命名的特色古镇，周边居民在称呼青堆镇时会换掉那个“镇”字，叫它青堆子。青堆子主要的老建筑都集中在大十字，谷米面鱼儿店前身是谷家馇子店，名副其实的百年老店，店铺就在镇中心的大十字上，临街四间店铺，两进的院子里有加工作坊。谷米面鱼儿店的馇子远近闻名，当地人两天不吃馇子胃肠就会起义。馇子加工工艺讲究，需要将玉米放入缸中加上井水浸泡、发酵，然后湿磨成粉浆，用纱布过滤，再放入缸中澄清沉淀，去掉浮水就成了馇子面。馇子面可以加工面条、面鱼儿、面疙瘩，可拌可炒可煮可做汤。谷米面鱼儿店的馇子甜中微酸，开胃提神，助消化、醒宿醉、泻肝火，男女老少没有不喜欢的。几十年前，青堆子家家都会制作馇子，后来挂面当道，很多人嫌费工夫，制作馇子的民间工艺渐渐失传。报纸上报道过一则新闻，有家居民因想吃馇子，结果工艺把握不好，玉米发酵不充分，导致一家五口中毒。这个消息一出，自己制作馇子的人更少了，想吃馇子只能到谷米面鱼儿店来解馋。

谷米从父亲手里接过谷家馇子店是在十年前。谷米结婚后，老父亲和她老公在县城建了一个规模更大的馇子加工厂，她则留在青堆子打理谷家馇子店。加工厂专门生产真空包装的馇子，销售逐渐在省内外铺开，因为外地客户订货量每年都在增长，谷米觉得有信心把谷家馇子做成知名品牌。让谷米引以为傲的是加工厂制定了馇子生产标准，而且标准得到了官方认证，成了国家标准，这实际上把馇子加工厂顶到了一流食品加工企业的地位。在谷米看来，馇子加工厂的产品属于预制食品，虽然热销，却少了馇子原本的特色，馇子鲜有的酸味只能靠调料包。父亲说工艺都一样，问题在于县城没有青堆眼的井水淘洗，馇子故而少了灵性。谷米接手馇子店后，觉得谷家馇子店名过于直白，便自作主张改成了谷米面鱼儿店，原本担心老主顾不喜欢这个新名，谁知追新赶潮是大多数人的心态，谷米面鱼儿很快就叫开了，“面鱼儿”也就成了谷米的绰号。谷米面鱼儿店这幢老宅旧而不破，雕花木质门窗保存尚好，青砖青瓦也没有损毁，古香古色特有味道，尤其大年前后，屋檐上一排红灯笼把路面雪地照得红彤彤的，年味十足。巧的是京城一位叫潜龙的老年摄影家来青堆子采风，发现了谷家老宅和大十字小花坛里那眼古意深厚的老井，便拍了一组照片发表出来，还参加影展获了大奖。获奖摄影让青堆子、让谷米面鱼儿和青堆眼名声大振，青堆子的人气变得旺起来。谷米和潜龙因此成了忘年交，谷米把这组获奖摄影放大镶框挂在店里，同时聘请潜龙做了谷米面鱼儿店的顾问，每个月都雷打不动给远在北京的潜龙快递一盒馇子。

大十字是镇中心南北两条马路的交会处，交会点就是吸引潜龙目光的古井，古井是当年闯关东的胶东人所打，井旁原来有块青石碑，上面阴刻“青堆眼”三字，后来石碑被毁，但“青堆眼”这个名字却保留至今。青堆眼深两丈，井壁、井口、井栏都由青石砌成，井上没有安辘轳，提水需要自带绳子和水筲。在家家户户通上自来水的今天，因为井水甘洌，适合泡茶，古井依然有人来汲水吃，尤其是闻名遐迩的谷家馇子，必须用青堆眼的井水来浸泡淘洗，因为这个原因，青堆眼的维护一直是谷家人在做。

大十字集中了青堆子几十家店铺，可谓商号林立，老辈人说当年青堆子有小安东之称，是三教九流汇聚之地。当下，青堆子商号中最有名的是谷米面鱼儿、白家糖铺、柳家炉包和胡家青堆客栈，谷白柳胡四家东南西北各把一个路口，生意上没竞争，关系处得一团和气。四家店主在青堆子都是有头有脸的人物，其中年龄最小的是谷米，属于青年企业家。白家糖铺的老板白祥瑞最为年长，已经六十有五，为人随和却有威信，做事平事都令人信服。白家糖铺历史悠久，主要加工花生糖，生意一直不错。老白两个儿子大学毕业后都在城里工作，其中小儿子还是一所中专的校长。老白常说小儿子是县团级，别看二师兄威风凛凛，其实就是个科级。老白说的二师兄是青堆镇朱镇长，“二师兄”是朱镇长自己叫出来的。老白有老白的苦恼，那就是白家糖铺后继无人问题，老白每次来面鱼儿店吃馇子都会对谷米说，我要是有你这么个闺女就好了，也好把糖铺的手艺传下去。老白两个儿子都不回来继承祖业，他们认为现代企业制度讲究所有权和经营权分离，到时候找个职业经理人管理就行了。但老白不这么看，白家糖铺给别人经营，自己怎么能放心，更何况白家熬制糖稀有独门绝技，不可轻易外传。柳家炉包包子铺的老板叫柳姐，大脸大胸大臀，里打外开从不怵人。几年前有外乡的三个小混混来吃霸王餐，没事找事欺负哭了服务员，柳姐闻讯从后厨提着把菜刀冲过来，将菜刀架在领头混混的脖子上，粗门大嗓地吼道，小子，知道孙二娘吗？我柳二娘可是孙二娘的师傅，敢来这里奓刺儿，信不信我把你剁了做包子馅儿！眼见小混混脖子上就有血丝渗出来，混混们知道遇到了茬子，连忙服软道歉，付了包子钱灰溜溜跑了。柳家炉包的源头在山东即墨，柳家是清末闯关东来青堆子的，祖上一直经营炉包。柳家炉包皮薄馅大，肉馅儿多加酱油，当地人口味偏重，馅儿淡了包子卖不动。清晨天一放亮，就有居民匆匆赶到大十字，来柳家买一屉炉包，再到谷家买一罐馇子，回到家里就是最讲究的早餐了。与谷、白、柳三家都是青砖老宅不一样，胡家青堆客栈却是红砖红瓦的新建筑，而且还高出一层。青堆客栈老板老胡原来在镇派出所当辅警，因为私自扫黄收罚金事发被解聘，在大十字买了处平房，扒掉改建成了青堆客栈。这栋红二楼与大十字其他青灰色的建筑格格不入，显得十分另类。谷米还记得被老胡扒掉的平房，那里原本是个带青砖门楼的中医诊所，诊所有一副木质楹联，上联是“但愿人皆健”，下联是“何妨我独贫”，没有横批。她当时很不解，是对联就应该有横批啊，记得就这副楹联她还问过柴一伦，柴一伦想了想后说，当年孙思邈写这两句话的时候就没有横批，后人谁敢乱加？她觉得柴一伦语文果然好，怎么就知道这楹联是孙思邈的？谷米记得小时候去药铺抓药，坐诊的是个白胡子老者，说话是尾音上翘的乐亭口音。很可惜，童年的记忆被老胡给抹去了。

在保卫大十字上，谷米知道自己不是孤军奋战，真正牵头的是老白，老白联系了老胡、柳姐，最后来找她，她没有丝毫犹豫就同意加入保卫大十字的团队。在老白找她之前，恰好在县里加工厂的老父亲打来电话，说能不能想办法别拆老宅，咱谷家不差钱，拿点补偿没啥用处，留着老宅总是个念想。老父亲在加工厂很少回来，但每次谷米老公回青堆子，都会到青堆眼打几大桶井水带回去，老父亲说城里的自来水有股药味，还是青堆眼的井水喝着习惯。

老白召集三家店主到糖铺碰头。老白说大十字在，咱这些老店才能在，大十字拆了，换地方开店地气就变了，做生意最讲究地气。柳姐说这个二师兄干点啥不好，偏偏要拆大十字，大十字拆了，青堆子还是青堆子吗？老白说是这么个理，拆掉大十字肯定要建高楼大厦，不会用青砖青瓦，青堆子自然也就名不副实了。老胡一个劲儿抽烟不放声，老白问他，他连吐三个烟圈道，你们知道吗？大十字这个项目是二师兄招商引资来的项目，青堆子目前没有一把手，这个项目干成了，二师兄就会由镇长变书记，你们说他会改主意吗？柳姐和老胡说的二师兄是朱镇长，乍听名字还误以为朱镇长像猪八戒那样颟顸，其实朱镇长是个聪明干练的中年人，因在家中排行老二，亲友们喜欢叫他二哥，他说二哥这个叫法不好，干脆叫二师兄好了。他这是自嘲，觉得在官场上傻呵呵、不精不灵有益无害。老白说青堆子闲地老鼻子了，找个空地开发不就结了，为啥非要在大十字上大拆大建？柳姐说不行，咱不能让二师兄为所欲为，得想个法子阻止这件事。老白问谷米，你怎么看，谷家老宅的照片可是获过大奖的，拆了太可惜。谷米说，我反对拆老宅，我老父亲也反对。我有失眠症，唯一能治愈我的就是老宅里的蟋蟀，它们像是我养的宠物一样和我有十二分默契，它们知道我一困就会“苏苏苏”地鸣叫，听不到蟋蟀鸣叫我无法入睡。老宅拆了蟋蟀们怎么办？在楼房里它们无法生存。

谷米说完，老胡哈哈笑了，说蟋蟀这些小虫子对你就那么重要？谷米反问了一句，在青堆子，没有蟋蟀的屋子还是家吗？老胡止住笑，他知道自己的客栈里没有蟋蟀。不过很快他就补充说，我家里这东西很多，有时候冬夜里在灶台边也会叫，烦死了。谷米说我不烦蟋蟀，反倒超喜欢。

老白插话说，喜欢蛐蛐古已有之，许多王公贵子都喜欢，斗蛐蛐曾经成为一种高雅的娱乐，古代女人也喜欢，所以蛐蛐有个别称叫促织。

看大伙谈起蟋蟀不停，柳姐有点不耐烦，对老白说，咱不说蛐蛐了，还是说怎么对付二师兄吧。

二师兄当然要对付，但还有个大人物需要动用一下，那就是我们青堆子走出去的柴一伦，老白望着谷米说，你的老同学柴一伦是分管城建的副县长，这事最好求他帮忙。

老白话一说，众人的目光都集中到谷米脸上。谷米和柴一伦的事在青堆子不是秘密，关于谷米和柴一伦分手的事，镇上传言有许多版本，大家普遍相信的是柴一伦考上大学后甩了谷米，柴家举家搬到县城也是为了避开谷家。这件事谷米无法解释，但心里觉得有点对不住一伦，让一伦背了黑锅。

柳姐揉了揉鼻子说，我估计柴县长不会帮咱们，他这个人太自私，连自己老婆的忙都不帮，还能帮咱们？柳姐的说法不是空穴来风，柴一伦有两段失败的婚姻：第一段是在省政府工作时，婚姻维持了不到两年；第二段婚姻是来县里工作后和一个女教师结了婚，但很快也离婚了。两段婚姻结束的原因不明，坊间说是他不为女方办事所致。

那要看谁去求他。老白说，谷米要是出面，十有八九柴一伦会帮忙。

谷米知道老白这句话有些依据，当年柴一伦每次来老宅买馇子，都要先去白家糖铺买花生糖，这一点老白心里头明白。

老胡摇摇头道，社会上都说柴一伦好色，是花心大萝卜，谷米妹妹去找他怕是肉包子送到了狗窝里。

老胡这话明显是对一伦的诋毁，她打住老胡的话说，作为同学我知道一伦的为人，社会上那些闲话无凭无据，是瞎说。

老胡嘴上不饶人，他斜视着谷米道，就凭他当年对你无情无义的样子，你信他？

人家没对我无情无义，一伦不是你说的那种人。谷米坚持自己的看法，她不是在维护一伦，她说的是事实。一伦是个很看重尊严的人，记得当时她拒绝一伦求婚时一伦并没有多说话，表现出了应有的胸怀和风度。

柴一伦是个什么样的人不重要，重要的是他是青堆子走出去的，作为青堆子人，有义务和责任保卫故乡嘛。老白语气里带有对一伦的期望，正常分析，这个项目需要分管副县长批准。谷米觉得老白说话占理，的确，一伦有保卫青堆子的义务和责任，把大十字拆了，青堆子就会面目全非，如果热爱家乡，这个项目在论证时就该叫停。

老胡说我劝你们不要做无用功了，柴一伦不会干预这件事，除非……

除非什么？老白问。

老胡望了谷米一眼道，除非谷米真的去做工作，毕竟是老同学，感情基础还是有一点的，柴一伦怎么也不会在谷米面前摆架子。老胡话里有话，叫人听了不怎么舒服。

老白说，这件事关系到咱们四家店铺切身利益，谁也不能置身事外，有力出力，有主意出主意，二师兄那里我去做做工作，二师兄和我小儿子有点交情，他就是我儿子那所学校毕业的；至于柴一伦那里，如果可能，谷米就多费心吧。

谷米说关于镇长那里，她也可以说说话，因为镇长总来面鱼儿店吃馇子，至于柴一伦那边，事情有点难办，他工作后我们基本没有联系。

老白最后定下了保卫大十字三步走战略：第一步，先做二师兄工作，大十字墙壁上那几十个画圈的“拆”字是他带人写的，字写得很粗暴，奇丑无比，看着扎眼；第二步，做柴一伦工作，要打乡情牌、荣誉牌，让他知道一旦拆了大十字，他这个县长就是青堆子的罪人，而保留了大十字，他就是值得青堆子树碑立传的好官；如果前两步不起作用，第三步，他就组织大十字几十家商户上访，进县去省上北京，这是豁出去的办法，总之，哪怕蹲笆篱子也要保住大十字。老白说反正自己年纪大了，不惧二师兄报复。老白的决定让每个人都很激动，老胡说去上访他算一个，派出所的人他认识。柳姐说她免费给上访的人供应炉包。老胡伸出手掌说我们击掌鸣誓吧，在大十字保卫战上谁也不能当孬种。大家齐刷刷伸出右手，四只手掌叠在一起，谷米喊道，一二，欧耶！

放下手掌老白问“欧耶”啥意思，谷米说就是个语气词，相当于表态赞同。

刚刚喊完欧耶，墙角里忽然传来蟋蟀的鸣叫声，“苏苏苏，苏苏苏……”叫声不大，却能听得真切。

你们听到蟋蟀叫了吗？谷米问。

其他三人愣了一下，老白说店里蛐蛐很多，但白天叫得少，不知今天为啥白天叫。

谷米说，蟋蟀一定听到我们击掌鸣誓了，它们也在喊欧耶呢，蟋蟀更怕失去家园啊！

听到蛐蛐叫，喜事马上到。老白说，蛐蛐叫是个好兆头，说不定我们今天商量的事真能“欧耶”呢。

我的包子铺里蛐蛐也不少，挺烦人的，你们这么一说我就不烦了。柳姐笑着说，以后不再撒药毒它们了。谷米觉得这次聚会有个意外收获，那就是改变了柳姐对蟋蟀的印象，青堆子又多了一个喜欢蟋蟀的人。

离开白家糖铺往回走的路上，谷米看到了路旁新竖起的大十字项目广告牌，白地蓝字，广告语是：让青堆子长大长高。落款的“翼龙集团”是四个黑字。这应该是个大公司，翼龙集团的标识是条翻卷的蜥蜴，这个图案好熟悉啊！但她想不起来在哪里见过。

三

镇长来谷米面鱼儿吃馇子。

镇长吃饭简单，一碗馇子，一碟辣椒酱，一个煮鸡蛋。镇长天生一副大众化的脸，如果不是穿着藏蓝色夹克和白衬衣，从形象上看，很难判断他的职业。

谷米想搭话，正在犹豫，镇长却向她招了招手，示意她过去坐。谷米走过去问今天的馇子是不是可口。镇长说好吃。镇长问她大十字要拆迁了，面鱼儿店想搬到哪里去，作为当地著名小吃，镇里会在选址上多给些关照。镇长还说青堆子什么都可以没有，但馇子不能没有。谷米问他为什么要拆大十字，新开发的商业综合体另选个地方不好吗？镇长摇摇头，说翼龙集团的老总相中了大十字，换了地方人家就不投资了。

谷米看着镇长说，我听说大十字绝大多数商户都不同意拆迁，镇里强行上这个项目是不是有违民意，怕是会有上访闹事的情况。谷米觉得应该把拆迁的后果告诉镇长，镇长指望这个项目升职，但真要闹出事来，不仅升职成为泡影，弄不好还会背上处分。

这种大项目不可能不做研判评估，你放心，天塌不下来。镇长一副胸有成竹的样子，忽然转换话题问，听说你们在一起商量这件事了，是老白牵的头儿。

谷米吃了一惊，昨天四个人商量事镇长怎么会知道？

对动迁补偿有要求可以谈，如果恶意阻拦项目性质就变了，你的面鱼儿店和馇子加工厂一向奉公守法，没必要跟着掺和这种事，你有啥想法可以和我讲。镇长变得严肃起来，嘴角用餐巾纸擦拭后，唇线变得明显起来。

谷米起身去给镇长倒了一杯茶，坐回来问，想听我的想法？

镇长点点头，目光一直在谷米脸上。

我反对这个项目，俗话说，有多大的胃口用多大的碗，青堆子人口不多，搞这么大一个综合体不会赚钱不说，将来很可能烂尾。

那是翼龙集团的事，你操什么心？镇长眉头蹙了蹙。

我当然操心，综合体烂尾，大十字的店铺也都散了，直接影响我的面鱼儿店生意。

换个地方不是照样开店吗？只要馇子好，到哪里都有人吃。镇长有些不解。

做生意是讲地气的，大十字是一百多年才聚拢起来的地气、商气，一拆，地气商气都散了。你听说没有，沿海一个大城市有条天津街，也是百年老街，生意相当火爆，后来投入巨资加以改造，愿望虽好，但改造后商户都散了，现在变得冷冷清清，什么时候能重新聚拢起人气来谁也无法预料。

镇长端起茶杯喝了一口，谷米的话他听进去了，地气、商气是两只无形的手，生意财运的聚散都靠它们操控。

见镇长不说话，谷米接着说，最要紧的是这个项目会毁掉青堆子这座古镇，而且无法恢复，古镇保留下来是永远的财富，拆掉了再恢复，顶多是不值钱的赝品。

镇长摇摇头说，这个大项目是青堆子百年不遇的发展机遇，现代化商业综合体能给古镇提高档次，让青堆子发生脱胎换骨的变化，而且会大大增加镇里的税收。

大厅里又进来几位吃馇子的，都是些生面孔，他们在里面一张桌子坐下，一边吃一边议论大十字拆迁的事，谈到翼龙集团到底是个啥公司，这个在大城市搞开发的公司为什么会选择地处辽东的青堆子。他们没有发现镇长，其中一个年轻人说，这个项目要是成了，是货真价实的政绩。一个年龄大的人说，项目这种事是双刃剑，建起一座楼、倒下一批人的事很常见。背朝着他们的镇长低着头微微笑了笑，轻声对谷米说，对于我来说，这个项目是单刃，我不贪不占，哪里来的双刃？我是青堆子人，无非是想把家乡建设得更好而已。说完，镇长起身离开。谷米送他到门口，没有寒暄，镇长停住脚步，很郑重地对谷米说，你不要和老白他们掺和，这件事已经板上钉钉，开弓没有回头箭，再说了，与镇里作对能有什么好果子吃。

谷米没有点头，目送镇长快步走远。镇长走路脚步很踏实，自信满满的样子。她想，把镇长称为二师兄太不该，镇长是个心中有沟壑，喜怒形于色的人。

里面那桌有人认出刚才走的是镇长，问谷米镇长吃馇子是白吃吗，怎么没看到结账？谷米说老主顾、熟人都是先记账后结算，几块钱的馇子一次一结太麻烦。其中那个年纪大一点的人问，是镇长本人结还是派人来结？谷米说你们问这个干吗，一个大镇长还能来这里吃白食？人家一个月自己掏钱结一次，不会赖账。那个问话的人笑了，说乡镇干部现在都很自律，微腐败的现象越来越少，这是好事。

四

谷米问老白镇长工作做得怎样，反正自己是碰了钉子。老白说镇长根本不给面子，说原则的事没商量，瞧瞧，他把一个房地产项目当成了原则，这是啥道理嘛。谷米这才明白，老白碰的钉子比自己碰的还硬。谷米说了镇长知道他们碰头的事。老白说，他知道又能咋样，不光我们四个不同意，大十字大多数商户都反对，都表示不在拆迁协议上签字。谷米说，这样的话第一步走不下去了。老白放低了声音说，也不一定，老胡已经向纪委打了举报电话，要求查查这个项目背后是不是有猫腻，说白了就是腐败问题。谷米说，老胡胆子行啊，敢打举报电话。老白说，这事你知道就行，老胡用的是假名，他当过辅警，懂行。谷米心里有些鄙视老胡，原来是偷偷摸摸打的匿名电话！

老白不死心，决定再次去找镇长试试。结果两人谈崩了。镇长不仅没松口，还说了句伤人的狠话，他说，老白啊，你们白家世世代代做糖，啥时候做起醋来了？老白说，我做啥醋了，镇长说，你召集人搞非组织活动，说做醋已经是好话了。老白心想，找几个邻居议议大十字的事怎么就成了非组织活动？问镇长自己违反了哪一条法律。镇长说对项目有意见可以提，但挑头儿商量抵制办法就是违法。镇长的话很重，说招商引资是大局，谁破坏这个大局是要追究责任的。

如果说上次碰的是钉子，那么老白这次碰的就是铁锤了。老白气哼哼地来面鱼儿店找谷米，说现在只能走第二步了，找柴县长！

老白把老胡、柳姐召集到面鱼店儿店，商量第二步怎么走。老胡说谷米不要去县城，把柴一伦约到青堆子来，青堆客栈里有行政套房，可以在房间谈。大家都说这样好，去县里有上访之嫌，让柴一伦回青堆子来更好些。柳姐说她安排一桌，大家陪柴县长喝点酒，营造点气氛。谷米也不想去县里，就同意了大家的建议。老白说能请得动柴县长的只能是谷米，这事就有劳你了谷米。谷米也觉得这事只能自己出面，尽管她心里有一百个不愿意见一伦的理由，但现在别无选择。

谷米给一伦打了个电话，这是两人分手后她第一次给一伦打电话。一伦接到电话有些意外，说话竟然有点结巴起来，是谷米？真的是谷米吗？你、你、你怎么想起给我打电话？有什么事你说，我愿意效劳。谷米说，真有件事相求，电话里不好说，问他能不能回青堆子一趟。一伦说，没问题，如果不急的话，周末就回去，但青堆子已经没有家了。谷米说，我给你安排在青堆客栈住，客栈有行政套房，适合办公，我们在那里谈事。一伦犹豫片刻还是答应了，说，好好好，我也很想回去吃碗谷米面鱼儿。谷米说，你最好是微服私访，不带随从，别让镇领导知道。一伦说，我连个芝麻官都算不上，还什么微服私访，咱们周六晚上见。

谷米把一伦答应的消息告诉了大家，老白说看来一伦没有忘记青堆子。老胡说行政套房外间有一组真皮沙发，电脑、空调都是新安的，特别适合搞商务活动。

离周末还有三天，谷米连续两个晚上失眠。每当要入睡的时候，蟋蟀的叫声就会变得紧锣密鼓起来。以往这是催眠曲，这两夜却成了摇滚乐，藏在暗处的蟋蟀们打了鸡血一样亢奋。她回忆着和一伦的点滴过往，说来奇怪，这些尘封的往事从来没有被遗忘，只是被沉淀储存，重新浮起来连细节都丝毫毕现。她清楚地记得，有次高二放学路上他们共同走过青堆眼，一伦问她谷家的馇子为什么非要用青堆眼的井水来浸泡淘洗，她一时回答不上，回家问父亲。父亲说这是老辈传下的规矩，有些老规矩不需要理由，后人踩着前人脚印走就是，老辈人这么做肯定有这么做的道理。第二天她把父亲的话说给一伦，一伦说现在的自来水比井水更卫生。她说自来水是加过氯气的，青堆眼的水才是干净的天然水，且不说泡淘馇子，就是泡茶，青堆眼的水和自来水也不是一个味道。这是她和一伦之间少有的一次分歧，她之所以印象深刻是因为一伦问到了她知识的盲点。她还想起一件事，是一个男同学事后告诉她的。一次课间，男同学们在篮球架下议论谁是班花，大多数男同学都认为应该是一个叫陈秋菊的女生，因为陈秋菊头发带自然卷，鹅蛋脸像女明星。一伦说陈秋菊是漂亮，但谷米更美，谷米像白玉雕成的一样，不仅是班花，做青堆中学的校花也当之无愧。有的男同学让他说说理由，一伦说谷米气质高冷，有女王范儿，不怒自威，是女性美的极致。那个男同学说选班花是选模样，不是比范儿，谷米形象好，但是单眼皮。一伦说你们不会欣赏女生，单眼皮的女生抗老。一伦这句话无意中成了经典，班里男生女生都知道了单眼皮女生抗老这句名言。

周六下午，一伦自己驾着黑色轿车来到青堆子，谷米和老胡把他迎进客栈，老白和柳姐也来了，大家围坐在套房的外间一起聊了些往事。老白想先铺垫一下气氛，没有急着把问题抛出来，问题由谁提出来效果不一样，这个提问者只能是谷米。老白问了个无关紧要的事，说柴县长当年考上了建工学院，为什么毕业后没有当建筑师，他听小儿子讲建工学院是建筑师的摇篮。一伦说自己考建工学院是阴差阳错，后来成了选调生职业上就无法自己选择了，自己确实做过当建筑师的梦，但大三时做了调整，决定当爆破师，并顺利考取了爆破师资质。

之所以这样调整，是建筑师太多了，随便一抓一把，而爆破师却很少，其实，爆破师是给建筑师清场的，重要性不比建筑师差。老白说，您考了爆破师也没用上吧。一伦说他在省政府当秘书时，义务给住建厅提过一个爆破方案，是老关东旅馆拆除项目。老关东旅馆是日伪时期建筑，已经是危楼，建筑周边是居民区，爆破抛掷距离需要精确到米。他提的方案很顺利通过了专家论证，为住建厅节约了一大笔资金。老白“哦”了一声没有接下去，柳姐搭话说，青堆子现在是省级特色小镇，一年四季游客不断，这和您的工作分不开，因为您分管城建和旅游。一伦摆摆手，说青堆子名气在外，游客多是奔着古镇和特色小吃来的，尤其谷米面鱼儿、白家花生糖和柳家炉包，对游客最有吸引力。老胡说咱青堆子缺个剧院，无法接演出活动，游客也没有地方看演出。一伦说很快就会有的，不仅有，而且还是大剧院。大家都听懂了一伦指的是什么，看看到了饭时，柳姐说她在店里安排了一桌，请大家一起去乐和乐和，县长也算与民同乐一回。一伦不同意，说可以打包点馇子和炉包到这里吃，饭店就不去了，当干部的头上有紧箍咒，不敢造次。一伦这样说，大家便有些为难，老白、老胡和柳姐都看向谷米，谷米说就按领导意见办吧，现在规矩严，因为吃饭违规犯不上。一伦用欣赏的目光看着谷米说，的确这样，现在群众监督意识强，前些天还有人举报你们镇领导呢，纪委派人来青堆子初核了，回去跟我开玩笑说，在青堆子没发现贪官，却发现了一道美食，谷米面鱼儿，吃了这顿想下顿。谷米一听，就想起那天里面桌吃馇子的陌生人，原来这些人是来核查镇长的。

饭菜打包过来，大家吃了馇子和炉包，吃完后一伦问，谷米你找我有什么事？老白起身说县长你和谷米谈事，我们回避一下吧。一伦点点头，说也好，我们老同学难得在一起叙叙旧。

众人走后，谷米单刀直入，我找你来，是想请你叫停大十字项目。

为什么？一伦睁大了眼睛，谷米的问题出乎他的预料，大十字拆迁是按县城标准核算的，补偿并不低，也就是说商户没有什么损失。

大十字一拆，青堆子就不是青堆子了，大家就没了乡愁。谷米说，建商业综合体可以，但为什么要破坏大十字？在青堆子其他闲地上建不是更好吗？

古镇也要有新发展。一论说，拆迁大十字，青堆子才会有脱胎换骨的变化。

比如说一只毛驴，你非要把它变成马，这样的脱胎换骨对毛驴是灾难啊！青堆子就是青堆子，不管怎么脱胎换骨也成不了北上广深，是不是？你一定去过欧洲，欧洲许多古城几百年都保持着一种风格，不也挺好吗？谷米一连串提问像冰溜子一样刺向一伦。

你好厉害谷米，这种咄咄逼人的架势让我想起当年对你的评价。一伦并不恼，当干部练就了他不动声色的涵养。

谷米望了一伦一眼，一伦的冷静与学生时代基本一致，但她也发现了一个变化——与上学时相比一伦两颊的肉变厚了。

一伦说，你说的问题我能理解，人都恋旧，别说你，我接到你电话后，这两天晚上总在回忆上学时的历历往事，你拒人千里之外的高冷，让我连个玩笑都不敢和你开。

谷米心里动了一下，原来一伦这两晚也没有睡好。她说，我们大致了解了一下，大十字大多数商户都不同意拆迁。

我们？你说的我们是指……一伦有些疑惑。

哦，就是老白、老胡和柳姐我们几个，你都认识，刚才也见了，请你来是我们几个商量过的。谷米实话实说，她觉得没有必要藏着掖着。

原来是这样啊。一伦舒了口气，双手按着膝盖道，大十字项目是今年县里的重点项目，前期准备工作进行了将近一年半，政府常务会正式通过，翼龙集团经过几次论证最终选择了大十字，这个时候我怎么能叫停呢？再说这个综合体是进入了程序的大工程，进入程序的工程只能在程序里做调整，任何个人都无法改变现状，所以对不起，谷米，此事我爱莫能助，希望你理解。

谷米低下头道，这个结果不意外，我预料到会是这样，但我不死心，万一有奇迹出现呢？老白他们鼓动我求你，我就大着胆子约了你。这两天晚上家里的蟋蟀一直在叫，都说蟋蟀叫、喜事到，看来蟋蟀也是空欢喜一场。

你这是在埋怨我吗？一伦问的声音很轻。你可能不知道我工作的性质，怎么说呢？我就像坐在过山车上，快慢起伏都由轨道和程序决定，自己贸然刹车或提速都会出事故。

我哪里有资格埋怨县长？谷米恢复了常态，她明白，会议通过的决定只能通过会议来改变，县政府不是一伦一人说了算，一伦上面还有县长、县委书记。

谷米知道不会有什么结果，便不想继续这个话题，考虑到礼貌，她又不能马上起身告辞，就问一伦，刚才你说考建工学院是阴差阳错什么意思，不想当建筑师，为什么第一志愿报考建工学院？

一伦说，这事你有责任。

我？谷米愣了一下，自己当时可是躲着一伦，从没有建议他考什么学校。

我们上学时都在追星，有次班会上你说你不追星，你心里最崇拜林徽因和梁思成，他们夫妇是比翼齐飞的著名建筑师。说者无心，听者有意，我估计以你的学习成绩肯定能考上建工学院，就报考了这所学校，没想到我俩没有再续同学缘，这不是阴差阳错吗？

再续同学缘又能怎样？谷米说，今天才知道你考了爆破师。

是啊，也许是因为考了爆破师，我后来的生活之路总是踩地雷。就说我的婚姻吧，两段婚姻都失败了，当然，失败的责任在我，我不懂关心女人，总是用旧框框套新人，结果总是走不出来。我想就索性一个人单着吧，但这也引起有些人的误会，传出许多闲话，我也有所耳闻。面对现实吧，没办法，爱情虽然迷人，但我暂时不想去碰它。

谷米点了点头，凭两段失败婚姻不能得出一伦好色的结论，老胡的说法过于偏激，一伦虽然会见风使舵，但也有自律底线，这一点她不会看错。

我很苦恼，谷米，青堆子那些高中同学很少跟我联系，我也没有得罪他们呀！包括你，从来也不给我打电话。我也是吃青堆馇子、喝青堆眼水长大的，可是你们把我当成了另类。

你的位置太高了。谷米说，同学们和你在一起需要仰着脖子，累。不过我知道同学们没有忘记你，来吃馇子时每次都会提到你，当然也调侃你看人不准，比如你当初看好的班花女王，现在成了面鱼儿店老板娘。谷米说到这兀自笑了笑。一伦眼睛如同星星闪烁了一下，他知道谷米很少笑，谷米的笑像昙花一样难得一见。一伦严肃地说，做老板娘才是真正的女王范儿，我的地盘我做主，不受别人辖制，我觉得我没看错，记得你说过要做东北的知名品牌，你的馇子产业距离这个目标越来越近了。

时间在不知不觉中溜走，谷米看看时间已晚，便起身告辞。

一伦站起身问，谷米，能不能告诉我你为什么抵制这个项目，而且态度如此坚决？

真的想知道？她望着一伦。

我想不仅仅是因为保护青堆子，保护这些老房子吧？一伦眨着眼睛说。

谷米不知为何鼻子有些酸，应该说一伦的感觉没错，她几乎带着哭腔道，我怕失去老宅里那些蟋蟀，怕再也听不到蟋蟀的鸣叫，那样的话，我的童年和少年记忆就成了无声电影。

想不到都步入中年了，你还保持着上高中时那种文艺范儿。一伦咽了口唾液接着说，一点没变，难得！

难得的是大十字的老建筑，每一栋老建筑都是一座信息库。谷米似乎想起了什么，再次望着一伦说，对了，我听老白说，那些喜欢扒老城、拆老房子的头头儿很多都出事了或者说遭了报应。

那是因为他们拆的是保护建筑。关于青堆子这些老建筑，我是持慎重态度的，责成文化局做了细致普查，结果这里所有老建筑都不是文保单位，连县级文保单位都算不上，没有保护价值。你可以放心，政府不会盲目决策。

你想过没有，一旦拆迁引发群体上访怎么办？

上访无非是补偿谈判问题，县里会考虑特事特办，但以动迁来要挟并敲政府的竹杠肯定不行，实在推行不下去就走法律程序。一伦语气很坚定，意味深长地看了谷米一眼，像会议上讲话一样说，谷米，我希望你目光放得长远一些，城镇建设不破不立，旧的坛坛罐罐不打破，新的东西怎么进得来？青堆子不能总是沉浸在过去时，大踏步走向未来才有前途。

谷米看了看表，已经晚上十点，她道了声晚安，走出行政套房。下楼离开青堆客栈时，一楼前台的女服务员傻傻地看着她，连招呼都忘了打。一伦这次来青堆子两人连手都没有握，彼此目光也没有更多碰撞，昨晚她还瞎想，如果一伦想拥抱她该怎么办？一伦仍然在意她，这一点她深信不疑。在来这间行政套房时她想，如果一伦能叫停这个项目，她会主动拥抱一伦，现在想想看，自己还是过于幼稚了。

她回到面鱼儿店，老白、老胡和柳姐都在等候，问她谈得怎样，她叹了口气，涨红着脸说，一伦已经坐上了过山车，想停也停不下来。谷米说话时，老胡一直盯着她看，好像谷米脸上有画一样。老白说看来只能走第三步了，主管县长都叫停不了的项目，找其他人没有用，唯一的路就是去上访。

老胡说，柴县长如果想帮忙肯定会有办法，问题是我们没法拿住他。柳姐说，他连饭局都不去，像狐狸一样横草不过，怎么能拿住他？老胡说，是人就有软肋，我不信他能油盐不进！他是主管副县长，政府开会也是他端的方案，他如果爱青堆子就不该上这个什么综合体。老白说，我明天到各家走走，搞个联合签名，然后咱们四个去上访。为什么是四个人？多领几个人，人多势众。柳姐说。老胡道，这个你就是外行了，四个人不算群体访，五人以上是有说法的，会受到处罚。老白说我们不采取极端行为，就是逐级反映情况而已，从保护古镇这个切口来做工作。

这时老胡手机响起，电话是客栈服务员打来的，说镇长来客栈了，问县长是不是住这里，她不敢撒谎只能如实报告，镇长去了行政套房，还带了些猪蹄鸡爪之类的小吃，好像还拎着一瓶酒。

老胡放下电话说，这个二师兄，比孙猴子还精。

看来我们都想简单了。老白说，县长不向着镇长还能向着谁？

五

早晨，面鱼儿店刚刚开门，老白就不邀而至。老白灰褐色的胡茬儿有些芜杂，眼袋下垂，一看就没休息好。他没有点餐，而是把谷米叫到靠里的一个桌旁坐下，小声问，二师兄找你了？

谷米摇摇头，说，镇长这两天没来吃馇子。

我被二师兄约谈了，在派出所，那场面简直像三堂会审，二师兄、穿制服的派出所所长坐对面，旁边是一个做笔录的年轻民警，我坐在一张不带扶手的木椅上。椅子很小，像小学生坐的，特硬，坐上去硌人。

约谈什么？谷米对“约谈”这个词感到陌生。

谈了三点：一是问我上访准备什么时间去、去哪里、哪些人员参加；二是告诉我有关上访的规定，要依法上访，不能有违法行为，还给了我几本普法小册子；三是告诫我上访如果出现什么后果，组织者要负责。

你咋想的？谷米看出老白有点神神秘秘，看来镇长约谈真起了作用。

我平生第一次进派出所，感到浑身的血直往头上涌，我对二师兄说我六十有五了，啥场面没见过，你们不能凭我有上访想法就把我带到这里来。二师兄说因为你只有想法，才是约谈，要是有行动，就变成传唤或训诫了。派出所所长解释了约谈、传唤、训诫有什么不同，告诉我约谈就是了解一下情况，给些善意的提示，防止在违法违纪的道路上走得更远，还说约谈很正常，别怕。

你害怕了？谷米看出老白额头上渗出一层米粒般的细汗。

老白说，到了那种地方谁不害怕？我对二师兄说，你约谈怎么不在镇政府？叫到派出所来干吗，弄得像三堂会审一样，这不是吓唬人嘛？二师兄说约谈选择什么地方根据工作需要而定，在哪里都不违规，你既然见过一些世面就应该懂法，镇里不阻止你去上访，但你挨家挨户去串联、签名，性质就变了，你明白吗？二师兄这话让我摸不着头绪，我听老胡说五个人以上算群访，所以上访我定了四个人，至于去商户家搞签名属于什么性质我还真不知道。

联合签名是否违法谷米也说不清，这种情况头一次遇到，但谷米没听说过签名还违法，她觉得签名只是表达意愿的一种方式而已。

可是当时我被问住了，脑筋不会拐弯，因为老胡这个所谓的军师也没辅导过，我担心无意中踩到法律的红线。我对二师兄说，这样吧，上访的事我回去想想再说，但不管上不上访，拆迁协议我不签，大十字项目我百分之百反对，想让我改变看法不可能。

对头，原则问题就要寸步不让。谷米觉得应该表扬老白，老白带头抵制拆迁不是为了一家利益。

老白说，二师兄的脸色很难看，像挂了霜的秋梨，说签不签协议是你的权利，但天下之事在于谈而不在于打，敌我矛盾都可以谈，人民内部矛盾有什么谈不了的？派出所所长插话说，老白你不要被人忽悠，也不要给人当枪使，小心那些别有用心的人，遇事要自己过过脑子。

我有啥糊涂的？老白说，我是组织者，一切都是我在主事，我能给谁当枪使？我不喜欢所长说话的口气，像审问犯人一样，所以没有回他的话，而是对二师兄说，我即使上访也是对事不对人，这个请你放心，你想出政绩我清楚，想方设法上项目也没错，但上项目前总该听听老百姓的呼声吧，青堆子不是你一个人的青堆子。听我这么说，二师兄缓和了口气，说老白呀，你在大十字是能摆事平事的人，希望在这件事上多支持镇里，多从大局着眼考虑问题。二师兄这话还是挺符合身份的，我听了也不反感。二师兄说就谈到这儿吧，他起身让派出所所长送我回去，我说我自己来的还是自己回好，一个穿警服的所长押着我走，别人还以为我犯啥事了呢。

这就是一个约谈，没啥大问题呀。谷米松了口气，不明白老白为啥这么紧张。

问题是晚上小儿子给我打电话，埋怨我多管闲事，说市里有关领导跟他打招呼，让他做好老人的工作，站稳立场，经济发展上项目肯定会触及一些人的利益，这个问题要妥善解决，不能影响社会稳定。小儿子是县团级，县团级干部二师兄管不着，一定是二师兄找了更高级别的干部来做我小儿子的工作。这个二师兄不能小瞧，会撇回旋镖，拐着弯儿要你命，他知道小儿子是我们白家的骄傲，更是我的心头肉，给我一百个理由也不能给小儿子添堵，所以就来了这一手。

谷米也没想到镇长还有这么一招，直接点中了老白的死穴，站在老白的角度看这事，确实没有解药，小儿子发急，说明过话的领导比小儿子的官还大。

我来找你是给你提个醒儿，我觉得二师兄是采取了各个击破的战术，接下来说不准会约谈你。如果找你，说啥也别去派出所，最好到你店里来，实在不行去镇政府也中，派出所谈话给人感觉有压迫感，这是我的切身感受。老白是真心提醒谷米，他知道女性更怕吓唬。

有什么可怕的？谷米面无表情地说，合同、协议签署的前提是双方平等自愿，《合同法》规定，在胁迫和不公平前提下签署的合同为无效合同，拆迁协议我是绝不会签字的。

那就看你能不能顶得住了，本来我也是这么坚持的，但他们找到我小儿子，我就只能举白旗投降。老白脸上现出些许愧色，表情复杂地摇了摇头。

谷米想起当时击掌鸣誓的情景，心想，违背盟誓不能怪老白，只能说镇长手段高明，她不得不佩服这个自称二师兄的镇长，不仅人聪明，而且还能像章鱼一样把触角探到你想不到的地方。动迁一度被称为天底下最难做的工作，但在这个二师兄的股掌间，硬骨头生生变成了软面条。

联合签名的事恕我不能牵头了，这份名单是我这几天找商户们签的，留给你吧，没用的话做个纪念也行。说完，老白把一封带有几十个签名的信递给谷米，谷米双手接过来。从信的签名看，老白确实做了许多工作，这可是一家一户动员出来的。

我会保存好这份签名，不管能不能送上去，真感谢你没把它作为投名状交给二师兄。

老白说他脑子挺乱，身子软绵绵的，需要回家补个觉，说完步履蹒跚地离开了面鱼儿店。

送走老白，谷米拿着那封签名信看了许久，老白不仅让商户签名，而且还按了指印。老白不知用的什么印泥，指印颜色如同紫药水，看上去怪怪的。她走到吧台提笔在信上写下“谷米”俩字，然后用食指蘸着印泥很庄重地按下去。面鱼儿店的印泥是印油红，按出的指印像蜡梅花。她把信折叠存好，开始招待顾客。面鱼儿店早上生意火爆得很，几个动作麻利的年轻服务员面带微笑为顾客服务，她们端着一碗碗面鱼儿在餐桌间穿来穿去，面鱼儿的颜色黄金般耀眼。来吃早餐的顾客大都不恋桌，翻台频次极高，店里弥漫着欢声笑语，听口音，很多人来自外地。

谷米在食客中看到了一个熟悉的身影，藏蓝色夹克，白衬衣，方方正正的脸庞，是几天没来的镇长。镇长让服务员把累积的馇子账拿来，用手机付了，然后热火朝天地吃馇子，吃完镇长用餐巾纸擦了擦嘴，抬头看见了谷米，招招手示意她来对面坐下。

镇长说，谷米，柴县长十分关心你，你不要辜负他对你的关照。

这话怎么讲？谷米觉得镇长的话没头没脑。

柴县长给我下了指示，不论你做什么都不要对你上手段。

上手段？这话听起来怎么有点吓人呢？谷米回了一句。

哦，这是行话，其实就是做工作。镇长说，对别人就不一样了，我们会做耐心细致的思想工作，比如老白，比如老胡，我有责任帮他们实现思想转变。对你就不一样了，我从来没有找过你吧？镇长说完观察了一下谷米的表情，发现谷米不动声色，便接着说，任何事情都有个统一思想的过程，千人千面，对大十字拆迁有不同看法我理解，但青堆子总不能停留在过去吧？发展肯定要付出一定的代价，这个代价是值得的，今天付出的代价，会变成明天的福利。

镇长说话的时候，谷米一直注视着他的眼神，谷米有个观点，一个人的话是不是言不由衷，要通过他的眼神来判断，话语可以讨巧，眼神无法作假。她注意到镇长的眼神像光束穿过针孔，特别聚焦。她还注意到一个细节，就是镇长的眼圈有点泛红，嘴两侧有豹子一样的法令纹，应该是睡眠不好所致。她没有附和镇长的话，很认真地问，您最近是不是睡眠不好？

镇长愣了一下，对谷米的打岔并不恼，点点头道，怎么会好？时间像翻书，一个月三十页，很快要翻完了，柴县长催命鬼一样天天打电话要进度。

翻书之后就会翻脸吗？谷米开了一句冷玩笑。

镇长摇摇头，说，翻脸不至于，我们有许多不翻脸的选项。

谷米转回话题道，对了，我给你一个治疗失眠的偏方，想不想要？

什么偏方？镇长来了兴趣，最近压力太大，他被失眠折磨得苦不堪言。

你把蟋蟀的叫声录下来，睡不着的时候用手机循环播放，听着蟋蟀的鸣叫很快就能入睡。

真的？蟋蟀不就是蛐蛐吗？镇长方脸上掠过一丝狐疑，问，上哪里去找蟋蟀？

这幢老宅里就有，我用手机在夜里录的，我把音频转给你。谷米掏出手机，把一段蟋蟀鸣叫的音频发给了镇长。

镇长按下播放键，顿时“苏苏苏、苏苏苏”清脆的叫声响起来，餐厅里有些嘈杂，但不少人听到了这叫声，纷纷好奇地侧目看过来。镇长自言自语道，还别说，蟋蟀叫声挺好听，听起来不闹心。

蟋蟀世世代代在这里繁衍生息，把老宅拆了，它们将失去生存的依托，因为它们不可能在高楼大厦里生存。古人讲“天地与我并生，万物与我为一”，从大自然的角度看，万物平等，我们没有理由伤害蟋蟀，不能成为屠杀蟋蟀的罪人。

好一张利嘴，我差点被你给绕进去。镇长说，其实我也没办法，坐上过山车，半路下不来。我还是劝你正确对待这个项目，除了大十字，新面鱼儿店选址全青堆子随你挑，我这个当二师兄的一定成人之美。

我说过，我不会换地方，我的立场如同青堆眼的井台一样牢固。她仰起脸说，谷米无能，但一定会做青堆眼、做老宅、做蟋蟀的保护神。

镇长的方脸变红了，瞳孔变得越来越细。

六

谷米没想到态度最坚决的老胡第一个签了协议。

消息是柳姐电话里说的，柳姐说老胡扛不住了，不仅举了白旗，还给镇长当了支腿的。谷米问柳姐怎么想，柳姐说她要看看再说，能扛就先扛着。谷米心里透过一丝凉气，她感觉柳姐也在动摇。但她搞不清楚老胡为什么这么快被拿下，老胡是保卫大十字的智囊人物，他的倒戈会瓦解一大批商户。

谷米拨通了老胡的电话，问他为什么会来个一百八十度的急转弯。老胡支支吾吾道，电话里不说了，我到面鱼点儿吃面鱼再唠吧。

老胡很快来了，人不是很精神，灰色T恤的领口油污很重。在谷米办公室，老胡说出了事情变化的原委。原来老胡也被约谈了，老胡被约谈的严重性超过了老白，因为老胡确实有了非法举动。老胡为了拿住柴一伦，在客栈行政套房里安装了偷拍设备，本意想偷拍柴一伦和谷米的私密活动，谁知当天晚上二师兄来了，二师兄一进门就问柴一伦，说这样的客栈你也敢住，不怕被设计？柴一伦说设计什么，自己又没做违法之事。二师兄说胡老板是大十字拆迁钉子户，这种人不可不防，说完就像警犬一样四处嗅来嗅去，不时扒开可疑之处勘探一番。果然，在里屋电视机机顶盒上发现了微型摄像镜头。柴一伦气坏了，让二师兄叫派出所所长来，二师兄没有叫，说这件事他要冷处理，争取把坏事转化为好事。二师兄拍了照片，留下物证，然后和柴一伦开始喝酒。约谈老胡时，二师兄把物证往桌上一拍，让他交代受谁指使、都有哪些人参与了这起违法犯罪活动。老胡立马就蔫了，他知道自己的所作所为已经违法，一旦受到法律惩处，丑事就会满镇皆知，那样他在青堆子就没法混了，谁还敢住他的客栈？他给二师兄又是下跪又是作揖，承认自己一时鬼迷心窍偷偷干了这件坏事，绝对没有受人指使，也没有同谋，请求二师兄放他一马。二师兄想了想说，自古有戴罪立功一说，你如果愿意戴罪立功，这件事可以存而不论。所谓戴罪立功就是马上签动迁协议，然后到大十字动迁办做志愿服务者，帮助工作人员去家家户户做工作。老胡说一切都听镇长的，现在就可以签协议。二师兄说在这里签字我有要挟你之嫌，你自己主动去动迁办签吧。就这样，老胡成了大十字第一个签动迁协议的商户。

听老胡说完，谷米真想上去甩他几个耳光，她闭上眼睛平静了片刻，心里却翻江倒海一般。人怎么能如此龌龊？为了达到目的什么下三烂的手段都能用，老胡这已经不是为大十字拆迁项目了，他是把自己和一伦当作敲诈对象来对待。她越想越后怕，多亏自己和一伦没有什么亲昵举动，否则岂不成了被他拿住的证据。

她问老胡，你怎么敢来对我说这些，不怕我一壶开水浇到你脸上去？

我想过了，我这次来就是准备挨骂的，估计这事你早晚会知道，与其让柴一伦告诉你，还不如我主动坦白求个原谅好。老胡低着头说，都怪我一时糊涂，不过我这样做也是为了保护你。

保护我？谷米觉得老胡简直有些厚颜无耻了。

你是啥人全青堆子都知道，我相信你的为人，但柴一伦就难说了，柴一伦好色花心在全县不是秘密。那天他如果对你动手动脚，你告他总该有个证据吧，真那样的话我的视频就成了重要证据。

胡扯！谷米用嘲讽的口吻说，柴一伦不是你们想象的那样，人家是正人君子。我问你，当你跪在二师兄面前时难道心里就没有一点愧疚？我们四人可是击过掌、鸣过誓的，背叛誓言对于你来说是家常便饭？

刀子在二师兄手上，我不跪不行啊。老胡带着哭腔说，我们都不是二师兄的对手，他拿下了老白，又拿下了我，下面就该是柳姐了，最后再围剿你。二师兄是懂兵法的人，我在他办公桌上看到了一本《三十六计》，书都毛边了，一看就常翻。

我鄙视你老胡，你连棵墙头草都算不上，墙头草随风倒但不会失去根，你像一棵线麻，被二师兄拔根扒皮做了打人的鞭子。谷米想骂街，但她说不出更脏的字眼，能说到这个程度已经是极限了。

老胡脸皮承受力很强，说，谷米你骂吧，怎么解气你怎么骂，我来就是听你骂的。

你走吧，我没兴趣骂你。

谷米你能听我一句劝吗？我们斗不过二师兄，你多要点补偿把协议签了吧，第一批签协议的，补偿金多拿百分之十呢，先签不吃亏。老胡一双眼睛开始放光。

你动员成一户拿多少回扣？谷米冷冷地问。

哪里有回扣，我不过是志愿服务者。老胡有些不好意思。

你走吧，我要忙店里的事了，要吃馇子可以到大厅买。谷米起身送客，她十分厌恶这个偷拍自己的家伙，不想和他多坐一分钟。

老胡讪讪地起身离开，谷米注意到老胡穿了一双新皮鞋，皮鞋似乎小了一号，走路蹑手蹑脚。

老胡出去后，谷米在办公室坐了许久。不知一伦对这件事怎么想，一伦会不会怀疑是自己和老胡做局加害他，她不敢肯定，不过从镇长传过的话来看，一伦并没有记恨，否则不会让镇长关照自己。一伦对自己是一份真感情，即使受到了伤害也没有迁怒于自己。

当天夜里，她翻来覆去无法入睡，蟋蟀再怎么催眠也不起作用，她觉得有必要向一伦解释清楚，自己不是老胡的同谋，老胡这样做完全是个人行为，而且目的是敲诈他们两个人。她拨通了一伦的电话，一伦接到电话很兴奋，说，怎么想起给我打电话了，是不是有什么事？她说了老胡的事，说刚刚知道这个家伙在房间里安了偷拍设备。一伦说没做亏心事，不怕鬼叫门，老胡就是网上直播也没什么可怕的，老同学在一起叙叙旧，很正常嘛。一伦没有把偷拍当成事，她心里稍稍踏实了一些，她问一伦是否怀疑过她是老胡的同谋。一伦说，你工作后的情况我不是很了解，但在学校里你给我的印象是高冷，一个高冷的女王怎么会和老胡那种人同谋呢？老胡是社会人，用下三烂的手段不难理解，而你却是白玉无瑕的女子，不可能与那种人同流合污。谷米有点激动，说当年你就觉得我高冷，我高冷什么呀，就是话少，不愿意笑呗。一伦说不苟言笑的女子多了，那不叫高冷，所谓高冷给人的感觉既冰清玉洁，又光彩照人，冷中透出一种暖，青堆子中学除了你，找不出第二个。谷米一时不知如何接话，作为一个已婚女人，她必须掌握好谈话的分寸，一伦刚才的话让她心跳有些加快，她隐约感到了电话里传递过来的一丝暖流。一伦接着说，晚饭有个接待，我喝了几杯酒，算是酒后吐真言吧，有几句话我还是要告诉老同学：第一句话是不要和老胡之类的人接触，弄不好会毁掉你的高冷；第二句话是心里要有数，抵制拆迁的人大多数是为了多争取拆迁补偿，像你这样为了保护文化而坚持的人少之又少；第三句话是无论什么时候、什么情况，只能依法依规维权，不能做出格的事，现在是法治社会，丛林法则不好用。听了一伦的话，谷米沉默了，过了一会儿她回复说，谢谢你老同学，你放心，一个高冷的人，不会做出埋汰事来。

她熄灯睡觉，墙角的蟋蟀又开始欢快地鸣叫。刚才打电话时蟋蟀们无声无息，她心想，是不是蟋蟀们也想窃听她和一伦的谈话？她忽然想起中学时期在老宅里她问过一伦的话——蟋蟀为谁而鸣，看来，这是一个不解之谜。

七

柳姐也被二师兄拿下了。

柳姐是在下午一时来面鱼儿店告诉谷米这个消息的，她没有任何愧疚，反而面若桃花。

多拿了六万块！柳姐粗门大嗓，毫不顾忌餐厅里有那么多顾客。谷米把她让到办公室，问她怎么回事。柳姐说人要是来了财运，挡也挡不住。老胡找她说先签字可以多拿钱，她心里就盘算，费这么大周折为了啥？不就是钱吗？但她没有搭理老胡，老胡不过是个支腿的，真正握着财权的是二师兄，于是她告诉老胡想谈条件必须二师兄亲自来。

镇长找你了？谷米想，柳姐这么做可谓正中镇长下怀，镇长本来要约谈她，她倒自己投怀送抱。

找我了，二师兄打电话让我去他办公室。二师兄对我挺客气，还夸我家炉包好吃，一口一嘴油，一般的包子都皮厚馅儿少，只有我家包子馅儿大皮薄。我说，镇长你别整没用的，咱们直接捞干货，说吧，找我来干啥？二师兄问我为啥要抵制大十字拆迁。我斜睖了他一眼，说，还能为啥，为了钱呗，你把我家店给拆了，我损失的可不是仨瓜俩枣。

谷米心想，镇长要的就是这句话，她记得镇长一次来面鱼儿店吃馇子时说，能用钱解决的问题都不算事儿。

二师兄说动迁补偿标准不低了，与县城商业街动迁一样。我说商户与商户之间不是一般高，我们柳、白、谷、胡四家至少要高出一头吧，应该区别对待才是，否则心理不会平衡，签字也没法落笔。

镇长答应你啦？谷米觉得事情不会这么简单。

没有，二师兄属疖子的，不挤不出脓水。他说，老白和老胡都签了，只是按规定奖励百分之十，你现在签字也会得到这百分之十。我说，在百分之十以上我还要多拿点，老白老胡都是被你拿住了，我身正不怕影子歪，你想拿我，大不了拼菜刀。二师兄知道我当年一把菜刀撵走小混混儿的事，他扑哧一声笑了，说你想多要必须给我一个多给的理由，否则会有人攀比。我说，我会找到理由的，我找到理由你可不许反悔。二师兄说，你回去找吧，找好了再来见我。我回来想啊想，还真想出了可以多拿补偿的理由，这事说来要感谢你谷米，是你提醒了我。

我提醒你什么了？谷米很奇怪，自己并没有与柳姐私下交流。

你忘了吗？那天在白家糖铺你说听到了蛐蛐叫，老白也说蛐蛐叫、喜事到，这话我一直记着。从二师兄那里回来，晚上和老公躺在床上脑瓜子都想出汗来了，也没想出什么好主意，这个时候外屋传来“苏苏苏、苏苏苏”的蛐蛐叫声，我忽然就想起了你和老白的话，便悄悄到外屋循声找蛐蛐。找了一会儿，发现叫声是从地下传来的，我打开灯高兴地对老公说，这是蛐蛐指路呢，有辙了。你知道我家外屋是两大间，每间地下都有我爷爷那时候挖的地窖，一间用来储存面粉，一间用来储存蔬菜，已经好久不用了，两间地窖统计时没有登记在册，这不就是多要补贴的最好理由吗？

谷米问，那当时为啥没有统计呢？

当时统计的是地上建筑，我也就没想到这俩地窖，再说地窖好久不用，给忽略啦。柳姐说，要不是蛐蛐叫，我还想不起这两个废弃的地窖。我和老公打开地窖，地窖是青砖砌的，保存也好，里面的木架子也结实。我和老公估算了一下，每个地窖要价四万，这样可以多要八万块。我知道要八万块是多了点，讨价还价嘛，得给二师兄一个还价的空间，我的底牌是拿一半就行。

镇长同意了？谷米问。

第二天我就去找二师兄，把地窖的理由说了，二师兄眼睛睁得牛铃一样，说怎么可能呢，镇里的普查细致入微，不可能有遗漏，说要到现场查看。二师兄办事认真，当即就带着动迁办的人来到我家，他亲自下到地窖里，摸青砖闻墙缝，看到地窖确实不是新挖的，上来搓了搓手说，这事可以商量，不过我们要开会研究，你们等信儿吧。只隔了一天，二师兄就打电话把我叫去，说这件事怪你们自己当初漏报，不怪动迁办，按规定可以不补，但考虑到你柳姐很配合动迁工作，我就特事特办，每个地窖增加补助三万块，这已经是破例了。我和老公没犹豫就答应了，六万块简直就像白得的一样，白得谁不得呢！

谷米心想，六万块，一个誓言的价格。看来盟誓这种东西就是形式。

我来找你，是想告诉你好好找找老宅里有哪些可以多要点补偿，过了这个村可就没有这个店了。柳姐的好心肠原来在这里。

我不找，也不会签协议，你们签不签我不管，反正我的态度不会变。

柳姐张大了嘴，空旷的嘴里几乎能塞进一个包子。

当天，谷米在微信朋友圈里发了一张青堆眼照片，照片是潜龙的获奖作品，她在下面写了一句话：对不起青堆眼，如果我不能保护你，请原谅我的无力，世事无常，唯愿瓦砾下的你明眸依旧。

帖子下面有许多跟帖，都在询问原因，她没有回复。

八

夜晚，吃宵夜的客人很多，谷米面鱼儿店营业时间到夜里十点，事实上每天打烊都接近半夜，面鱼儿店的规矩是不撵顾客，顾客不走，灶火不熄。

大十字的拆迁时间越来越近，谷米的精神状态有些恍惚，有时会坐在一处发呆，一坐就是一个钟头，姿势不变，宛如雕塑。父亲和老公都劝她放弃，反正已经尽力，再说镇长专门去了一趟县里的馇子加工厂。老公说镇长态度诚恳，说了不少软话。父亲对谷米说，四家唯余一家，独木难支。谷米说，听法院的，如果法庭宣判我动迁，我决不当老赖。谷米知道走到这一步只能和动迁办法庭上见了。在此期间她没有联系柴一伦，也没有和镇长谈条件，她执拗如老宅蟋蟀的鸣叫，一定要保住老宅，尤其要保住青堆眼。她对父亲说，青堆子不能没有眼。

镇长显然被谷米难住了，因为通过提高补偿，大十字几乎所有商户都签下了协议，如果谷米也签字，动迁办会将补偿款统一打给每个商户，谷米不签，签署了协议的商户也暂时得不到补偿，无法进行下步操作。有商户开始埋怨谷米，与谷米关系不错的几个姐妹上门动员谷米，说，胳膊拧不过大腿，何必苦撑着，鱼死网破有什么好处？谷米说，我的老宅我做主，我要对老宅和老宅里的生命有个交代，再说了，天地尚有眼，青堆子怎么能把眼给蒙上？姐妹们很无奈，她们知道谷米孤傲的脾性，想说服谷米难于上青天。

今晚的顾客好像格外多，都是些衣着考究的生面孔，对面青堆客栈的房间灯火通明。谷米想看看那个青堆眼的帖子，打开后已经无法显示，便将手机丢在了床上。屋里有些燥热，她解开束着的长发，换上一套白色休闲服来到街上。她想一个人走走，走着走着便走到了不远处大十字中心的小花坛里。小花坛是因青堆眼而建，看上去恰似青堆眼的眼眶。青堆眼周边很静，小花坛四角的路灯灯光如蜜，柔和温馨，把井台染成了淡淡的橘黄色。她没有到井口去，夜晚不看井这是老辈人留下的规矩，她不知道自己怎么就下意识地来到了这里。在井栏边一条长椅上坐下来，她隐约感到井中呼出的丝丝凉意，青堆眼是会呼吸的，她想，呼吸代表活着。在古井边纳凉是个不错的选择，岁月消耗的是热能，传承的古意自带凉爽。斜对面的白家糖铺和柳家包子已经打烊，门窗上的霓虹灯还在闪烁。青堆客栈的灯是白炽灯，看上去很刺眼，与大十字的古朴氛围有些违和。刚才大厅里吃馇子的人大都操一口京腔，她隐隐感觉这些人很可能与大十字开发建设有关，也许工程指挥部就设在青堆客栈。看来老胡又会稳稳地赚上一把，她想。

身后闪过一道亮光，是相机闪光灯发出的。她回头望了一眼，见到一个穿米色马甲、戴米色棒球帽的老者在鼓捣单反相机。老者一边翻看照片，一边说，美，太美了，古井美人！对不起姑娘，我借用了您的背影，您不介意吧？

声音怎么这么熟悉？待老者抬起头她惊讶地说，这不是潜龙大叔吗？您啥时候来的，怎么也不打个招呼？她起身迎上去。潜龙是面鱼儿店的贵人，青堆子因他的摄影作品而名声大振。

我晚上到的，刚才给你打电话没人接，去面鱼儿店找你，服务员说你出来遛弯了，我一猜就是来青堆眼了。

您怎么猜到的？

我看到你微信了，估摸是青堆眼遇到了麻烦，下午就专门赶过来了。

谷米忽然有一种想哭的委屈，此时此刻，终于出现了一个可以倾诉的人。潜龙之所以从北京赶来，心心念念的是青堆眼，自己与一个年逾古稀的老人因青堆眼而产生共鸣，这本身就带有悲壮意味。

我们坐一会儿吧。谷米想搀扶一下潜龙，潜龙摆摆手，大步走到长椅处坐下，扭头问，青堆眼怎么了？

谷米叹了口气，向潜龙讲了大十字项目，讲了拆迁动员的经过，讲了谷白胡柳四家老板在抵制拆迁过程中的分化与瓦解。谷米讲述过程中，潜龙的眉头一直蹙着，两手用力抱住相机，棒球帽长长的帽檐不时上下扇动。

我放不下老宅里的蟋蟀，放不下这井水甘甜的青堆眼，一想到这些将变成一堆瓦砾，我的心就会流血，我觉得自己很无助，像个迷路的孩子不知道方向在哪里。不瞒您说，众人都以为我孤傲，女强人，能顶天立地，其实我知道自己的软弱，我就是一个属螃蟹的，骨头长在外头而已。

原来是这样，潜龙长舒一口气说，看来今晚我是来对了。

您能帮我？谷米望着潜龙，忽然她惊讶地问，您棒球帽上的LOGO（标识）怎么和翼龙集团的标识一样呢？都是一条翻卷的蜥蜴，大十字就是将要由翼龙集团开发的。

这个标识是我设计的，翼龙集团初创时期，我从一块出自辽西的化石上得到灵感，设计了这个标识。你知道翼龙集团为什么来这样一个小地方搞开发吗？是我的摄影作品和我的推介起了作用，我没有告诉你，翼龙集团的董事局主席是我的亲弟弟，是我说服他来青堆子投资的。

什么？谷米呼地一下站起来，真的是这样？天下会有这么巧的事？

潜龙接着说，你坐下，谷米，听我慢慢说。我本来想为这个古镇做点好事，谁知事与愿违，竟然出现这样一种结果。公司的设计方案我没有看，如果看了我不会同意的。我觉得综合体项目没必要拆掉大十字和青堆眼，可以比邻大十字来建嘛，这样大十字能为综合体聚拢人气，综合体可以提高大十字的商业档次，功能互补，相得益彰。

那样就太好了，可是据说设计方案已经出来了，很难改变的。谷米浑身发热，潜龙这番话让她心里打开了一扇窗，但她还是说出了自己的顾虑。她搞不清这个到处行走的老年摄影家在翼龙集团有多少话语权，凭年龄看，潜龙肯定是退休赋闲之人，否则怎么会有闲心搞摄影。

事在人为。潜龙说，今天翼龙集团高层都来了，明天上午要开会，会上我会陈述自己的意见，我和弟弟那份亲情是渗透在骨血里的，没有我，弟弟不会来青堆子，既然来了，就不会做让我失望的事。

谷米站起来，用恳切的语气说，千万不要撤走综合体项目，能比邻大十字开发最好。

潜龙笑了笑，回去吧，明天会有好消息。

这一夜，本来以为能睡个好觉的谷米又失眠了，她不相信好运会来得这么快，潜龙简直像天下飘落的一条祥龙！难怪自己看到翼龙集团标识时那么眼熟，原来潜龙的马甲、棒球帽上的LOGO就是这个图案，只是自己没有将潜龙与翼龙集团联系起来。

“苏苏苏，苏苏苏……”蟋蟀在兴奋地鸣叫，谷米没有熄灯，一般来说熄灯是蟋蟀鸣叫的开端，但今晚的蟋蟀在明亮的灯光中叫开了。听着这熟悉而亲切的叫声，谷米兀自笑了，蟋蟀们为谁而鸣呢？

你好，蜣螂

银背并不记路，它靠日月星辰导航，只要有光，不论白昼还是黑夜，它都不会迷路，有光，就会有影子，影子是流动的路标，会指引前行的路。

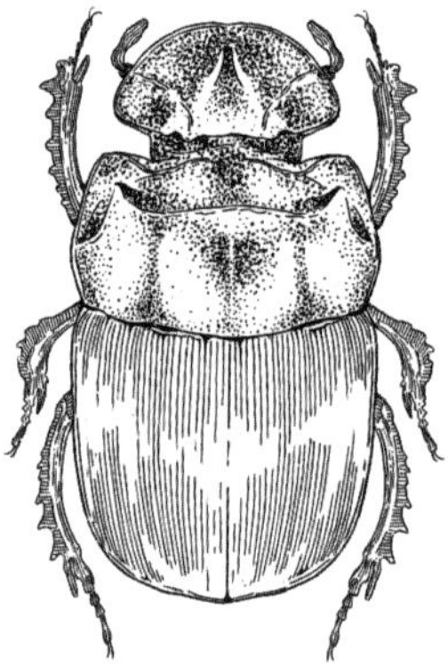

其实银背不知道它有一个与自身颜色相反的名字，像不知道自己的伴侣叫蓝妹一样，它的名字是马脸起的。

银背的家在五斗坪牧场东北角一块洼地里，洼地紧挨着五斗坪的坪脊——高台。洼地里长满牛筋草，草下的腐殖土湿牛粪一样松软，马脸叫这块洼地为肚脐眼儿，为什么叫这个怪怪的名字也许只有马脸知道。肚脐眼儿再往东是一道长约四丈的缓坡，坡下是菜地，种着卷心菜、甘蓝、茼蒿。银背不会知道，它是五斗坪个头最大的蜣螂，体型是同类的两倍。银背也不会知道，马脸不是五斗坪的主人，五斗坪以及菜地真正的主人是个穿红皮鞋的女人，马脸是红皮鞋的打工仔。肚脐眼儿东坡下的菜地由马脸打理，马脸对种菜有点漫不经心，他贪玩，喜欢在草地里捉蚂蚱，用小抄网捕蝴蝶。尽管如此，菜地里各种蔬菜还是长势喜人，绿油油的菜叶让昆虫们眼热，那是它们难得的盛宴。红皮鞋知道马脸贪玩，每次来五斗坪都会训斥马脸一番，怪菜地里虫子太多，应该勤打杀虫剂，指责马脸把时间都用在养蝈蝈上，路上的牛粪清理也不及时。马脸手巧，用麦秸编织的蝈蝈笼呈葫芦形，带螺旋纹，精致耐用，牛棚里提溜蒜挂有十几个蝈蝈笼，笼中的蝈蝈赛山歌一般叫个不停，这叫声马脸喜欢听，红皮鞋听了却直皱眉头。马脸不敢顶撞红皮鞋，只能按主人的吩咐背起喷雾器下到菜地打药。马脸打药戴着蓝口罩，口罩太小，露出一截下巴，马脸就变成了一张放大的蚂蚱脸。喷雾器喷出的药水呈雾状散开，药味辣眼，被风刮到坪上，成了昆虫们的噩梦，所有的蜣螂都惊恐万状，忙不迭地往洞里钻。至于红皮鞋说的牛粪，不是马脸偷懒不清理，因为有成群的蜣螂会代劳，他若清理，等于断了蜣螂们的生路。马脸觉得五斗坪上每一种小生命都有自己的道道儿，不能因为你喜欢还是不喜欢就把人家的道儿给断了。

肚脐眼儿和菜地之间有一道木栅栏，红皮鞋不来的时候，马脸喜欢靠在栅栏上双手兜着后脑勺看光景，这样子看起来好像挺无聊，实际上出神是马脸最惬意的时刻，这个时候脑子里什么都有，就是没有让他紧张的红皮鞋。栅栏边有不少野生蜀葵，蜀葵这种花像放大了的芝麻，蹿着高开花，蜀葵花开的时候，不知从哪里冷不丁冒出些蝴蝶，在花间飞来飞去。看累了蝴蝶，马脸会收回目光再看脚下，草地里有种不怕人的小蚱蜢，通体绿色，六足，后肢发达，尖头顶分出长长的两根触角，像戏中穆桂英戴的雉鸡翎。这种蚱蜢会跳到马脸脚背上歇息，马脸感到脚背凉凉的，像雨滴落在脚背上。马脸赤脚穿一双肉色塑料凉鞋，这双旧凉鞋与主人的红皮鞋相比太过寒酸，脚上没鞋穷半截，从穿鞋上判断一个人的身价这话没错。

马脸看管的奶牛有几十头，一水儿的黑地白花荷斯坦牛，牛耳上都挂一方铝制标签，这是奶牛的身份证，农闲时来坪上吃草的本地黄牛，会盯着铝牌看个不停，不知是羡慕还是惊愕，这个小小铝牌等于牛的免死牌，戴上它，奶牛就不用耕田，不必进屠宰场，而黄牛劳作一生也得不到这枚“护身符”。

因为给菜地喷洒药水，木栅栏附近的草会有污染，这里便成了奶牛禁区，奶牛只能在五斗坪西面吃草，马脸不允许奶牛到木栅栏这边来，它们一旦吃了带有农药的草，奶水质量就会出问题，这是牛奶质检员告诉马脸的。牛奶质检员是个圆脸姑娘，身穿白大褂，脚穿高筒白色乳胶水靴，走在草地上像白鹤一样轻盈。女质检员说的每一句话马脸都记在心里，这些话有道理且不说，单就那种播音员般的京味听来就特入耳。话是有味道的，马脸觉得，红皮鞋说话要是没有那股芥末味，也会是一个不错的女人。

在银背眼里，奶牛不到栅栏这边来是一件再好不过的事，至少在肚脐眼儿一带生活的蜣螂不会遭到践踏。被奶牛践踏是极恐怖的事，银背夫妇不止一次看到被牛蹄子踩碎的同类，对于弱小的蜣螂来说，奶牛就是碾压一切的喜马拉雅山。

银背知道马脸是个喜欢小动物的人，它曾看到他用清水救活了一只被药昏的刺猬。那只刺猬也在肚脐眼儿住，有次从菜地爬回来就晕倒了，身体无法蜷成团，蜷不成团的刺猬毫无防御能力，连螳螂都能索它性命。在栅栏旁发呆的马脸看到了刺猬，用随身带的饮用水一遍遍浇洗刺猬，终于把刺猬洗得蜷成了团。马脸将刺猬拎到五斗坪西面放生。说来奇怪，自放生这只刺猬始，每到夜深人静之时，五斗坪西面常常有老人发出咳嗽的声音，银背估计这是刺猬在向马脸打招呼。马脸对奶牛从不抡鞭子，几十头奶牛，他给每头都起了名字，只要马脸吆喝一声，被叫到的奶牛先是抬头观望一番，然后就会屁颠屁颠摇着尾巴跑过来。但红皮鞋就不一样了，红皮鞋对奶牛总是用审视的目光上下打量，脸上不见一丝笑容。红皮鞋天生讨厌各种小动物，有时会因为一只青蛙从眼前跳过而花容失色，有时看到草地上有搬运粪球的蜣螂，会恶狠狠地呸上一声。银背不解，蜣螂们并没碍你什么事，你为何发这么大的火呢？每当红皮鞋生气的时候，银背就觉得红皮鞋的脸比马脸的脸还长，红皮鞋的脸不仅长，还像她的鞋跟一样尖。

银背名字的由来纯粹是巧遇。这天，马脸给木栅栏刷漆，有时要扑打烦人的大脚蚊子，马脸手上、脸上都沾了些油漆。马脸刷的是一种银色油漆，上漆后的栅栏令人赏心悦目，像有月光凝固在上面一样，与周围绿色的环境没有丝毫违和感。马脸隔一段时间就给木栅栏补上漆，每次上漆都会哼着小调，他常哼一首叫《小小少年》的歌，也不知从哪里学来的。

“小小少年很少烦恼，眼望四周阳光照；小小少年很少烦恼，但愿永远这样好。一年一年时间飞跑，小小少年在长高……”

马脸正哼着，红皮鞋突然出现在身后，马脸急忙咽下刚要唱出口的歌词，怯怯地望着红皮鞋。

“你这漆调得不耀眼，是一种灰白色，懂吗？”红皮鞋说。

马脸小声回了句：“上好的牛奶都不耀眼。”

红皮鞋先是愣了一下，马上就翻了个白眼，道：“真土鳖！”

因为栅栏已经刷好漆，再说也没有用，红皮鞋转了一圈就回去了。

马脸弯腰收拾工具，发现了出来觅食的银背夫妇。

“好大的个头啊！”马脸捡起银背端详了一番，一脸坏笑地用刷子在后背甲壳上点了点，银背的甲壳顿时就变成了银白色。马脸嘿嘿笑着道：“以后你别叫屎壳郎了，干脆叫银背吧。”银背的名字由此诞生。马脸还注意到了个头偏小的雌蜣螂，他歪着头说：“瞧你的甲壳黑中泛蓝，荧光闪闪的，以后就叫蓝妹吧。”

虽然马脸喜欢给小生命起名字，但五斗坪成百上千的蜣螂只有银背夫妇获此殊荣，连身居高台的大肚都没有这个待遇。大肚是五斗坪的蜣螂王，因为家在高台之上，便世袭了蜣螂王的职位，银背知道大肚的地位并不稳固，不知道何时就会被取而代之，因为蜣螂们开始反感世袭制，按搬运粪球的大小排座次是蜣螂们越来越趋向的共识。

银背因为甲壳变色而显得格外醒目，尽管它自己看不到背上的银色,但从同类羡慕的目光里它知道自己一定背负着能抬高身价的东西。当然，银背对马脸充满好感的原因是他善待所有的小生命，而且从不动蜣螂们的奶酪——牛粪。

让银背总是麻烦不断的是蓝妹，尽管少言寡语的蓝妹并不招摇，但它的天生丽质在异性中回头率极高，以至于在牛粪旁还会有忙碌的雄蜣螂停下劳作，围在蓝妹身边乱窜，让银背不胜其扰。银背嫉恨所有雄蜣螂投向蓝妹的目光，它觉得这些目光里游着数不清的小蝌蚪，会玷污纯洁的蓝妹，为此它只能选择与搭讪者搏斗，驱逐每一只心怀不轨者。当然，驱离是最终目的，银背不会下死手，蜣螂与蜣螂之间有一个默契，打架可以，但谁也不许取对方性命。

总体来说在五斗坪上银背与同类相处还算过得去，除却高台上的大肚以及大肚的两个喽啰外，银背在五斗坪算是有头有脸的存在。银背从不与大肚争锋，大肚父辈的父辈就住在高台，给了它天生居高临下的地位。不过在银背眼里大肚不过如此，如果需要下结论的话，大肚充其量是个欺世盗名的家伙。作为近邻，银背知道大肚不少秘密，大肚永远保留着对同类的批评惩戒权，没有哪只蜣螂行事能得到它的表扬，包括它的两个喽啰。批评惩戒是大肚维护权威、保持神秘的制胜法宝。大肚的骄横很大程度上与两个喽啰有关，两个喽啰一个叫尖头，一个叫断翅，这是银背送给它俩的绰号。尖头和断翅拉大旗作虎皮，做了许多大肚不知道的勾当。尖头言必称大肚，把大肚奉为神明，这种小聪明很容易被识破，但大肚却乐于享受这种恭维，并陶醉于这种被崇拜的感觉。尖头造神其实是为了自己，是给自己增加在五斗坪游荡的砝码，它抓住了同类多一事不如少一事的心态，拼命把大肚往高处抬，抬高了，同类们就不得不仰视。断翅没有尖头聪明，它因右翅折断，实际上成了一只残疾蜣螂。不过断翅残而不废，破罐子破摔，靠一副“我是流氓我怕谁”的嘴脸在五斗坪横行霸道。搬运粪球的蜣螂一旦遇到断翅打劫，只能自认倒霉，乖乖地将粪球拱手相让，谁也不愿意和断翅计较，原因再清楚不过：一方面，断翅是大肚的手下，大肚的面子不能不给；另一方面，为了粪球和断翅拼命犯不上，息事宁人乃是上策。大肚和两个喽啰把持着五斗坪的坪脊，保持着一副指点江山的大派头，别的蜣螂是万万不能在坪脊打洞安家的，高台上的黑麦草一直疯长，与周边长着牛筋草的草坪恍若两个世界。

不崇拜并不意味着一定要反对。银背不想与大肚为敌，它知道五斗坪的蜣螂们总要有个头儿，即使大肚不当，也会有二肚、三肚来当，至于王冠落到谁头上银背并不关心，反正对于蜣螂来说，一岁便是百年，明年五斗坪什么样子那是下一代的事。因为有这个想法，家在肚脐眼儿的银背与高台上的大肚井水不犯河水，总体上相安无事。

但树欲静而风不止，高台与肚脐眼儿间的稳定在昨天因尖头和断翅滋事被打破。尖头和断翅不知犯了哪根神经，两者一起到肚脐眼儿找碴儿。它俩找到银背说大肚要接见蓝妹，并暗示这是蓝妹一步登天的好机遇。银背听后顿时怒不可遏，抢粪球可以不计较，敢犯蓝妹者，必遭痛打。与流氓摆道理等于浪费时间，银背神威勃发，以一敌二，一番激烈打斗后把尖头和断翅拱翻到陡坡下。坡下是菜地，马脸刚打过药，滚下去必然凶多吉少。尖头有翅，滚到半路就扑棱着翅膀飞起来，用尽吃奶的力气飞回坡上；而断翅就惨了，因为翅膀残疾，只能粪球一样滚下坡，一直滚到茼蒿地里。尖头飞到坡上后被银背钳住，斥问它为何来惹事。尖头交代说大肚发明了一套道理，蜣螂应该像蝴蝶一样高雅，不能整天与粪便打交道。大肚说肚脐眼儿的雌蜣螂蓝妹是五斗坪最高雅的蜣螂，有蝴蝶潜质，要接到高台树它做脱离粪便的榜样。银背听后心里这个气啊，明明是看上了别人的老婆，还要发明一套歪理邪说当理由，五斗坪上怎么会有如此恬不知耻的同类！蜣螂为粪便而生，却让它与鲜花为伍变成什么蝴蝶，这更是脑子进水的昏招！它在痛打尖头一顿后让它捎话回去，想干净就别吃粪球，想夺蓝妹就先看看自己有多大本事，大家各有各的地盘，我不涉足高台，你也别来染指肚脐眼儿，否则断翅就是下场。

这场滋事的结果是断翅魂断蒿蒿地，大肚少了一个打手。

上午，坪上无风，夏日的太阳照耀着五斗坪和坪上吃草的奶牛，草叶上没有露水，银背和蓝妹慢悠悠行走在草地上，目标是西面奶牛吃草的地方。西面少有牛筋草，长着成片的紫花苜蓿，那是奶牛的最爱。有草吃牛就不乱跑，荷斯坦牛性情温顺，不时甩动尾巴驱赶着瞎蠓。在五斗坪上，瞎蠓是奶牛唯一的敌人，瞎蠓的尖嘴能刺破奶牛厚厚的皮毛吸食牛血，瞎蠓肆虐的初秋，马脸会用长长的拂尘为奶牛驱赶瞎蠓。

经过一番寻找，银背和蓝妹选中一坨半干的牛粪。五斗坪的牛粪少有异味，带着一股苜蓿特有的清香，这是一种能让蜣螂兴奋不已的香味。银背和蓝妹在这坨牛粪上忙碌起来，它们先是将粪坨分解，然后滚雪球一样揉制，用了小半天工夫制成了一个乒乓球大小的粪球，然后满怀豪情踏上了回家之路。归程尽管远而坎坷，只要中途没有大的险情，在黄昏前将收获搬运回家还是有把握的。这个粪球对于银背来说十分重要，本来昨天蓝妹就到了临产期，但因为尖头和断翅来家门口滋事，蓝妹没有出门，今天收获的粪球既是一家的粮仓，又将是蓝妹的产床,也是未来育儿的褪褓,粪球在,一家人的生命才可以延续。

对于蜣螂来说，世上不会有什么世外桃源，平静的五斗坪经常纷争不断，纷争大都来自种族内部，而且有些纷争会上升到激烈对抗的地步。纷争源自利益，而蜣螂间的利益只有两种——粪球和伴侣。银背知道除了恶名远扬的尖头和断翅，同类中不乏无赖之徒，它们不去费力揉制粪球，专门半路打劫别人的劳动成果，尤其是几个喜欢打家劫舍的宵小之辈令人讨厌，银背必须面对这些滋扰。

粪球需要倒推，也就是头拱地，用两条后腿蹬着粪球转动前行。银背倒推粪球的动作十分规范，一刻不停地匀速推进。对于银背来说每一次回家的路都不一样，回家之路的起点取决于牛粪的所在地。银背喜欢牛粪散发出来的苜蓿香，这是奶牛专为蜣螂而播种的味道，能提示蜣螂找到劳作的方位。这种香味在揉制完粪球后依然发挥着作用，那就是让搬运过程有淡淡的苜蓿香相伴，香味能消解疲劳，银背已经深刻体会到了这一点。回家，银背不担心走弯路，因为有太阳照射物体投下的影子在指引方向，银背滚动粪球的轨迹基本是一条直线。

爱，从某种意义上说就是代劳。银背深爱着蓝妹，它不希望蓝妹被劳作所累，在推动粪球时它不让蓝妹出力，而是让蓝妹趴在粪球上搭顺风车。有时蓝妹也会主动下来帮忙，蓝妹助力更多是给银背鼓励，为它赋能。当然，回到家里以后的事情就由蓝妹来做了。蓝妹无疑是优秀的，它不但会把家室拾掇得井井有条，还会安静地在粪球里产卵，然后慢慢孵化宝宝。孵化出的蜣螂宝宝生来衣食无忧，会很顺利地长大，接过父母的接力棒开启下一代的生计。

银背推动着粪球往肚脐眼儿走。虽说五斗坪相对平整，但荆棘灌木也不少，且牛蹄坑太多，雨后放牧时健壮的奶牛会在草地上留下很深的蹄印，这些坑坑洼洼的牛蹄坑如同一个个陷阱，是银背及其同类搬运工作中的最大障碍，一不小心滚落进去，脱险十分困难，毕竟粪球的重量是其自身重量的数十倍。

银背并不记路，它靠日月星辰导航，只要有光，不论白昼还是黑夜，它都不会迷路，有光，就会有影子，影子是流动的路标，会指引前行的路。

但今天银背遇到了麻烦，而且是大麻烦。它推动粪球走出不远，五斗坪上空忽然弥漫起黄色的雾气来，雾来得迅猛，像遮天的幕布把整个五斗坪都笼罩起来，天地一片混沌。没有光，银背就找不准方向。周围的草大都似曾相识，有开黄花的蒲公英、开白花的苦菜，还有烦人的苍耳子。当熟悉的东西变得陌生起来，恐怖就会悄然而至。

银背停下来，爬到粪球上抬头张望，它扇形的下颚祈祷般朝东南西北四个方向拜了又拜，渴望有一束光出现在头顶。但作揖没起作用，黄雾不但没有散去，而且雾中还出现了一柱黑烟，黑烟像一条巨大的蟒蛇在黄雾中扭动，焦躁的样子好像急于蜕皮一样。银背后悔以前推动粪球为什么不做些标记，看来把命运寄托在一种东西上并不牢靠，如果能学象鼻鼠那样记住一条回家的原路，就不会陷入这种四顾茫然的境地。象鼻鼠是蜣螂的盟友，一旦它回家之路被牛粪阻挡，它就会找蜣螂帮忙，五斗坪很多蜣螂都帮象鼻鼠清理过道路。

找不到方向，只能跟着感觉走。在滚过一簇车前子后，粪球忽然自动加快了速度，竟带着银背夫妇骨碌碌跌进一个牛蹄坑里。很庆幸牛蹄坑里没有积水，如果有水，历尽千辛万苦搬运来的粪球就会被泡散，这样的话一切就前功尽弃。

要想办法把粪球顶起来，粪球关乎一家温饱，关乎养育后代，无论如何不能放弃！银背找了一个坡度稍缓的地方用后背往上托举粪球，它的身体几乎倒立起来，硬是将粪球托举到牛蹄坑的边缘。很可惜没有成功，它个子太矮了，顶着粪球直立起来也够不着牛蹄坑的坑沿。在喘息一番后，银背又试了一次，这一次它让蓝妹把自己垫高，希望能够到坑沿，但最终还是失败了。它就想，如果有三五个蓝妹来垫高自己不就够高了吗？它为自己的发现而高兴，因为它想出了一个好办法。

很多时候看似无解的问题，换个思路也许就会柳暗花明。银背六足发力，用力爬上坑沿，然后用它扇形的头部往坑内掘土。打洞掘土是蜣螂的看家本领，所有蜣螂都能很轻松地在粪堆下挖出深达一米的安全洞穴。掘土的活计蓝妹也会做，为了摆脱牛蹄坑的困扰，身体娇小的蓝妹也加入了掘土的劳作。牛蹄坑里的积土一点点厚了起来，聪明的银背不时跳下来活动一下粪球，让粪球像浮漂一样不至于被积土埋没。终于，坑里的积土达到一定高度，银背轻松地就将粪球蹬出了牛蹄坑。说来奇怪，当粪球被蹬出牛蹄坑后，五斗坪上空的黄雾以及雾中的黑色蟒蛇都隐匿起来，唯有肚脐眼儿上方还有影影绰绰的雾气存在。

继续赶路，银背内心并不轻松，它不知道接下来还会遭遇什么。

行进中，它俩来到一处平坦的沙地。这里原本也是草地，因为常有奶牛在这里反刍、久卧，将草地弄得十分泥泞，马脸为了保持干爽，便运了些细沙铺上，这便有了草地中一块微型沙漠。想把粪球运过沙地可不是件容易事，问题是这里有许多心怀不轨的同类，其中有两个讨厌的家伙最难缠，一个是黑牛，无赖一样总是不劳而获，劫夺他者粪球。银背很清楚，同类中的偷盗者极善伪装，它们会装扮成热心肠上前帮忙、献殷勤，趁你不备再偷走你的粪球。有的偷盗者发现没有下手机会，又被搬运者识破了诡计，就干脆当一回义务搬运工讪讪地离开，像黑牛这样横刀立马、拦路抢劫的并不多。黑牛的洞穴在沙地边上，它靠一身蛮力巧取豪夺，它的洞穴成了赃物仓库。银背对黑牛很是鄙视，要知道黑牛劫获的每个粪球里都有其他蜣螂的卵，这些卵没有一个是黑牛的后代，也就是说黑牛骄横的背后，是在给别的同类抚养后代，这算是因果报应吧。另一个令它头疼的是铁拐，铁拐是个荷尔蒙爆棚的单身蜣螂，它不劫粪球，专门对搬运粪球的异性下手。生性顽劣的铁拐留不住老婆，劫到家里的雌蜣螂趁它不备就会逃走，这让铁拐生活陷入一个抢婚、老婆逃婚，再抢婚、老婆再逃婚的怪圈。

尽管沙地危机四伏，但银背必须将粪球运过去，光影指示的路线如此，一旦偏离将无法回到肚脐眼儿。

沙地是黑牛和铁拐的地盘，但愿这俩家伙在洞穴里睡懒觉。正常分析，大白天两个懒鬼不会出来活动，毕竟夜晚才是打劫者的天堂。银背一边留意周边情况，一边匀速推动粪球，它小心翼翼，担心动作幅度过大会惊醒洞穴里的黑牛和铁拐。

该来的总会如期而至，躲也躲不过。突然，黑牛出现在沙地前方，威风凛凛，像一只黑色的四角菱。

黑牛体形与银背不相上下，但黑牛是以逸待劳，而银背已经劳作了一个上午，体力上不如黑牛。黑牛冲过来，一声不吭，前足发力将头撞向粪球，原本前行的粪球被撞后陡然改变了方向，朝着黑牛想要的方向滚了几圈。前足着地、后足蹬运粪球的银背被闪了个跟头，它转过身与黑牛搏斗起来。黑牛扇形头颅像铲车一样坚硬，一下子将银背顶出去老远，然后若无其事地回去搬运粪球。也许在黑牛看来，被顶跑的同类尽是小菜一碟，不敢再来争抢，它认为银背也是如此，因此对一旁的失败者很是不屑。黑牛很满意这个夺来的粪球，很圆，不像其他粪球略带椭圆形，椭圆形的粪球在搬运时不走直线，需要不断矫正方向，而眼前这个粪球不仅溜圆，而且表面带有金黄色的纤维，形态饱满，搬运不费力气，滚回去可以好好享用一番。被顶出去的银背借助一棵灰灰菜的阻挡才稳住身子，它看到了蜷缩在一旁的蓝妹，蓝妹那副不知所措的样子让它的心在滴血，面对强悍的黑牛，蓝妹不能上前搏斗，因为黑牛会轻而易举掰掉蓝妹的脑袋。银背盯着得意扬扬的黑牛，思忖着如何才能夺回劳动果实。银背虽然体力不如黑牛，但它知道打架并不全是靠力气，很多时候胜仗要靠脑子来打。

银背悄悄靠近黑牛，它没有从头部展开攻击，而是从侧面将头探到黑牛的肋部，然后像铲土一样猛地仰起，一下子就把黑牛顶翻了，六足朝天的黑牛在沙地里仰面乱蹬。蜣螂与乌龟相似，最怕仰面朝天，而相对薄弱的腹部也难以抵抗攻击。再说了，背部着地的蜣螂无法振翅，有天大的本事也无法施展。银背并不发动致命攻击，也不上前纠缠，只是冷冷地盯着黑牛，每当黑牛要翻过身来时，它会马上再拱翻一次，就这样以逸待劳，像猫戏老鼠一样折磨着黑牛。经过多番折腾，黑牛再也没有翻身的力气，六足的活动由急到缓，后来干脆躺平。银背估计此时黑牛就是翻过身来，也不会有力气与自己搏斗了，便转身走向粪球，快速推动粪球往家赶。回家的路还很长，不知道还会遇到什么麻烦，过了黑牛一关，还有铁拐这个觊觎者。

刚把粪球滚出沙地，在一片狗尾巴草前面，银背发现了正在梳理触角的铁拐。趴在粪球上搭顺风车的蓝妹也发现了铁拐，雌性对贪色的雄性有一种本能的感应，铁拐来者不善，蓝妹急忙从粪球上跳下来，倒退着躲到了银背身后，它知道一场因它而起的搏斗在所难免。

平心而论，银背不想再进行什么搏斗，刚才与黑牛的搏斗耗费了太多的气力，它明显有些力不从心。它灵敏的复眼看到了身后缩成一团的蓝妹，蓝妹面无表情，但努力躲避的身体暴露出了它的恐惧。银背与劫掠者为了粪球而搏斗的时候，蓝妹往往会上前帮忙，但银背为了爱情厮杀时蓝妹却会作壁上观，好像这种搏斗与自己毫无干系。银背知道，所有的雌性都希望看到雄性为自己打个头破血流，因为这样恰恰能证明雌性的价值。银背停止搬运粪球，也没有主动出击，它需要恢复一下体力。它感到有点饿，但现在不是进食的时候，它对进食的环境很挑剔，需要在一个安全的环境里才吃得下，只有把粪球推进家里储藏起来，它才可以放心地大块朵颐。银背知道铁拐会冲过来，色胆包天这个成语一点不假，为了得到蓝妹铁拐会豁出命去。

银背可不想和铁拐硬扛，与黑牛的搏斗经验说明，想取胜最好靠智取。它的复眼不用转动脑袋就可以观察周边地形。它发现了不远处一个水洼，水洼多深不好说，但面积已经足够大，足足有十几个牛蹄坑那么大。银背不喜欢水，估计铁拐也不会喜欢。它想把铁拐引到水洼处，然后出其不意将铁拐掀进水里。铁拐迈着螃蟹步迎面走来，走到跟前二话不说就和银背顶起牛来。银背心里已经有了盘算，故意不用力气，一步步佯装后退。得势的铁拐想一鼓作气拿下银背，便步步紧逼，拼命往前顶。如果是搏斗经验不足者早就被铁拐顶翻了，但银背努力压低身子保持着平衡，只是不停地后退。铁拐不知道银背要借力发力给自己致命一击，像倔强的公羊一样继续往前顶。就在银背的后腿踏到水洼边缘时，它猛地抽身让开，铆足了蛮力的铁拐一个倒栽葱扎进了水洼里。铁拐头浸在泥水里，两只后腿在水面上乱蹬。银背看也不看水里的失败者，转身继续搬运粪球。蓝妹跟上来，趴在粪球上一动不动，它也许在想，这场打斗至少证明自己没有选错老公。

搬运之路注定是坎坷的。尽管银背有思想准备，但这次搬运的坎坷程度却大大超过了以往。

摆脱了那片恐怖的沙地不久，又一个意外出现了：一株酸枣树挡住了去路。五斗坪上有稀稀拉拉的荆棘丛，棘就是酸枣树，酸枣树因为枝条上长满坚硬的尖刺，蜣螂们从不靠近它。滚动的粪球被一株酸枣树拦住，不幸的是有根酸枣枝扎进了粪球，导致粪球焊在酸枣枝上一般纹丝不动。银背几次用力无果，索性趴在地上歇息起来。说是歇息，其实银背在留心观察周边的一切。这是一个必须解决的难题！它想，要想个办法把粪球从酸枣枝上救下来。

银背的复眼观察物体准确而清晰，前面的荆棘丛在它眼里就是一道不可逾越的高墙，可不像黑牛和铁拐那样好对付，刺中粪球的酸枣枝比它的后腿还要粗，凭自身之力无法克服这一障碍。它把身体放平，想在湿润的泥土中汲取一些力量。忽然，它发现被刺中的粪球与地面之间有道缝隙，也就是说粪球在滚向酸枣枝的时候是弹起来的。缝隙虽小，却能透过一丝光亮，有只红蚂蚁甚至从粪球下爬了过去。有办法了，它兴奋不已，这条缝隙给它打开了一扇门，它要利用这道缝隙把粪球解放出来。

它挺起身子开始围着粪球转圈，蓝妹不知它的意图，在一旁静静地看着。转到第三圈时它不再转了，在一截折断的蒿秆前停下来。它咬了咬蒿秆，很硬，应该是根能吃力的蒿秆。蒿秆有一股难闻的药味，与带有苜蓿香的粪球有很大的味差。银背把蒿秆从粪球与地面的缝隙里推进去，然后自己钻到蒿秆下面，用自己坚硬的甲壳做支点，让蒿秆的另一端微微翘起来。它示意蓝妹爬上自己的后背，然后慢慢向翘起的一端移动。蓝妹依计而做，动作迟缓，生怕出什么差池，蒿秆下垫着的毕竟是自己的丈夫。当蓝妹将身体移到蒿秆末端的时候，奇迹出现了，由于杠杆原理作用，被酸枣枝扎住的粪球一下子被撬了下来。

危机化解，银背松了口气。

家越来越近，回家，是每个跋涉者不能改变的选择，见识了外面的险恶，最想做的事情是回家，只要安全回到家里，一路上所有的辛苦就没有白白付出。

当粪球的影子拉长到自身高度两倍的时候，一场更大的危险兜头降临。

轰隆隆，轰隆隆，银背忽然觉得地动山摇起来，蜣螂、蚂蚱、蝈蝈等等纷纷从身边夺路而逃。它发现了几只熟悉的蜣螂，表情惊恐而夸张，连个招呼都不打就快速地跑过去。蜣螂大逃亡的情景在初夏出现过一次，那次是马脸在菜里不知喷洒了什么药水，导致菜地和周边草地里的蜣螂遭遇厄运，许多蜣螂稀里糊涂地死去，肚脐眼儿一带满是蜣螂的尸体，死者还有螳螂、鲜艳的瓢虫、菜青虫和蜗牛。善于跳跃的青蛙也未能幸免，被药水熏得醉酒一样蹒跚不前。会飞的蝴蝶最惨，在空中扑棱棱飞着忽然间就一头栽下来。一身铠甲的蟾蜍也遭了殃，嘴里冒着白沫，样子十分恐怖。难道这个情景要在盛夏里再现一次？

银背定睛一看，躁动原来是一辆三轮车所导致的。三轮车满载木材，吐着黑烟突突突开向高台，因为载重过大，车轮犁铧一般犁开草地，甩出的湿土如冰雹砸落下来，银背感觉天似乎塌了一角。

好险！银背吃惊不小，它庆幸刚才推动粪球的速度慢了一些，因为体力不支，两条后腿关节开始僵硬，搬运粪球的节奏不得不慢下来，毕竟劳作和搏斗了将近一天。正常来说，这个时间应该在家里饱餐后抱着粪球安然入睡才是。好睡眠是对劳动者的奖赏，银背现在只想吃饱后睡上一个通宵。它看了一下面前深深的车辙，如果刚才再往前一步，它们夫妇连同粪球就会被碾成齑粉。

深深的车辙俨然是一道无法逾越的沟壑，银背一时不知所措。忽然，一阵奇怪的呻吟声传过来，扭头一看，原来是一只黑眶蟾蜍，两眼鼓胀，前肢用力支起上身，下身则血肉模糊，三轮车的车轮不幸轧中了它的后腿，导致它无法爬动。银背离黑眶蟾蜍很近，它平日不喜欢这个浑身长着大包的家伙，但此时此刻觉得黑眶蟾蜍很可怜，不知怎样才能帮上它。

这时，红皮鞋走了过来，马脸拎着一把铁锹跟在身后。马脸发现了银背，弯下腰惊讶地说："哎呀，这不是银背吗？你还活着？"马脸还看到了蓝妹以及搬运的粪球，道："蓝妹还是这么瓦蓝瓦蓝的呀，像个小精灵！"

红皮鞋停下来，转过身问："你发现什么东西了？"

"是银背和蓝妹。"

红皮鞋低头一看，差点呕吐出来，怒气冲冲地说："什么银背、蓝妹的，快把这恶心的东西铲走！"

马脸犹豫了一下，红皮鞋的话不敢不听，他只好用铁锹小心地将银背、蓝妹以及受伤的黑眶蟾蜍连同粪球一起撮起来，快步走向已经除过草的高台，用力扬了出去。

银背觉得耳边狂风大作，扬起的泥土和黑眶蟾蜍的血污像褐色的帷幔挡住了一切，它被这褐色帷幔包裹着在空中划出一道弧线，重重地跌落在草地上。应该感谢柔软的青草，如果是抛在坚硬的地面上，很可能会摔裂甲壳，青草托住了银背和蓝妹，它们在草地上翻了几个跟头，便僵在那里一动不动。

眩晕过后，银背环顾四周，夕阳照在物体上投下的影子告诉它，这里应该是五斗坪的坪脊——高台——边缘。高台原本长满的黑麦草都哪里去了？这里是大肚的领地呀，怎么不见大肚的踪影？

高台发生的变化让银背疑惑不解，高台中心地带被剃了光头，密林般的黑麦草完全被铲除，裸露的湿土上有一大堆灰烬，余烟还在，丝丝缕缕，像天上垂下的钓丝。银背凭方位判断大肚的家就在那堆灰烬之下，养尊处优的大肚连同它发明的那套理论肯定灰飞烟灭了。它也明白了，先前发现的黄雾根本不是雾，而是燃烧草木升起的浓烟。

高台上堆着些木料，看来红皮鞋要在这里建房子了。银背不希望红皮鞋住在这里，如果是建牲畜棚，不管是牛是马还是驴，就是猪也无所谓，至少可以与它们和平相处，而红皮鞋就不一样了，红皮鞋的住处不会允许蜣螂存在。

高台上忽然刮起了风，风很大，周围尘土四扬。以往五斗坪也刮风，但因为地上长满绿草，风刮不成形状，只能感觉有只无形的手在推着你转圈。这次不同，风裹挟起草木灰和尘土，变成了一条苍龙在高台上乱窜，娇小的蓝妹竟然被风掀翻了，仰面挣扎不停。银背爬过去拱正蓝妹身子，然后挡住风口，观察周边是否有避风的地方。

银背发现离高台不远的肚脐眼儿也有灰烬在冒烟，看来那里也放了一把火，它知道家没有了，不仅自己，在肚脐眼儿安家的同类应该都遭遇了大肚同样的厄运。五斗坪的蜣螂没有长辈也没有晚辈，大家都是兄弟姐妹，但同类之中有豁达与顽劣之分，也有勤劳和懒惰之别，上午没有出洞搬运粪球的同类，肯定在家里走到了生命的尽头，大火产生的高温会让洞穴变成灶坑。

马脸这一锹并没有摔碎粪球。蓝妹率先发现了粪球，顶着风爬过去死死抱住粪球不再松开。粪球不仅是一天劳作的收获，还是蓝妹的产床、下一代的襁褓和粮仓。蓝妹把头深埋在粪球里，几次张开甲壳振动翅膀，银背知道蓝妹是想抱着粪球飞起来，但这怎么可能呢？粪球太重了，而蜣螂的翅膀更多是个摆设。

脚下有三道车辙，一路缓坡通到南侧的牛棚和挤奶车间，牛棚边缘是五斗坪蜣螂最集中的居住地，但因拥挤，那里总是纷争不止，产生纷争的理由五花八门，抢粪球、争伴侣，甚至为了比谁更有力气，这些争斗在肚脐眼儿一带很少出现，因为这里的居住同类相对稀疏。银背曾不无骄傲地和蓝妹说，高台是庙堂，肚脐眼儿是别墅，而牛棚周围则是市井。现在银背无法自豪了，庙堂塌了，肚脐眼儿被烧了，生机只属于市井。当然，在肚脐眼儿生活也不是银背的选择，它的家族世世代代都在这里居住，出生往往就决定了命运，它不可能迁徙到牛棚附近去凑热闹，尽管从五斗坪西部往肚脐眼儿搬运粪球路程要远很多，而在牛棚附近会近水楼台省不少力气，但力气这个东西省下来也攒不住，多走一点搬运之路也是乐在其中。

忽然，银背嗅到了一股难闻的药水味，这一定是马脸喷洒了什么药水，它知道最致命的危险来临了。药水不会立见毒性，嗅上一会儿才会让你丧命，这就是眼看着蝴蝶明明飞起来，为什么又会突然折翅栽下来。它感到一阵眩晕，满眼都是大脚蚊子在嗡嗡盘旋。大脚蚊子很讨厌，但它们奈何不了蜣螂的硬壳，吸不成蜣螂的血，银背之所以讨厌大脚蚊子，是因为大脚蚊子发出的声音会干扰它对方位的判断。银背知道大事不妙，自己恐怕难逃一死，周边纷纷坠落的大脚蚊子，说明马脸喷洒的药水毒性非同一般。它看向蓝妹，粪球上的蓝妹没有像自己一样发抖，而是把头几乎扎进了粪球里，没有吸入更多的毒气。

应该让蓝妹逃离这里，它想，蓝妹活下去，自己才会有子孙后代。

它注意到了车辙，与其他车子轧出的车辙不同，三轮车轧出的车辙有三道，而粪球恰好处在中间那道车辙的边缘。如果粪球能进入那道车辙，会顺着坡势一路滚到牛棚和挤奶车间那里，挤牛奶的地方最安全，马脸不会在那里喷药。

它蹬了蹬后腿，觉得还有些力气，后腿能动，说明自己还没有被放倒。蜣螂劳作主要依仗后腿，后腿有力，银背就有信心。它知道无论如何不能倒下去，一旦倒下，蓝妹就会跑过来照顾它，那样的话谁也活不成。马脸喷洒的药水远远超出在菜地喷洒的浓度，别说蜣螂，就是生命力顽强的蝲蝲蛄也受不了。

它无意中看到了黑眶蟾蜍的尸体，遭到碾轧的黑眶蟾蜍已经死去，但两只外凸的眼睛依然睁着，透出百般的不屈和不解，也许黑眶蟾蜍会想，自己没有招惹谁，为何遭此不幸！银背爬过黑眶蟾蜍身边时，它的触角沾上了蟾蜍的血，蟾蜍血让本来已经濒临昏死的它瞬间清醒了不少，它又活了过来。蟾酥具有解毒醒神功效，死去的黑眶蟾蜍用鲜血给了银背一段宝贵的生命。

银背几乎是拖着身躯爬到粪球旁，后背上的甲壳从来没有这么沉重，几乎要把体内的五脏六腑压成一张薄饼。它抬起头凝视着粪球上的蓝妹，忽然，那种眩晕感像烟雾一样又兜头罩过来，迷幻中它看到蓝妹把埋进粪球的头抽了出来，蓝妹的复眼透出荧光，它知道蓝妹在寻找自己，蓝妹那双复眼是会说话的，平时只要看一眼，就知道蓝妹要做什么。它相信蓝妹看到了自己，因为蓝妹的两条前肢在向它挥舞，意思是让它也趴到粪球上来。它用力靠近粪球，粪球散发出的苜蓿香味依然很浓，看来药水掩盖不了这种苜蓿草的清香。它想告诉蓝妹：快离开这里，活下去，不顾一切活下去，活下去才有明天，才有下一个百年！但它已经发不出声来，下颌好像已经脱臼，一对前肢也不听使唤。

蓝妹发现了异常，试图从粪球上下来，银背拼尽力气晃了晃头，蓝妹明白了它的示意，继续抱紧粪球，痴痴地望着它。它知道自己时间不多了，缓慢地转过身，头戳大地，用两条后腿托住粪球，然后用尽所有力气猛然一蹬，粪球连同粪球上的蓝妹被蹬入车辙，在推力加坡度的作用下，粪球原地弹跳了几下，接着由慢变快，向缓坡下的牛棚滚去。

银背注视着滚远的粪球和蓝妹，视野中的黑点越来越小，直到完全消失，深深的车辙像隧道一样吞噬了粪球和蓝妹。银背渐渐地垂下了头，趴在地上一动不动，它的身体已经失去了知觉。

次日一早，那个白衣白靴的女质检员来到五斗坪，发现高台这边正在施工，便从挤奶车间走过来看究竟。马脸迎上来，陪她往高台处走。女质检员忽然发现了车辙边的银背，她停下脚步，仔细观察了一番，问："这里怎么会有黑地白花的蜣螂？"马脸告诉她这是银背，就是普通蜣螂。马脸不敢说是自己给蜣螂点的白漆，怕这种恶作剧招来女质检员的白眼，在马脸看来，白皮肤好看，白大褂好看，白水靴也好看，唯有白眼不好看，是红皮鞋让他领教了白眼的寒意。女质检员把银背捡起来，放在手心仔细看了一番，柔声细语地说了声："你好，蜣螂。"说完后她把银背递给马脸，交代马脸把它洗净做成标本，镶个小木框，将来高台的房子建起来可以挂在屋里做装饰。"对了，要标上名字，就叫克罗斯特吧。"

马脸有些疑惑，怎么还有人喜欢把屎壳郎做成标本挂起来，听说有做蝴蝶标本的，也有做鲜花标本的，用屎壳郎做标本闻所未闻。

"您怎么会喜欢屎壳郎？"马脸大着胆子问。

"小兄弟，你知道庄子吗？这位先哲说万物生来平等，你说屎壳郎有什么不好，它用看上去肮脏的形象在诠释事实上最纯洁的理念，而且它一生都在实践自己的理念，它值得被人们做成标本挂起来，挂蜣螂标本，比挂那些莫名其妙的人物头像更有意义。"

马脸问："那么，克罗斯特是啥意思呢？"

女质检员抬头，手搭凉棚朝天空望了望，然后笑眯眯地对马脸说：“太阳神。”

马脸不解：“克罗斯特是太阳神？”

“是的，是克罗斯特用强劲的后肢在推动地球运转，对于克罗斯特来说，地球不过是个大块头的粪球而已。”女质检员口吻严肃，没有丝毫调侃。

马脸似懂非懂，但还是下意识地点了点头，认真端详了一下女质检员的脸，这张白瓷般的圆脸真好看，像夜晚的一轮圆月。